千里眼
キネシクス・アイ 上

松岡圭祐

角川文庫
15947

目次

十六年前

　ウィンドウズも3・1になって使いやすくなった。でもまだ、インターネットという流《は》行《や》りに手をだす気にはならない。パソコン通信の規模の大きなものらしいが、普及せずにいずれ時代遅れになって捨て去られるシステムかもしれない。この学校の職員室にもまだ、導入されていない。プリントづくりには、もっぱらカシオのワープロ専用機が重宝がられている。印刷もひどく遅いが、何か月か前に旅先でこしらえておいたおかげで、こうして余裕を持って授業に臨める。

　武藤博信《むとうひろのぶ》は、校舎の廊下のわりと高い位置にある鏡をちらと横目に見て、ネクタイの結び目を正した。この鏡は教室に赴く寸前の教員専用だった。低く設置すると、児童がぶつかって怪我をする危険もある。

　鏡のなかには、いまだに子供のころの自分をひきずる二十代半ばの武藤の顔があった。教員採用試験に合格して三年、教師としての威厳はまだ感じられない。もっとも、そう思えるのは自分だけかもしれない。児童はこちらをずっと年上に感じているだろう。幼いころには、大人イコール中年だった。誰もが同じに見えた。若いつもりでいても、子供たちはそう見なしてはくれないだろう。

肌のいろはまだ浅黒かった。日焼けがなかなか退《ひ》かない。秋の終わりに出張と偽って沖縄にでかけたことが、まだ刻印となって顔にしっかり刻みこまれている。おかげで毎晩、妻と顔を合わせるのが怖い。彼女が俺を疑っていることはあきらかだ。こんな顔では、妻はいっこうにその思いを薄くしてくれないだろう。

沖縄の離島よりずっと冷たい、冬の湘南《しょうなん》の潮風が吹きこむ二階の廊下に、ゆっくりと歩を進める。六年二組の札の下、開け放たれた扉の向こうはにぎやかだった。

武藤が足を踏みいれると、すぐに喧騒《けんそう》は消えていった。四十二人の児童らは、それぞれに自分の机に飛んでいく。起立、の号令がかかる。礼、着席。後ろのほうできちんと従わない児童が何人かいたが、いつものことだった。ことさらに指摘はしない。この学級はよくできているほうだ。私立への進学希望者の選抜クラスということもあるだろう。少しばかり悪ぶって反抗的な態度をしめすのは、この年齢の男子児童にはよくあることだった。

十二歳。来年は中学生なのだから。

私語もほとんどなく、教室のなかには静けさが漂っている。七里《しちり》ヶ《が》浜《はま》からはわりと距離があるが、砂浜を洗う波の音がかすかに聞こえてくるほどだった。

咳《せ》きばらいをして、プリントの束を分けながら最前列に配る。武藤は告げた。「一枚ずつ、後ろにまわして」

プリントが行き渡るまで待ちながら、武藤は教壇の机の上で教科書を開いた。小学・理科六年。

「さて」武藤はいった。「教科書のほうは二一七ページ。天気図の読み方の3、前線という項目。いま配ったプリントは、新聞の天気予報から天気図だけをコピーしたものだ。季節はいまぐらいだが、前線は消しておいた。等圧線を参考に、寒冷前線を書き加えてもらう。まず、列島の西に……」

「先生」と女子児童の声が飛んだ。

教科書から顔をあげる。誰が発声したのかはすぐにわかった。大きな瞳《ひとみ》がまっすぐにこちらを見つめている。

ほかの児童とは間違えようのない、フランス人形のように色白で整いすぎた顔。年齢相応のあどけなさに満ちていながら、どこかひどく大人びていて、ときおりのぞく呆《あき》れたような目つきに、なにか落ち度があったのではと思わずどきりとさせられることも少なくない。直後に、自分の馬鹿げた反応にひそかに毒づくことになる。俺は児童に何を気遣っているんだ。

しかしその女子児童は、すでに冷ややかないろを漂わせていた。と同時に、控えめな態度とは裏腹に全身が醸しだす自信のオーラ。教師になったというのに、武藤は児童のころにずっと年上の女教師に睨《にら》まれたのと同じ動揺を覚えていた。

うわずった声で武藤はきいた。「な、なんだ？　岬《みさき》」

岬美由紀《みゆき》はゆっくりと立ちあがった。その勿体《もったい》をつけたような余裕あふれる挙動も、子供っぽくはない。だが、小柄な身体はどこから見ても十二歳の少女そのものだった。頭部は小さく、スリムで腕や脚も長く、プロポーションとしては西欧人の子供のようだ。肩まで伸ばした髪は黒く、服装はいたってふつうのカーディガンにデニム地のスカートだが、皺《しわ》ひとつなくきちんと着こなしているせいか、フォーマルな装いをした一人前の女性に思えてくる。早くも武藤は、姿勢を正してしまっている自分に気づいた。

美由紀はプリントを手にしていった。「この天気図、いまごろの季節ってことは冬ですか？」

「……ああ。それがどうかしたか？」

「冬じゃなくて夏の天気図だと思うんですけど」

児童たちはいっせいに眉《まゆ》をひそめ、美由紀の顔と手もとのプリントをかわるがわる見た。

「みさっちゃん」声を発したのは、美由紀に負けず劣らず大人びた雰囲気を漂わせる、長い髪の女子児童だった。

知的な面持ちということでは、彼女のほうが上かもしれない。いつも冷静で、あまり笑わないところも、美由紀より特徴として顕著だった。

黒岩《くろいわ》裕子《ゆうこ》は座ったまま美由紀に告げた。「なんでわかるの、そんなこと。雪やみぞれのマークがないからって……」

仏頂面のまま美由紀はかえした。「北関東に雷のマークがあるでしょ」

裕子はむっとした。「冬にも雷は鳴るじゃん。前のテストにでた天気図も、十一月なのに雷が……」

武藤は割って入った。「まあ待て、ふたりとも。……岬。黒岩のいうとおりだぞ。たったそれだけのことで季節は……」

美由紀は言葉を遮った。「マークじゃなくて、日本列島の載ってる位置です」

意味がわからず、武藤は困惑した。「なんだと?」

「これ新聞の天気図のコピーでしょう? 台風や太平洋高気圧の動きを中心に伝えるために、天気図は南寄りに描かれてます。冬なら北寄りになってるはず。シベリア高気圧についての予報に重きが置かれるから」

思わず面食らった武藤は、裕子のほうを見た。「そうなのか？」

裕子は黙って見返してきた。なぜわたしが知ってるのよ。っていうよりどうして教師のあなたが小学生のわたしに聞くの？　そうとでも言いたげな目つきだった。正解をたしかめるために、戸惑いを深めながら、武藤は自分用のプリントに視線を向けた。

この一枚だけは前線を修正液で消す前にコピーしておいた。

眺めたとたんに、武藤の背に冷たいものが走った。

描かれているのは、線の上に半円が並ぶ温暖前線だった。下に鋭角状のマークが突きだしている寒冷前線ではない。

美由紀の指摘どおりだ。出題に用意するのは、この天気図ではなかった。間違ってコピーしていた。

「す」武藤はネクタイの結び目に指先で触れながらいった。「すまん。先生の勘違いだった。きょう授業で使う天気図はこれじゃない」

ため息と嘲《あざけ》りの混じったような声が児童たちからいっせいに漏れる。

その反応に武藤は内心、憤然とした。おまえらだって気づいていなかったじゃないか。

ただひとり、裕子だけは、笑みひとつ浮かべずにプリントに見入っている。

負けを認めるのが悔しいのか、裕子はしきりにうなずきながらいった。「たしかに冬にしちゃ等圧線が変ね。風向きも不自然。気圧の谷と関係なく、北から西日本のほうに風が吹いてる。これ何？　季節風とは違うみたいだし」

俺に聞かれても困る。

そう思ったとき、美由紀が裕子に告げた。「夏の偏西風波動のひとつで、中国の北京上空から西日本に強い風が吹くの。コリオリの力と、極付近と赤道付近の温度差が原因」

「ああ」裕子はつぶやいた。「北備風《ほくび》のことかぁ。なんだ」

聞き慣れない用語だ。武藤は裕子にたずねた。「北備風って？」

裕子はまた無言で見つめ返した。

教員なのにこんなことも知らないの。目がそう訴えている。まるで岬美由紀に知識が及ばなかった腹いせに、こちらを蔑《さげす》もうとしているかのようだ。

美由紀はそこまで意地悪ではないようだった。あっさりと答えを明かしてきた。「北京から備前の山に向けて吹くからそういう名前になったんです。日本海上を吹いてきた風が、岡山県の東南部の山々に当たって渦になり、そこで風が途絶える」

知ってて当然という口ぶりで裕子が付け足した。「夏の風物詩ね」

焦燥感がこみあげてきて、武藤はふんと鼻で笑ってみせた。ほとんど無意識のうちに教科書のページを繰りながら、武藤はいった。「そんなものはどこかの俗名だろう。教科書ってのは、ちゃんと学問として認知されてる言葉を……」

武藤はそこで凍りついた。

安心を得たくて、教科書の巻末の索引ページを鳥瞰《ちょうかん》していた。そこに載っていないことを確認したうえで、児童に対し、覚えなくてもいい用語について解き明かすつもりだった。

ところが、ハ行の用語集の末尾に、しっかりとその言葉は掲載されていた。北備風。用語の重要度を表すマークは△。つまり、よほど背伸びして名門の私立中学を受験しようというのでない限り、学習の必要はないという言葉だった。実際、武藤自身、この知識がなかったからといって、教員採用試験にはなんの支障もなかった。というより、△のついた用語は高等すぎて、無視するのが常になっていた。

なぜか昨晩、四歳になる息子が寝静まってから、ひとりリビングでスーパーファミコンをして遊んでいた自分の姿が頭をよぎった。教員の俺がこれでは、まるで立つ瀬がないではないか。

こんな十二歳をふたりも前にしていたのでは、教師の面目丸つぶれだ。

旭川《あさひかわ》という男子児童がへらへらと笑いながらいった。「でもさー、夏と冬間違えるかね。次のテストとか、一問大目に見てもらいてぇ。一日、宿題やってこなくていいとか」

ほかの児童に嘲笑《ちょうしょう》がひろがる前に、美由紀がぴしゃりと告げた。「そんなの許されるわけないでしょ。先生は旅行先でもプリント作りっていう宿題を忘れなかったのよ」

児童たちはしんと静まりかえった。

武藤は、別の理由で絶句せざるをえなかった。

心拍が速まるのを感じながら、武藤は美由紀にきいた。「なんだ……？　そのう、旅先ってのは？」

「先生、沖縄に旅行にいってたんでしょ。よく日に焼けてるし」

「な」武藤はひきつった笑いを自覚しながら声を張りあげた。「なにをいってるんだ。先生はな、出張しただけだ。外出が多かったし、そのう、今年の秋は夏っぽい日差しがつづいてて……」

美由紀は醒《さ》めきった表情で頰杖《ほおづえ》をつくと、鉛筆の先でプリントをこすった。「ふうん」

それを見ていた裕子が、ふと何かに気づいたように筆箱から鉛筆を取りだし、同じようにプリントの上に斜線を何本も描いた。

「ああ」裕子はぼそりとつぶやいた。「なるほどね」

もはや武藤の心臓は張り裂けんばかりになっていた。声がうわずっているのを承知しながら武藤はきいた。「なんだ、なるほどってのは？」

裕子はさして面白くもなさそうにいった。「この紙、沖縄のじゃん。湿気を含んで柔らかくなってる。HBだと書きにくくて、2Bでちょうどよくなる」

美由紀が付け足す。「本島じゃなく離島よね」

「そう」裕子がうなずいた。「たぶん島としては……」

「よせ！」武藤はとっさに怒鳴った。

教室が静寂に包まれる。美由紀も裕子も、口をつぐんだ。無表情に視線を落とすばかりだった。

武藤はいった。「授業に関係ない話はするな。じゃ、教科書。二一七ページ……」

児童たちはすなおにその言葉に従った。ごくふつうの授業の風景が戻りつつあることに安堵《あんど》を覚えると同時に、武藤は動揺を禁じえなかった。

なぜ離島だとわかったのだろう。そこまでは聞いておけばよかった。

リーダー

放課後、清掃の時間も終わり、気の早い男子らはすでに部活のためにグラウンドに駆けだしている。廊下からはふざけあう女子たちの声が響いてくる。

ひとけがなくなりつつある教室内、黒岩裕子はランドセルに教科書を詰め終えると、後ろを振りかえった。

美由紀も同じく自分の席でランドセルに荷物をおさめている。

すましたその顔を見ていると、なぜか苛立《いらだ》ちが募る。またわたしのほうが、彼女を意識してしまった。

わたしは美由紀のことが嫌いではない。むしろ好ましく思っているとさえいえる。それでもなぜか彼女の存在が腹立たしくなるときがある。

好きと嫌いは表裏一体か。いや、そんな単純な心情ではない。学年で成績トップのわたしの座をおびやかす立場だからか。それも違う。わたしはそこまで卑しくはない。

同じ場所にいるだけで、どうあっても無視できなくなる彼女の存在感、魅力。そこに生じる嫉妬《しっと》心。突き詰めればそんなことだろうか。

黒板になにか叩《たた》きつける音がした。旭川と、その連れの男子児童が物を投げあってはしゃいでいる。

裕子はため息をついた。年齢相応の幼稚さを維持できていればどんなに楽だったろう。少なくとも、世の大人たちが小学六年生に対し抱くであろうイメージどおりに単純かつ短絡的な思考、動物のような本能的生態のままに暮らせていれば、こうした年齢のギャップから生じる悩みに煩わされることもなかったはずだ。

親や教師はいう。陶酔しきった顔で、さも神々しいことを口にしているかのような面構えで告げる。思いきり笑ったり泣いたりすればいいのさ。それが子供というものだ。

馬鹿じゃん。裕子は大人たちの偏見に満ちたものの見方を軽蔑《けいべつ》していた。そんなふうに割りきれるとは、大人たちは小学生だったころ、ずいぶんレベルの低い生き物だったのだろう。なるほど、ここにきてバブル経済が崩壊したのもうなずける。わたしが四年生だったころにはすでにキャピタル・ロスは始まっていたというのに、事実に目を向けたがらない大人たちはいまごろになってリストラだ住専破綻《はたん》だと騒いでいる。

いまも六年生にもなって分数の割り算や単位量あたりの大きさ程度の問題が解けないいく

せに、ボールを持たせると奇声を発して走りまわる低脳な男子児童が、二十年後の日本を支えるというのだろうか。きっと景気はいちだんと冷えこむに違いない。

その見本のような存在、旭川はクレヨンしんちゃんの口真似という、文字どおり知性の低さを晒《さら》しながら教室を後方に駆けていくと、さも勢いあまってオーバーランしたかのような素振りで、美由紀の机にぶつかって半身を乗りあげた。

美由紀のランドセルは床に落ちた。

旭川は、美由紀に顔をくっつけんばかりにして覗《のぞ》きこみながら、ややばつの悪そうな表情でいった。

「おっと。悪《わり》い、岬」

たまりかねて裕子は声をあげた。「ちょっと」

眉《まゆ》をひそめて旭川がこちらを見る。「なんだよ」

「なんだよ、じゃないでしょ」裕子はつかつかと歩み寄った。「ちゃんと謝って拾いなさいよ」

「あ？　なんで俺がおまえに言われなきゃならねんだよ」

裕子は美由紀に目を向けた。美由紀は無言のまま、床のランドセルに手を伸ばしている。

いっそう苛立ちが募り、裕子は舌打ちした。「なに言っても無駄ね。早く消えてよ。そんなつまらない手で接近を試みても、女子があんたなんかに好意を持つ可能性がゼロってわからない？　猿でもないのに、かまってほしいからってちょっかい出さないでくれる？」

旭川の顔はみるみるうちに真っ赤になった。「なんで俺が、そのう、おまえに……」

「そのセリフ、さっきも聞いたわよ。なんで同じ言葉を繰り返しちゃうかわかる？　語彙《ごい》力がないのと、単純な思考しか持ち合わせていないからよ。さっさと帰って国語の勉強でもしたら？」

「へん」旭川は走り去りながら怒鳴った。「黒岩のばーか。ブースブス。黒岩ブス子」

「どうせ将来は低所得者のあんたよりましよ。脳の腐った変態。二酸化炭素を撒《ま》き散らさないでくれる？　分子のひとつを吸いこむ可能性があるだけでも吐き気がしてくる」

「裕子ちゃん」美由紀が控えめな声でつぶやいた。「いいすぎよ」

ちくりと胸を刺された気になる。裕子は旭川が消えていった戸口から、美由紀に目を移した。

「みさっちゃん」裕子は美由紀の前の席に腰を下ろし、まっすぐに美由紀の目を見据えた。「ああいう馬鹿はどこかでガツンといっとかないと、どんどんつけあがって、将来的には性犯罪者になるのよ。野放しにしておくのは社会のためにならない」

「セイ……犯罪者？」

「……まあいいわ」

裕子は思わずまた、ため息を漏らした。ひとりで息巻いていたのが愚かしく思えてくる。わたしは、間違いなく正論を口にしているというのに。

美由紀はふだん、とてもおっとりとしていて、どこか抜けているように見える。いや、十二歳の女子児童としてはごく普通なのだろう。わたしが大人びているがゆえに、その幼児性が気になるだけかもしれなかった。

けれども、岬美由紀は実際、わたしに匹敵する知性の持ち主だ。ときおりのぞく聡明《そうめい》さ、義務教育の範疇《はんちゅう》におさまらない読書量に裏打ちされているとおぼしき博学多才さは、わたしに勝るとも劣らない。現にさっきの授業でも……。

まあ、ほんの偶然、わたしより先んじて事実に気づいたりする才覚をしめすこともある。能力的には拮抗《きっこう》しているはずだが。

裕子はふと、美由紀と会話できる状況にある自分に気づいた。実のところ、これまではあまり美由紀と打ち解けてはいなかった。クラスメートではあったものの、お互いどこか敬遠していた。

いまならふつうに話せそうだ。妙なプレッシャーを感じているわたし自身がやや頭にくるが。

「ねえ、みさっちゃん。前からききたいと思ってたんだけど」

美由紀は大きな瞳《ひとみ》を瞬《まばた》かせた。「なに？」

「どうしてテストでは手を抜くの？」

「……なにが？　わたしべつに……」

「いいから。聞いてよ。みさっちゃんぐらい頭のいい人が、学年の成績の上位百人に入らないなんて、あると思う？　絶対におかしいって」

「わたし、いつもちゃんとテスト受けてるんだけど」

「よくいうわね。あのさ、みさっちゃんの答案、前にちらっと見たことあるんだけどさ、ほとんど空欄のままだったじゃん」

「ああ、それは……。時間が間に合わないことが多くて」

「なんで間に合わないの？　漢字の読み書きとかまるで出来てなかったでしょ？」

「一問目の、次の文章を読んであとの問いに答えなさいっていうのが……。時間かかっちゃって」

「あの太郎君の一家が飼ってたニワトリを最後にはみんなで食べたってやつ？」

「そう」美由紀の瞳はいきなり潤みだした。「なんていうか……。ちょっとショックで、何回も読み直しちゃって……。でも太郎君たちも生きていかなきゃいけないんだし……」

「ったく」裕子は頭をかきむしってみせた。「あんなもの、大人がよく使うお涙頂戴《ちょうだい》じゃん。泣かせよう泣かせようとしてるんだって」

「でも」美由紀は真顔だった。「生きてくってことは切ないよね。裕子ちゃんは何も感じなかったの？」

「ひょっとして、みさっちゃんって家で音楽聴きながら泣くタイプ？」

「そうかも……」

「いま流行《はや》ってるTHE……虎舞竜《とらぶりゅう》だっけ、『ロード』って歌……」

「ああ！」美由紀はいまにも泣きだしそうな顔で、裕子の腕にしがみついてきた。「わたし、いまその話をしようと思ってたの。あんな哀しい歌、ほかにないよね。ね？」

やれやれ……。歌謡曲を鵜呑《うの》みにするなんて、まるっきり子供だ。

「みさっちゃん。ああいう歌はさ、きっと十五年後ぐらいにはギャグみたいな扱いになってるって」

「まさか。ほんとの話に基づいてるっていうし」

「ねえ。歌詞が真実かどうか知らないけど、そんなにマジになって受け取ってばかりじゃ疲れるでしょ？　世の中、斜めから見ることも重要だって」

「斜め……？」

「そう。斜め。算数でいうとね、通分するのが当たり前って問題を解くときに……」

裕子はそこで言葉を切った。教室に駆けこんでくる人影を、視界の端にとらえたからだった。

戸口を見やると、バスケ部のユニフォームを着た女子児童が、息を切らしながら近づいてきた。

前に会ったことがあると裕子は思った。たしか六年四組の島本礼子《しまもとれいこ》という子だった。児童会室に相談に来ていたのだが……。

礼子はまさしくその用件で訪ねてきたらしい。血相を変えながら礼子はいった。「黒岩さん。部室にまた誰かいるんですけど」

全身に緊張が走る。裕子は立ちあがりながらきいた。「いまいるわけ？」

「ええ。なかでゴソゴソと音がしたから、前に黒岩さんにいわれたみたいに……外から扉閉めて、南京錠かけちゃいました」

「やりい。袋のネズミってやつ」裕子は美由紀の手を引いた。「一緒に行こうよ、みさっちゃんも」

美由紀は当惑ぎみに見あげてきた。「え？　どこ行くの？　裕子ちゃんはなんで……」

「児童会長として相談を受けてたのよ。バスケ部の部室にときどき変態が現れて、上履きとか靴下とか体操着とか持ってくって」

「そんなの……。危ないよ。先生に言ったほうが……」

「あのね、みさっちゃん。侵入者は大人の可能性が高いの。犯人は先生の誰かかもしれないんだしさ、事前に情報は漏らせないって」

「でも……」

「いいから。ついてきて」

裕子は美由紀を強引に引き立たせると、礼子とともに戸口に突き進んだ。

優柔不断な大人の化けの皮をはぐ絶好のチャンス。児童会長としての使命感に胸が躍る。

それに……。

美由紀にわたしの行動力と判断力を見せつける、またとない機会に違いない。

追跡

女子バスケットボール部の部室は体育館と校舎の狭間《はざま》にあるプレハブ小屋のひとつだった。いずれ新校舎が建てられるまでの間借りということになっていたが、裕子たちが卒業するまでには実現しそうにない。

ケヤキの木から抜け落ちた葉が地面を埋め尽くす。がさつく黄色い絨毯《じゅうたん》を踏みしめながら、裕子は美由紀の手を引いて中庭に歩を進めた。

すると、行く手のプレハブ小屋には人だかりがしていた。ほとんどはバスケ部のユニフォームを着ているが、騒ぎを聞きつけて集まってきたのか私服姿の児童たちもいる。

大人はたったひとり、担任の武藤がいるだけだった。

裕子は残念に思った。もう先生が来ていたのか。わたしがここで裁量を発揮することはできなくなる。

それでも裕子は武藤に歩み寄ってきいた。「どうなったんですか?」

武藤が振りかえり、神妙に告げてきた。「職員室に報《しら》せが入ったから飛んできたんだが……。なかにいた男が、裏のサッシを突き破って逃げた」

「逃げた？　どっちへ？」

部員の女子児童がいった。「特別教室がある南棟の校舎。一階に入っていきました」

「姿を見たの？」

「ああ」と武藤がうなずいた。「先生を含め、ここにいた全員がな。背広を着た、ちょっと太った男だった。頭の後ろが薄くなってて……」

男子児童がつぶやいた。「あれって、粕川《かすかわ》先生だったんじゃ……」

粕川。三年の担任だが、いつも小声でぼそぼそと喋《しゃべ》り、笑っているところも見たことがない。どこか陰湿な気配を漂わせていて、異常な性癖があるのではと児童のあいだでも噂されていた教員だった。

「こら」武藤は厳しくいった。「むやみに人を疑うな。顔を見たわけじゃないだろ？」

裕子は武藤を見つめた。「武藤先生も犯人の顔を見たわけじゃないんでしょ？　違うとは断定できないんじゃない？」

武藤はあきらかに戸惑ったようすだった。図星らしい。内心、粕川だったかもしれないと感じているのだろう。そう裕子は思った。

じれったそうに武藤は唸《うな》った。「そうはいってもだな。証明されないかぎりは事実とはいえんだろ。どちらともいえないのなら、名指しをして犯人扱いをすることは……」

「先生。よかったですね」

「あん？」

「武藤先生はここで部員たちと一緒に犯人が逃げるのを目撃したから、容疑者の可能性はないってことで。潔白は証明されてますね」

「な、なにを……。先生が泥棒なんか働くと思ってるのか？」

「証明されないかぎり事実とはいえない。とにかく、犯人を捕まえないとね」

裕子は意気揚々とプレハブに向かった。武藤の腰が引けている以上、わたしがこの場の陣頭指揮をとる必要がある。

戸惑ったようすで武藤が声をかけてきた。「黒岩。さっき職員室で教頭先生が一一〇番した。もうすぐおまわりさんが来るから、それまで待て」

「犯人、遠くに逃げちゃうでしょ。ほら、みさっちゃんも早く」

美由紀は緊張した面持ちで、裕子の後ろについてきた。さすがの彼女も怯《おび》えているようだ。

その状況が裕子にさらなる意欲を与えた。わたしが頼りになるところを、是が非でもしめさねばならない。

裕子にとって、美由紀の尊敬を勝ち取ることは重要な意味があった。教師までもがわたしに畏怖《いふ》の念をしめしている昨今、鈍い反応しか寄越さないのは美由紀だけだ。裕子は、それが不満だった。わたしに兜《かぶと》を脱ぐか、それともライバル視して敵愾心《てきがいしん》をあらわにしてほしい。美由紀ほどの存在がわたしの技能を無視しつづけているのが、我慢ならなかった。

悪意があってのことではない。わたしは、優劣をはっきりさせたいだけだ。受験地獄を勝ち抜くためには自分の力を知ること、そう親に教わってきた。いまやこの学校にはわたしの敵はいない。現状で順位の確定していない岬美由紀ただひとりを除いては……。

開け放たれた戸口に近づく。プレハブ小屋の部室は、壁紙も貼られていない無味乾燥なベニヤ板に囲まれた空間だった。

ひどく散らかっている。ロッカーに物色された跡があり、部員の衣服やランドセルの中身が床にぶちまけられていた。閉じこめられたときに暴れたらしく、窓ガラスにひびが入っている。裏口のほうは、サッシごと外れていた。内側から満身の力をこめて蹴《け》ったらしい。

戸を外から閉められ、犯人は取り乱したに違いない。黒板消しクリーナーの配線に足をひっかけ、クリーナーの蓋《ふた》が開いて中身の粉が散乱していた。おかげで部員たちの私服は、床でチョークの粉にまみれている。

近くに、泣いている女子児童がいた。バスケ部の部員のひとりだった。

裕子は話しかけた。「どうしたの？　怪我でもした？」

女子児童は首を横に振った。「怖くて……」

目の前で起きたことにショックを受けたのだろう。しかし、裕子が聞きたいことはひとつだけだった。「犯人の顔を見た？」

また首は横に振られた。「ずっとこっちにいたから……」

では、これ以上聞いても無駄だった。裕子は女子児童に背を向けて、部屋のなかに歩を進めようとした。

そのとき、背後で美由紀の声がした。

「だいじょうぶ」美由紀はささやいていた。「落ち着いて。もう心配ないから」

裕子が振り返ると、美由紀はその女子児童に身を寄せて、そっと頭を撫《な》でていた。まるで親が子供をなだめるような素振り。それもごく自然なものだった。不思議だった。あるべき姿として、美由紀はそうしているように見える。まるでそれが彼女の義務であるかのような……。

静かな口調で美由紀はきいた。「犯人、何か持ってなかった？」

女子児童は、嗚咽《おえつ》に声を震わせながら応じた。「誰かの体操着と……体育のときにかぶる帽子。持ってった」

美由紀がこちらを見た。裕子も、美由紀を見返した。

裕子のなかに衝撃が走っていた。女子児童は重要な情報を持っていた。わたしは危うく、それを聞き逃すところだった。

被害状況について美由紀が問いかけたのは、単なる偶然だろうか。それとも、わたしがそこに考えが及んでいないことを冷静に見て取ったうえでのことだろうか。

……馬鹿馬鹿しい。美由紀は、わたしと張り合おうとはしていない。まして出し抜こうなんて思ってもいないはずだ。

なんにしても、これで犯人を特定できる可能性が高まった。盗まれた物を持っている人間がいれば、即それが犯人だとわかる。破棄もしくは隠匿するよりも前に、犯人の身柄を拘束することが、なにより重要になってきた。

「みさっちゃん。ここにいて」そういって裕子は部室を飛びだし、犯人が逃げていった南棟校舎に向けて駆けだした。

ところが、すぐ背後を追いかけてくる足音がする。振り向くまでもなく、人影が横に並んだ。

美由紀はこちらを一瞥《いちべつ》することもなく、同じ方向に走りだしていた。それも全力疾走だった。体育でも美由紀は優秀な成績を誇っている。たちまち美由紀の身体は、裕子を追い抜きだした。

裕子は負けじと速度をあげて、美由紀に並んだ。ふたりとも徒競走のように、がむしゃらに走った。

「おい！」武藤の声が聞こえてくる。「おまえたち、どこに行く。もうすぐおまわりさんが来るんだぞ。勝手なことをするな！」

聞く耳など持っていられなかった。歩を緩めれば負け、そんな意地の張り合いを美由紀とのあいだに感じていた。

なぜ美由紀が急にわたしと張り合いだしたか、その理由はさだかではない。知る必要もないと裕子は思った。義務や責任以上に、こんなことをする大人を許せない気持ちがある。闘争心が沸々と沸く。おそらく美由紀も同じなのだろう。悪者は、その悪行とともに白日のもとに晒《さら》し、法の裁きを受けさせる。絶対に許すべきではない。

校舎の一階に飛びこみ、立ちどまる。裕子は息を切らしていた。美由紀も同様だった。ぜいぜいという呼吸音が、静寂の廊下に響いていた。

上履きは持ってこなかった。靴をここで脱ぎ、あとは靴下のまま歩くしかない。

ひとけはなかった。薄暗い廊下につづくのは理科実験室、視聴覚室、音楽室の戸口。いずれもいまは閉じている。鍵《かぎ》がかけられているのが常だ。そういえば、この奥の渡り廊下につづく出口も、授業がないときには閉鎖されている。

犯人はその扉を壊さない限り、ここから出られなくなっている可能性がある。この静けさは、犯人が息を潜めているがゆえに維持されているのかもしれない……。

急に足がすくみだした。寒気が襲ってくる。それが怯えという感情だと確かめられるまで、さほど時間は要さなかった。恐怖心がじんわりと全身にひろがっていく。

「み」裕子は震える自分の声をきいた。「みさっちゃん。やっぱりおまわりさんが来るまで、外にでてたほうが……」

そのとき、裕子ははっと息を呑《の》んだ。

美由紀の横顔には、いささかの憂いのいろもなかった。なんら怖がっているようすもない。暗闇に目を光らせるそのさまは、図鑑で見た豹《ひょう》のようだった。

無言のまま、美由紀は廊下を歩きだした。背筋を伸ばし、恐れを知らぬようすで足早に廊下を突き進んでいく。

あわてて裕子はその後を追った。「ち、ちょっと。みさっちゃん……」

歩を緩めることなく美由紀はいった。「犯人、たぶんこの先にいる」

「そりゃ、わかってるけど……」裕子は、自分の言葉に不安がのぞいていることに気づいた。すぐに取り繕った声を響かせてみる。「そうね。いまなら捕まえられるかも」

わたしはなにをいっているのだろう。裕子は歩きながら後悔の念にとらわれた。こんなときにも譲らないなんて。でも、いまさら美由紀に泣きつきたくはない。

それにしても、どうして美由紀はこんなに落ち着いていられるのだろう。なにより、彼女の醸しだす気魄《きはく》のようなものは、なにゆえに生じているのか。

ずっと年上の大人と行動を共にしているかのような安心感さえある。わたしは美由紀に、頼りがいを感じはじめているらしい……。

美由紀の足がとまった。裕子もその場に立ちどまった。階段の昇り口付近だった。

二階につづく階段と、前方の廊下。犯人なるものがここを通ったのだとしたら、そのいずれかに向かった可能性があった。

けれども、美由紀は道を迷って立ちどまったのではないだろう。裕子も、床に落ちている物体の存在には気づいていた。

そっと歩み寄って、裕子はそれを拾いあげた。体操着のシャツ。チョークの粉にまみれている。刺繍《ししゅう》してある名札は、四年生の女子のものだった。

裕子はため息をついた。「盗んだ物を捨てちゃったのか……」

「ええ」美由紀は低い声でつぶやいた。「でも、まだぜんぶじゃないわ。体育のときに被《かぶ》る帽子も盗《と》られたって、さっきの子はいってたでしょ」

　美由紀は一階の廊下を前方に歩きだした。

「待ってよ」裕子は美由紀に歩調を合わせようと躍起になった。「こっちかどうか判らないよ？」

「そうね。じゃあ裕子ちゃん、二階見てきてくれる？」

「……やめとく。どうせ鍵かかってるんだし、あとで見に行けばいいし……」

　弱腰なのを悟られたかもしれないが、裕子はもう意地を張るつもりはなかった。いまはふたりで一緒にいるべきだ。美由紀にしても、独りきりのところを襲われたら危険きわまりないだろう。ふたりいればなんとかなるかもしれない。いざというときに、どのように対処するのか、皆目見当もつかないが……。

　また美由紀が立ちどまった。

　裕子はきいた。「今度は何？」

　美由紀の目は、廊下の壁づたいに設けてある棚に向けられていた。扉のないそれらの棚に、ランドセルがいくつか並んでいる。

　忘れ物か、それとも六時限目に特別教室を使って、そのまま部活にでも出かけている児童たちがいるのだろう。めずらしいことではなかった。

そのうちのひとつに、美由紀は歩み寄っていった。しばらくランドセルを眺めると、ゆっくりと手を伸ばす。

ランドセルの蓋と背板のあいだに、くしゃくしゃになった布状の物が押しこめられていた。美由紀はそれを引きだした。

チョークの粉がこぼれおちる。美由紀の手に持たれている物は、体育で被る紅白帽だった。

今度は美由紀がため息を漏らした。「これも置いてっちゃったか……」

裕子は唸った。「盗んだ物で足がつくって気づいたのね。なんでこれは床に捨てずに、ランドセルに隠そうとしたんだろ?」

「この帽子、名前が書いてないから。ランドセルに入れておけば、この子の持ち物だと思えるでしょ? 盗品だとすぐにはバレないから、犯人が廊下をこっちに逃げてきた証拠にはならない」

「浅知恵よね。粉まみれだから判っちゃうのにね。あ、だけど、これがここにあってことは……」

やはり犯人は、この廊下を進んできたということだ。

恐るべき美由紀の勘。あるいはこれもただの偶然か。

いや。美由紀はここにきて、とんでもない才覚を発揮しはじめている。いままで誰にも見せたことのない、彼女の秘められた才能。わたしはそれをまのあたりにしようとしている。

ふいに、行く手で大きな音がした。

なにかが倒れたような、あるいは引きずられたような音だった。裕子はびくついたが、美由紀は息を呑んだようすさえ見せなかった。

美由紀は紅白帽を片手にぶらさげながら、廊下を悠然と進んでいった。

裕子はさすがに、もう先を争う気をなくしていた。かといって、この場にひとり取り残されるのも迷惑な話だ。あわてて美由紀の背後にすがるようについていく。

「やめようよ」と裕子は、美由紀に訴えた。「もう引き返したほうがいいって」

すると、ほどなく美由紀の歩みが遅くなり、ゆっくりと立ちどまった。警告を聞きいれてくれたか。裕子はそう思ったが、違っていた。

美由紀は廊下の行く手にたたずむ人影を見据えて、静かに告げた。「粕川先生。ここで何してるんですか？」

永遠に勝てない

粕川。

その名前を聞いて、裕子のなかから怯《おび》えの感情は消え去った。

やはり粕川だったか。万が一、見ず知らずの大人が犯人だったらと危惧《きぐ》していたが、それなら恐れるに足りない。

美由紀の陰から抜けだし、裕子は背筋をまっすぐに伸ばして歩きだした。「粕川先生」背の高さでは六年生の平均を下回るだろう粕川は、猫背になっているせいかより小柄に見えた。代わりに横幅は太い。腹はでっぷりとズボンのベルトの上にはみだしていて、ワイシャツははちきれんばかりに張り切っている。レンズの汚れた黒めがねに無精ひげ、ぼさぼさの髪は頭頂部から後頭部にかけて禿《は》げかけている。お世辞にも女子児童に人気があるとは到底いえない粕川は、いつも教壇でみせるような卑屈さをのぞかせながら、じろりとこちらを眺めた。

「きみらこそ」と粕川は囁《ささや》くような声でつぶやいた。

「こんなところに何の用だ」

裕子の目は、すでに粕川のズボンの膝《ひざ》あたりに向けられていた。

チョークの粉で汚れている。やはり犯人はこの男だったか。

そうと判れば、なんら遠慮する状況ではない。裕子はまくし立てた。「粕川先生って、音楽も理科もやらないじゃん。どうして特別教室ばかりの南棟に来たんですか？　どこも閉まっているのに」

粕川は眉間《みけん》に皺《しわ》を寄せた。「それは……。ちょっと用事があって……。借りてた本を返しに」

「本？　ああ。たしかに、この廊下の突き当たりに本棚があるわね。見つかったらそう言えばいいって思ってた？」

「なにをいってるんだ」

「いまさらしらばっくれないでよ。先生、バスケ部の部室に忍びこんだでしょ？　閉じこめられてあわてて逃げだして、ここに潜んでいればやりすごせると思った？」

「……な、なにをいってる。そんなこと、せ、先生が本当に……」

あわてると言葉がつまりがちになる。粕川はいつもそうだった。授業中でも悪ぶった男子児童が反抗的な態度をしめすと、こんなふうに顔を真っ赤にしながら、うまく喋《しゃべ》れなくなる。いまはその焦りの原因は、気まずさと体裁の悪さにあるに違いない。

そのとき、背後に足音がした。

振り返ると、ヘルメットを被《かぶ》った中年の男が近づいてくるところだった。教員ではない。スーツを着て、胸には入校証のバッジをつけている。手にはスーツケースをさげていた。

中肉中背のその男は、ぽかんと口を開けながらこちらに歩を進めてくる。「こっちはこれから点検するんで、締め切らせてもらってますが……。なにかおやりになることでも？」

どうやら、外部の業者らしい。胸のバッジには、氏名欄に桑畑《くわはた》と書きこまれている。何の点検に来ているのかはわからないが、校内の日常については疎いようだった。

粕川はおどおどしながら、桑畑という業者につぶやいた。「な、なんでもありません。す……すぐに外にでます……」

「……ああ」桑畑は粕川をじっと見つめた。「あなたさっき、猛烈な勢いでここに駆けこんできましたよね？　階段のところに、体操着みたいなのを落としていきませんでしたか？　二階の踊り場から見てたんですが」

「え……」粕川は絶句した。その顔はいっそう赤くなり、まるで茹蛸《ゆでだこ》のようだった。「そ、そんなことは、あのう、べつに……」

やっぱり。裕子は確信した。目撃者がいたのでは、もう言い逃れはできまい。すべてはっきりとした事実だ。

「粕川先生」裕子は廊下に声を響かせた。「女子バスケ部のユニフォームや靴下、上履きを盗んだんでしょ？　先生が怪しいとは思ってたけど、まさかほんとだなんてね」

「い……いや。先生は、そのぅ、そんなおかしなことは……」

「なにがおかしなことよ。そういいたいのはこっちだっての！」

打ちのめされたように下を向いた粕川は、弁明しきれないと悟ったらしく黙りこくった。

裕子はようやく安堵《あんど》するとともに、胸がすっきりするのを感じた。やった。教員を隠れ蓑《みの》に悪事を働いていた変態男に天誅《てんちゅう》を下した。これでこそ学年トップ、児童会長の面目躍如だ。

桑畑が咳《せき》払いした。「そのぅ、事情はよくわからないが、通報したほうがよさそうかな？」

「ええ」裕子は得意げな自分の声をきいた。「でもご心配なく。おまわりさんはすぐに来ます」

「そうか。じゃ、ようすを見てこよう。きみらもよかったら、一緒に外に……」

そういいながら、桑畑が背を向けかけたときだった。

いままで無言だった美由紀がぴしゃりといった。「待って」

裕子はびくっとして振りかえった。

驚かせないでよ。いきなり静寂を破るなんて……。

内心そう思いながら裕子はきいた。「どうかした？」

「犯人は粕川先生じゃないわ」

裕子は、ふいに殴られたような衝撃を受けた。

「な」裕子は美由紀を見つめた。「なにいってるの？　どう見たって粕川先生じゃん。武藤先生や部員たちも、粕川先生の後ろ姿を……」

「粕川先生らしき後ろ姿、でしょ」美由紀はいった。「本人だって証《あかし》はないのよ」

「太ってて後頭部が禿げてたってのに？」

「禿げてる人はほかにもいるだろうし、体格は見誤ったりもするじゃない。思いこみがあったりすると、その人に見えたりするでしょ」

「だけど……ほら、見てよ。粕川先生の膝はチョークにまみれてて……」

「一日の授業を終えればそうなるの。ほとんどの先生はエチケットブラシで粉を払うけど、粕川先生ってそこまでマメじゃないじゃん。いつも六時限目はこれぐらい汚れてる。裕子ちゃん、気づいてない？」

裕子は思わず黙りこくった。

粕川の膝などを、そこまでじっくりと観察したことはない。ゆえに、たしかに普段との比較はできない。いつもより汚れているという、確信はない。

でも、どうしてここまで状況証拠が揃っているのに、粕川が犯人でないと言い切るのだろう。

ひょっとして、わたしへの対抗意識のせいか。この期に及んでわたしをライバル視しだしたのか。

「みさっちゃん」裕子はいった。「なんでも否定すればいいってもんじゃないのよ。正しいことは正しいって、認めなきゃ駄目でしょ。なにもかも明らかだってのに……」

「明らかなのは、粕川先生が犯人じゃないってことよ」美由紀は硬い顔でそう告げると、なぜか桑畑のほうを見やった。名札を眺めながらたずねる。「そうでしょ？　ええと……桑畑さん？」

「あ……？　何いってるんだか、わからないが……。別の先生を呼んでこようか？」

「いいから動かないでよ」美由紀は冷ややかに言い放った。「泥棒が桑畑さんだってことはわかってるんだから」

さらなる衝撃が裕子を襲った。美由紀の言葉が耳鳴りのように反響して聞こえた。

桑畑も同様らしい。たちまち血相を変え、目を剝《む》いてきいた。「いったい何いってるんだ、きみは」

美由紀はいささかも動じなかった。手にした紅白帽をしめしながら美由紀はいった。

「この帽子ってさ、男女の違いがあるって知ってた？」

「な……何？」

「一見同じに見えるけど、女子の紅白帽は男子に比べて深くなってるの。女子は髪の毛が多いから、そのぶんが考慮されてる。これは女子の帽子。だけど、押しこんであったのは男子の黒いランドセルの中だった。この意味わかる？」

裕子はショックのあまり、立ちくらみを起こしかけていた。

美由紀の唐突な物言いに驚いたせいではない。その言葉が何を物語っているか、裕子ははっきりと認識したからだった。

まだ腑《ふ》に落ちないようすの桑畑が怒鳴った。「だから、何の話だっていうんだ！」

「わからない？」美由紀は呆《あき》れたように片方の眉《まゆ》を吊《つ》りあげた。「男女の紅白帽の違いを、学校の先生が知らないはずないじゃん。部室に盗みに入ったのが粕川先生だったら、偽装のためには女子のランドセルに突っこむっての」

ようやく問題の大きさに気づいたらしい。桑畑は愕然《がくぜん》とした面持ちになった。「な……。

それは……」

「そう」美由紀はあっさりといった。「犯人じゃないはずの粕川先生が、ここに駆けこんできて体操着を落としていったなんて証言した人が、ただひとりいる。誰が怪しいのか、低学年でもわかると思うんだけど」

校舎の温度が急激に下がったかのように、裕子には思えた。鳥肌が立つ。背筋には冷たいものが駆け抜ける。

今度は桑畑の顔が紅潮しだした。焦燥があらわになって、唇からは血の気がひいている。弁解しようと口もとをわなわなと震わせているが、思うように声がでないようすだった。

誰が見ても、身に覚えのない人間がここまで取り乱すはずがないのは明白だった。すなわち、美由紀の指摘は核心を突いていた……。

粕川はまだ怯えたような顔をしていたが、それでも教師としての使命感を忘れてはいなかったらしい。桑畑に歩み寄りながら、険しい顔をして告げた。「業者さんのようですが、なんの点検にお見えになったんです？　お名刺か、身分証明書みたいな物はお持ちで？」

桑畑は反応をしめさなかった。逆に、手で胸もとの名札を覆った。

業者というのは偽装だったのか。たぶん派遣元の会社名などもでっちあげなのだろう。すなわち、無許可で校舎に立ち入った外部の人間。もはや泥棒はこの男以外にありえなかった。

「あ」桑畑はひきつったような微笑を浮かべた。「ああ、身分証明ね。ちゃんとあるよ」

粕川は黙ったまま、片手を差しだして要求した。

なおも桑畑は全身を凍りつかせていたが、やがて拒否しきれない状況だと悟ったらしい。

自分の懐に手を滑りこませた。

ところがその手の動きは、突っこまれた瞬間に速度を増した。引き抜かれるときには倍以上の速さだった。手に握られている物は、名刺や身分証明書の類《たぐい》ではなかった。銀いろの鈍い光を放っていることが一瞬、裕子の目にもしっかりと捉《とら》えられた。

それが頭上にかざされ、音を立てて振り下ろされたとき、粕川はかろうじて後ずさってかわした。

物体はスパナだった。粕川は直撃をまぬがれたものの、床に尻餅《しりもち》をついてしまった。それでも桑畑からは数歩の距離まで遠ざかった。

桑畑は粕川に間合いを詰める代わりに、次に近い標的に向き直ることを選んだらしかった。その血走った両眼は、裕子のほうに向けられていた。

「……な」裕子は震える声を絞りだした。「なによ。そんな、暴力振るったら、あのう、おじさんの立場が悪くなるだけ……」

理屈をこねたところで、相手が聞く耳を持っていなければなんの意味もない。裕子はその事実を悟ったとたん、凍りついた。

足がすくんで動かない。粕川のように後方に身をそらすことさえできない。膝の関節が固まってしまい、曲げることさえ敵《かな》わなかった。

身体に感じるのは震えだけだった。全身が震えている。恐怖が喉《のど》もとを絞めあげ、悲鳴すらあげられない。

振りあげられたスパナは、裕子の頭上めがけて襲いかかってきた。桑畑の両目は、一瞬たりとも外れない。獲物を的確に捉えていた。風の音がきこえる。風圧が強まるのを額に感じる。

逃げられない。裕子は思わず目をつむった。

そのとき、裕子の身体に衝撃が走った。額を割られたかと思ったが、違っていた。裕子は、横方向に突き飛ばされていた。

床に背を打ちつけながら、仰向《あおむ》けに倒れこむ。痺《しび》れるような激痛が走ったが、それよりも自分の身体を覆う存在に気づいて、裕子は愕然とした。

「みさっちゃん！」裕子は思わず声をあげた。

美由紀の髪が裕子の顔にかかっている。荒い息遣いが頬に吹きかかっていた。美由紀は身を挺《てい》して裕子をかばっている。それはつまり、桑畑に対しては背を向け、まるで無防備になっていることを意味していた。

駄目よ。叫ぼうとしたが、裕子の思いは声にならなかった。早くどいて。そう怒鳴りたいのに、言葉が吐きだせない。

つかつかと歩み寄ってくる足音がする。桑畑が声を張りあげた。「このガキ！」

へたりこんだままの粕川が頼りにならないことはあきらかだった。もう逃れられない。

ブンとスパナが宙を切る音が裕子の耳に届いた。

次に衝撃を感じたときには、美由紀がスパナの直撃を受けたことを意味する。絶望が悲痛さを伴って裕子の胸のなかにひろがった。みさっちゃん……。

耳をつんざく音。なにかが弾《はじ》けたような音だった。

けれども、美由紀の身体は動かなかった。震動ひとつない。

美由紀の顔が、ゆっくりとあがっていく。半身を起こしていく。その肩越しに見える光景に、裕子ははっと息を呑《の》んだ。

振り下ろされた桑畑のスパナは、美由紀の頭部に命中する寸前で静止していた。震えるその腕をつかんでいるのは、担任の武藤だった。

武藤はこれまで見たこともないほど怒りをあらわにして、桑畑に怒鳴った。「この野郎！　うちの教え子に何してやがる！」

満身の力をこめて武藤は桑畑をねじ伏せようとしているようだが、桑畑のほうもかなりの腕力を誇っているらしく、両者は拮抗《きっこう》していた。桑畑は武藤の手を振りほどこうと躍起になっている。

起きあがった粕川が、桑畑の脚をつかみ、引き倒そうとした。桑畑はバランスを崩したが、まだ尻餅をつくまでには至っていない。スパナも手放さなかった。

廊下にけたたましく複数の足音が響く。教員たちはみな、靴のままであがりこんできていた。男女の教師はいずれも、いつもの印象とはまるで異なる憤りのいろを浮かべ、次々に桑畑の腕や脚にしがみついていった。ついに桑畑はその力に屈し、床に押し倒された。

なおも桑畑は大声を張りあげて暴れていたが、ふいに警笛が鳴り響くと、その動きが止まった。

巡査の制服がふたり駆けつけていた。ひとりは初老に近く、もうひとりは若かった。いずれの動作も機敏だった。教員たちの群れに割って入ると、桑畑に一喝した。おとなしくしろ。

その声が廊下に反響を残す。すなわち、廊下はふいに静寂に包まれていた。

警官たちが桑畑の身柄を拘束する。桑畑はようやく抵抗をあきらめたらしい。それでも憤然としながら、巡査に悪態をつき、毒づいている。

起きあがった桑畑の頭からヘルメットが転げ落ちた。桑畑の髪は薄くなっていて、後頭部の禿げぐあいは粕川に近かった。いまにしてよく見れば、まるで違う体型だとわかる。

この男を粕川と見誤ったのはわたしの責任ではない。外にいた児童たちがそのように口にしていたにすぎない。けれども、疑いもなくそれを事実のように受け取ってしまったのは、まぎれもなくわたしだった……。

裕子は床に座りこんだまま、ゆっくりと上半身を起きあがらせた。

美由紀の顔は、すぐ近くにあった。美由紀の腕は、まだ裕子の身体を抱きしめていた。

その腕の力がようやく緩む。美由紀は、呆然《ぼうぜん》としたような面持ちをこちらに向けてきた。

「……怪我してない？」美由紀がつぶやくようにきいた。

その裕子を気遣う真摯《しんし》な目を眺めるうちに、裕子の視界は揺らぎだした。堪《こら》え切れなくなって涙が溢《あふ》れだし、裕子は声をあげて泣いた。

どうして泣くのかさだかではない。張り詰めていた緊張が一気に解《ほど》け、ふと気づいたときには、泣かざるをえなくなっていた。それ以外に、いまの自分の感情に説明はつかなかった。

「みさっちゃん」裕子は涙を流しながらいった。「ぜんぶ……みさっちゃんのいうとおりだった。粕川先生にも謝らなきゃ。わたしが間違ってた。わたし……もうちょっとで死ぬところだったのに……みさっちゃんが助けてくれた」

この涙の正体はそこにあるのか。裕子はみずからの言葉に納得した。

意地を張り、極限まで気を張って美由紀への対抗意識を燃やした。優劣を競いたがるのは、わたしの生まれ持った宿命かもしれない。いずれにせよ、答えはでた。

美由紀はわたしにないものを持っている。いや、ほかの誰も持ちえない才覚に違いない。勇気とか強さとか、そんな陳腐な言葉ではいいあらわせない。もっと深いもの、正と邪の違いを見極め、邪に対しては徹底的に容赦せず、最後まで抗《あらが》いぬこうとする意志……。いわば揺らぐことのない絶対的な正義感が、彼女のなかにある。たとえ危険に身を晒《さら》そうと、恐怖という感情によってその信念が放棄されることはない。

この涙は悲喜の両方の感情によって流れおちていると、裕子は自覚した。悲しみは、わたしが欲していた究極のリーダーシップを得ることができなかったせいだった。そして喜びは、わたしの代わりにそれを持っている人間と出会えたことだ。岬美由紀。もはやわたしが越えられる相手ではない。

裕子は心からいった。「みさっちゃん。わたしの負けね……。児童会長の座はあなたに譲るわ」

美由紀は面食らった顔をした。「はあ？　なんで……？　わたし、そんなのになりたいって言った？」

その反応は、裕子を戸惑わせた。裕子にとっては、児童会長は名誉職だった。誰もがなりたいと望んでいる、そんな立場だと思っていた。

でも、どうやら違うようだ……。わたしの視野は狭かったのだろうか。共通していると信じた価値観が揺らぎだしている。わたしが素晴らしいと思い、目指そうとしたあるべき姿というのは、他人にとってはそうではないのか……。

呆然としていると、武藤がゆっくりとこちらに歩み寄ってきた。

桑畑は巡査と教員たちに囲まれながら引き立てられて、廊下を遠ざかっていく。武藤は苦々しい顔をしてそれを見送ってから、また裕子たちに目を戻した。その表情が和らぐ。

武藤はため息まじりにいった。「黒岩。きみの頭のよさはよくわかった。だから無茶をするのだけはよせ。大人のことは大人に任せとくんだ。きみから見たら馬鹿っぽく見えるかもしれんが……もう少し、先生を信じてもらえないか」

「……はい」裕子はつぶやいた。「ごめんなさい。先生」

その返答は武藤にとって予想外のようだった。眉をひそめて武藤は告げた。「やけにすなおだな。いつもそうだと助かるよ。それから、岬。きみもだぞ。危険なのはわかってただろう？　友達なら引き止めろ」

「でも」美由紀は穏やかにいった。「裕子ちゃんを信じてたから……」

裕子は驚いて美由紀を見た。美由紀は、屈託のない笑みを浮かべていた。

武藤はまたため息をついてから、廊下を歩きだした。「とにかく、ふたりとも保健室に行って消毒してこい。怪我をしてるんなら、絆創膏《ばんそうこう》を貼ってもらえよ」

立ち去る武藤を見送ってから、裕子はまた美由紀に目を戻した。

どうして美由紀は武藤に対し、あんなことをいったのだろう。わたしの名誉を守ってくれたのだろうか……。

裕子は美由紀にささやいた。「大人だね、みさっちゃんって……」

美由紀はかすかに驚いた顔をしたが、やがて笑みとともにいった。「裕子ちゃんのほうがずっと大人」

「そんなことないよ。でも、今日やっと……」

成長のきざしを感じた気がする。そう、ようやくわたしはスタートラインに立てた。人生という長いレースに足を踏みいれた。

いままで、年齢よりも上をいっていると自負してきた自分の感覚は、誤りだった。真の成長は知識によって得られるものではない。心が強くならなければ、大人にはなれない。

裕子は心のなかでつぶやいた。みさっちゃん。わたしは永遠にあなたには勝てない。でも、わたしは誇りに思う。あなたという人が存在してくれたこと。そして、わたしに真実を気づかせてくれたことに……。

美由紀はきょとんとして、裕子を見つめてきた。「どうしたの、裕子ちゃん……。気分でも悪い？　保健室で先生にみてもらったほうが……」

「いいの」裕子は深呼吸とともにいった。「すごくいい気分なの」

「へえ……。どうして？」

「みさっちゃんにはわからないわよ」

そう、わかるはずがない。この感情は、ほかならぬあなたが齎《もたら》してくれたものなんだから。

わたしにできること

冬は陽が傾くのが早い。午後四時すぎだというのに、もう湘南の海は紅いろに染まっている。

美由紀は黄色い通学帽を被《かぶ》り、ランドセルを背負って、湘南通りの海側の歩道をひとり下校していった。

ライトアップされた江《え》ノ島《しま》展望台が夕焼け空のなかで光り輝いている。沈みゆく赤い夕陽とは対照的だった。砂浜には、全身をウェットスーツで覆ったサーファーの姿が見える。冬の荒れた波がサーフィンの練習にもってこいだと聞いたことがある。すでに海面は暗くなっているのに、彼らは日没ぎりぎりまでボードとともに沖に繰りだす。

ヨットハーバーでは早くも酒場が賑《にぎ》わいだしていた。肌寒さを覚える冬の気温にそぐわない陽気なレゲエの音楽が奏でられている。その雰囲気に乗せられているのか、大人たちはシャツ一枚で洋物のビール瓶片手にご機嫌だった。

大人になると、冬でも気分しだいで夏にできるものなのだろうか。酒が入った大人たちはずいぶん楽しそうだ。子供のわたしとは違い、生活上のさまざまな制限がなくなるからか。もしそれが本当なら、早く大人になりたい。

いまのところ、このヨットハーバーの酒場について理解できることは、建物の下に物を隠せる安全な場所がある、その事実だけだ。海岸に下りると、櫓《やぐら》のような柱と梁《はり》がこの建物を支えている。そのジャングルジムのような空間の奥には、子供の身体でなければ入りこめない。だから、放課後にランドセルを隠してどこかにでかけるには好都合だった。

ふと、きょうもそうしてしまおうかという思いが頭をよぎる。

学校で起きた騒動については、いちおう親に連絡をいれておくと武藤先生はいっていた。両親のことは好きだが、小言は聞きたくない。家に着いたとたんに憂鬱《ゆううつ》そうな母親の顔を見るのはうんざりだった。

いっそのこと寄り道していこうか。でも、冬の湘南は時間が潰《つぶ》せないところばかりだ。江ノ電《えのでん》で遠出しても行くところがないし、江ノ島に渡っても、補導員に見つかったらいろいろ聞かれる。それは面倒だった。

ちょっと帰りが遅くなった友達が、心配した親の通報によって警察沙汰《ざた》になったばかりだ。仕方がない、帰るとしよう。

将来はこの酒場で朝まで過ごして、なにがそんなに楽しいかを身をもって検証したい。

美由紀の家は学校から離れていて、通学路も長い。住所も藤沢《ふじさわ》市に入っている。けれども、友達が遊びに来るときに迷う心配はほとんどない。住宅街のなかではなく、海岸沿いにぽつんと建つ一戸建てだからだ。湘南通りに面したスウェーデン風建築、切妻屋根にレンガの煙突が突きだした二階建て。ほかの家と見間違えるはずもない。

片瀬《かたせ》海岸東浜を過ぎると、その独特のシルエットが見えてきた。

門柱灯に明かりが灯《とも》って、手入れの行き届いた広めの庭をおぼろげに照らしだす。近所には、ガーデニングに精をだす家はほとんどない。潮風の影響で木や花が傷んでしまうからだという。わたしの家には花が咲き乱れ、緑が溢《あふ》れている。父と母がいかにまめな性格か、この庭からもうかがい知れる。

こっそりと玄関を入って自分の部屋に忍びこめるならそれに越したことはないが、無理だった。庭先にいるゴールデン・レトリバーが尻尾《しっぽ》を振って吠《ほ》える。美由紀が帰宅したことを両親に知らせる、アラームのようなものだった。

美由紀はため息をついた。「ただいま。カフワ」

小学三年のときから家族の一員になっているカフワは、美由紀に対してはすっかり警戒心を解いて擦り寄ってくる。飼いはじめたころには、ゴールデン・レトリバーは見知らぬ人が侵入した場合以外には吠えないと父がいっていたはずだが、そんな約束事はとっくに反故《ほご》になっている。

玄関を入るとアメリカン・ショートヘアの猫が二匹出迎えた。ゼリーとラムネ。どちらもカフワより前からこの家にいる。わざわざ駆けだしてくるからには、まだ夕食をもらっていないのだろう。美由紀が靴を脱ぐまで待って、一緒に廊下を歩きだした。

二匹の猫を引き連れるかたちで、美由紀はリビングに入った。隣りのダイニングから母親の顔が覗《のぞ》く。「おかえり。美由紀」

ほっそりとした長身、家にいるときでも外出着のようなスーツ系の服を好む母、美代子《みよこ》は、すこぶる機嫌がよさそうだった。「もうすぐシチューできるから、ガレージに行ってお父さん呼んできて」

美由紀はランドセルをソファに置きながらきいた。「お母さん、何かいいことでもあった？」

「これ」美代子は薬指に光る、見慣れない指輪をかざした。「結婚十五周年のお祝い。お父さんからもらっちゃった」

「ああ……そっか。結婚記念日だっけ」

「そう。お花も飾ってあるのよ。ほら」

意気揚々とダイニングのテーブル上の花瓶を指し示す母を見るうち、美由紀は忘れられている者たちへの義務は自分が果たさねばと感じた。

母は物欲しげな顔をした猫たちにまるで気づかず、キッチンに取って返していった。

美由紀はため息をつき、棚からキャットフードの缶詰を取りだし、部屋の隅の皿に空けた。

猫たちが美由紀の脚にさかんに擦り寄っていたのは、それまでだった。すかさず二匹は皿めがけて突進し、先を争うように餌を頰張りだした。

この食べっぷりから察するに、昼も貰《もら》っていない可能性が高かった。幸せは人の視野を狭くするのかもしれない。大人になったら気をつけよう。

美由紀は廊下に戻り、玄関とは逆方向に歩いていった。そこにも靴脱ぎ場があって、裏庭とガレージ専用のサンダルがある。それを履いて、扉を開けた。

扉の向こうはすぐにガレージ内だった。父は愛車の日産シーマでも磨いているのかと思ったが、違っていた。シーマは庭の車寄せに引きだされている。

代わってガレージのなかで父が格闘しているのは、無数の金属部品と剝《む》きだしの配線で構成されたマネキンだった。いま、骨組みだけの等身大の人形は椅子に腰掛け、さかんにモーターの音を奏でているが、ぴくりとも動かない。

父の隆英《たかひで》は、実質的に母よりも痩《や》せた身体にこの寒さが堪《こた》えるのか、セーターを何枚も重ね着して太って見える。白い息を吐きながら、手もとの書類と人形をかわるがわる見ては唸《うな》っていた。

「お父さん」美由紀は声をかけた。

隆英は振りかえった。「ああ、美由紀。おかえり」

「これ、テクモ511だっけ。お父さんの商社が販売代理店になるかもしれないっていう、将来の介護用ロボット」

「そうか。美由紀は会社に来たときに見学者用のビデオを観たんだったな。あいかわらず、いちど見たものをよく覚えてるね。お母さんに似たのかな」

「なんで家にあるの？」

「正規販売の時期が迫っているから、営業課長は性能の隅々まで学習しておくようにって、宿題を仰せつかってね。三つに分解できるから、トランクに積んで運んできたんだよ」

「正規販売……？　これ、売るの？」

「そうらしいね。これは試作品《プロトタイプ》だけど、じきに販売用モデルの資料がまわってくる」

腑《ふ》に落ちない話だった。納得できないばかりではない。美由紀の胸中に、暗雲が漂いだした。

人間型の自立二足歩行ロボットはまだ実現していないことは、小学生でも知っている。日本経済新聞の記事を読むのが好きな美由紀は、本田技研工業がつい先日、アシモ・プロジェクトなるロボット研究開発プログラムが社内で推進中であると公表したが、実現するのは早くて二〇〇〇年ぐらいになるだろうとされていた。

いま目の前にあるテクモ511は、開発中などという生易しいものではなく、鉄板がリベットで連結された人間型の鉄屑《くず》の塊という印象だった。思いつきでこしらえてみたが、歩行どころか直立すらままならない代物が出来上がり、どうにもならずにとりあえず試作品だと主張してみた、そんな感じだ。企業としては、そうとでもいわないことには開発費を経費として落とせないのだろうか。

「んー」美由紀は頭をかきむしってみせた。「お父さん。こんなのおかしいって。無理難題を押し付けられてるよ。そう思わない？」

「なんの話だい？　これはちゃんと電源も入るし、それなりに動くこともあるよ」

「こともある、って……。これの製造元って、おもちゃの会社ってわけじゃないでしょ？医療用ロボット器具を設計してる……」

「そう。ワシミ工業だよ」隆英は両手でロボットのわきの下をつかむと、力をこめて引き立たせようとした。「工業用のロボットアームを改造して、手術室に応用できるようにしたことで知られる世界的メーカーでね。複雑な動きを要するロボットアームの精度は業界随一。NASAの火星探査用ロケットに積まれる無人探査機のアームもワシミ工業製」

「あの手の無人探査機はもっと小型だし、キャタピラで動くじゃん。わたし、ビデオ観たときから、ちょっと胡散《うさん》臭い話だなって思ってるの。二本足で歩いて、家庭で介護に役立つなんて……」

「だから開発中だっていってるだろ。最低限の機能はもう備わってるんだよ。ほら、こうやって立つのは無理でも、片足を前にずらせばなんとか」

隆英は、ロボットが一歩片足を踏みだしたポーズをとらせた。かろうじてバランスを保った鉄製の人形は、隆英が手を放したあとも直立しつづけた。

「さて」隆英はリモコンに手を伸ばした。「このまま前に歩かせればだな……」

ボタンが押された。けたたましいモーター音が鳴り響く。家庭用とするには近所迷惑としか思えない。後ろにずらされた足が床から持ちあがらないまま、摺《す》り足のように前に踏みだされる……。

そう思えたとき、ロボットはぐらりと揺れて、前のめりにつんのめっていった。隆英があわてて背中から飛びつき、かろうじて床への衝突をまぬがれる。

それでも、かなりの重量だけに、引き起こすのは大変そうだった。隆英は歯をくいしばりながらいった。「手を貸してくれ、美由紀」

美由紀はため息をつきながら、ロボットの下に潜りこんで胸部を持ちあげた。やっとのことで、隆英はロボットを椅子の上に戻した。まだ脚は勝手に動きつづけている。宙に浮いた状態ならば、歩行のごとく稼動できるらしい。しかしそれは、まるで意味のない動作でしかなかった。

隆英がスイッチを切る。ガレージのなかは静かになった。

沈黙のなかで美由紀はつぶやいた。「介護が必要なのはロボットのほうじゃん」

「まあ、そうかな」隆英の声は、あきらかに意気消沈した響きを帯びていた。「いまのうちはね」

「おかしいって。お父さん。こんなの、まともな形になるのは十年以上先でしょ。開発元の研究室にあるならわかるけど、この段階で販売代理なんて。買うところがあるって、本気で思ってる?」

「こういう物の開発にはお金がかかるんだよ。だから将来的な見込みも含んで販売契約をとる。製品として完成したら、たちどころに注文が殺到するだろ? だからその際には、すでに契約を交わしてあるところから順に製品を提供していくんだよ」

ますます信用できない話だった。できるかどうかわからない技術に、販売だけを先行して投資を募るなんて。これではよくある詐欺商法ではないか。

「よく考えてよ」美由紀は父に訴えた。「こんなの、月の土地を販売してる業者と一緒じゃん。ワシミ工業はちゃんとした会社かもしれないけど、この介護ロボットについては信用できない。お父さんの会社は、売れそうな商品を仕入れて売る商社でしょ？　見込みのない商品は断っちゃえばいいのに」

隆英はふいに暗い顔になった。「美由紀。そうもいかないんだよ。会社っていうのはね、簡単じゃないんだ。大人の事情がいろいろあって……」

「事情って？　これで発生する赤字を補って余りある有力商品のパッケージとして押しつけられたとか？　独占禁止法第十九条違反で訴えてやればいいじゃん」

「……美由紀。お父さん思うんだが、日経新聞を読みこむのはまだ早いんじゃないかな。友達とも話があわないだろ？　朝日小学生新聞を購読したほうが……」

「やだってば。水に感謝の言葉を投げかけたら美味《おい》しくなるとか、そんな非科学的な投書が載る新聞、読めるわけないでしょ。子供じみてる」

「美由紀は子供だろう。背伸びしすぎるといろいろ大変なことが起きるよ」

「大変って？　どんなこと？」

「たとえば……変わった友達しかできなかったり、大人のことに首を突っこみすぎて危険な目に遭ったり……」

美由紀は思わず口をつぐんだ。

父の指摘と、きょう自分の身に起きたことは似通っているような気もする。というより、父はずばりわたしの日常を言い当てたのではないか。

いや。美由紀は否定した。黒岩裕子は聡明《そうめい》で性格のいい子だし、無二の親友だ。女子バスケ部の侵入犯も、きょうのうちに捕まえておかねば犯行をエスカレートしていった可能性がある。

わたしは誤った道など歩んでいない。でも……。

父にも心配はかけたくない。

どうすればいいだろう。あえて子供っぽさを纏《まと》ったほうが健全とみなされ、大人からは愛される。その事実にはとっくに気づいている。そのように振る舞うことで大人のウケを狙う同年齢の児童もたくさん見てきたからだ。でも、そこに生じる大人からの愛情というのは、大人たちが自分よりも劣っている存在として可愛げを感じる、本能的な好みに裏打ちされたものでしかない。大人びた子供を、大人はただ生意気と感じる。わたしは反発したいわけではない。ただ誰とでも対等でいたいだけなのに。

戸惑いとともに、美由紀は黙りこくった。なにもいえずに口を閉ざす、それしかできなかった。

そのとき、扉が開いた。母の美代子が、コードレスの子機を手にして現れた。

美代子の顔にはなぜか、困惑のいろが浮かんでいた。美代子はいった。「隆英さん、部長からお電話が」

「部長？」隆英は眉《まゆ》をひそめて子機を受け取り、電話にでた。「はい、岬です。……どうも。……ええ、テクモ511ならうちに運んでますが。……え？　なんですって？」

隆英の表情がふいに曇った。眉間《みけん》に深い縦皺《じわ》が刻まれる。

いつも温厚な父が、ここまで感情をはっきりと表したことはない。美由紀は動揺を禁じえなかった。なにがあったというのだろう。

ガレージをうろつきながら、隆英の声はしだいに興奮の響きを帯びていった。「どういうことなんです。そんな急に……。ええ、同僚もみな製品を持ち帰ってますよ。そのように指示があったから……。まさか、会社の倉庫を空けるためだったんですか？　いえ、そうとしか思えません。不用品を処分する金さえケチったんでしょう。何もかも決定事項だったんですか」

美代子が歩み寄ってきて、美由紀の手を引いた。「バイオリンの練習でもしてらっしゃい。お食事になったら呼ぶから」

美由紀は抵抗の素振りをしめしたかったが、迷惑はかけたくなかった。母の顔にも憂いのいろが浮かんでいる。

扉を開けてなかに入ると、母はガレージに引き返していった。美由紀は階段を昇らずに、廊下に立ちつくし、半開きの扉の向こうから聞こえる声に耳を澄ました。

隆英は電話に怒鳴り散らしていた。「どうしろっていうんです⁉　いまも商談中の取引き先がいくつもあるっていうのに……。引き継ぐ？　新しい会社の人間が、ですか？　明日以降、私は何をすればいいんです。出社もさせてもらえないんですか。この鉄の塊を家に置いたまま失業ですか」

しばらくのあいだ、父は同じニュアンスのことを繰り返し電話の向こうにぶつけていたが、やがてどうにもならないと諦《あきら》めの感情に支配されたらしい、声はしだいに小さくなっていった。

ええ。……つまり倒産、解散。突然の解雇ってことですね。任意整理に巻きこまれないだけでもありがたく思えと、そういうことですか。……わかってます。部長も辛《つら》い立場にあられることは。でも私も、家族を養っていかなきゃならないですし……。

やがて通話は、そっけない言葉で幕を閉じた。いままでありがとうございました。隆英がつぶやくようにそう告げると、電話を切る電子音がピッと響いた。

ガレージはそれきり、静かになった。

いくらか時間が過ぎた。母の声が、おずおずときいた。「隆英さん。……どうなったの？」

「失業だよ」父の声が力なくいった。「会社は潰れた。僕はもう無職だ」

「そんな」母は悲痛な声をあげた。「どうして？　きょうも仕事があったんでしょ？」

隆英のため息がきこえた。「部長の説明では、銀行が融資を打ち切ったらしい。資金繰りに行き詰まった結果だそうだ」

「だからって、こんなに急に……」

「銀行は融資の継続を約束して、ただ内部処理の都合上、いったん融資を引き揚げるといってたようだ。でも、二度と融資はなかった。……無理もないよ。ワシミ工業の販売代理店業務がメインになってから、業績は悪化の一途を辿《たど》っていたから……」

美代子は、さっき美由紀が口にしたのと同じ不満をぶちまけた。「こんな実用性のない製品ばかり押しつけられたからよ。計画的に倒産に追いこまれたようなものだわ」

「仕方ないんだよ。ワシミ工業は四年前からうちの会社の筆頭株主になってた。実質的に子会社化されてたんだ。どんなに売れそうにない製品でも、扱わなきゃいけなかった……」

美由紀は衝撃とともに立ちすくんだ。

父は半ば、勤め先に生じている問題に気づいていた。それでも従わざるをえなかった。それが父のいう大人の事情だった。

事情のすべてを、美由紀は理解できたわけではなかった。大人の世界にはまだわからないことが多すぎる。それでも、察しがつくこともある。

バブル崩壊で景気は一気に冷えこんだ。大企業は下請けにそのツケを負わせて倒産させ、あたかもトカゲの尻尾を切ったかのように生きのびる策を選んでいる。

ワシミ工業もそうなのだろう。商社だった父の会社を買い取り、子会社にして、製品が売れなかったという既成事実を作らせて倒産に追いこんだ。本来は親会社が負うべき莫大《ばくだい》な負債額を押しつけて……。

母が涙声で訴えるのが聞こえた。「どうにかならないの？　美由紀はもうすぐ私立を受験するのよ。たとえ公立に進んだって、これからのことを考えると……」

「わかってるよ！」父は苛立《いらだ》ちの声をあげた。「だからといってどうにもならないんだ。ただのリストラじゃないんだよ。会社がなくなっちまった以上、文句ひとついえないんだ」

「そんな……」美代子は声を震わせて泣きだした。

憤りを美代子にぶつけてしまったことに、隆英は罪悪感を覚えたらしい。押し殺したような声で隆英はつぶやいた。「すまない……」

美由紀は悲しみがこみあげてくるのを感じた。気づいたときには、頬を涙がこぼれおちていた。

両親が苦しんでいる。わたしのことは、どうでもいい。学業も中学まででいい。その後、借金を返すために働くことも厭《いと》わない。けれども、父と母が希望を失うなんて、とても耐え切れない。

ふたりの足音が、ゆっくりと扉のほうに向かってくる。美由紀は身を翻した。

階段を駆けあがりながら、美由紀は歯をくいしばった。諦めちゃ駄目だ、自分にそう言い聞かせた。両親を救うために、わたしにだってできることがあるはずだ。わたしにだって……。

時は戻せない

翌朝、湘南の空は晴れ渡っていた。美由紀の心に漂う暗雲とは対照的だった。

冬の七里ヶ浜は美しい。毎年のようにそう思う。清掃が行き届いているというだけではない。海原はどこまでも蒼《あお》く、ときに透き通って見える。このまま次の夏まできれいでいてくれたら。去年のいまごろもそう願っていたのを、美由紀は思いだした。でもその望みを、神様は聞きいれてくれなかった。この世には叶《かな》わない願いもある。

いまわたしが胸に抱いている思いもそうなのだろうか。いや、どうあっても運命を変えねばならない。

学校をずる休みすることには罪悪感を覚える。けれども、大きな目的のためには、曲げざるをえないこともあるはずだ。

登校途中、美由紀は海岸に下りていって、ヨットハーバーの酒場の下にランドセルを隠した。通学帽も脱いで、名札も外した。小銭入れひとつをポケットにおさめて、美由紀は湘南海岸通りに戻ると、江ノ電の藤沢駅に向かった。

ひょっとしたら、ほかにも最寄の駅があるのかもしれないが、美由紀が知っているのは藤沢駅につづく道だけだった。遠回りであってもそれを選ぶしかなかった。

全区間がほんの十キロメートルの単線ながら、藤沢駅は始発駅のためそれなりに広く大勢の人で賑《にぎ》わっていてひと目につきやすかった。それでも、平日でも観光客が大勢乗車する江ノ電では、わたしひとりが特別に目立ちやすい存在にはならないだろう。美由紀はそう予測していた。ホームで扉が閉まるまでは、母親が偶然乗りこんできはしないかとひやひやしていたが、無事に発車して駅を離れると、美由紀はほっと胸を撫《な》でおろした。

二両編成の車内は見知らぬ大人たちで一杯だった。美由紀は座席で小さくなりながら、ずっと視線を足もとに落としていた。注目してほしくない。存在を記憶に留《とど》めてほしくもない。

高架線から緩やかな坂道を下って石上《いしがみ》駅に入る。無人駅なので車掌が降車客の切符を回収している。のんびりとした時間が漂いだすと、美由紀は緊張がいくらか解《ほど》ける気がした。

ふたたび動きだした電車は、民家が軒を連ねる古い住宅地のなかの、路地のごとき狭い空間を縫うように走っていった。窓から差しこむやわらかい陽射しが、車内に明暗の落差をつくる。

リズミカルな振動を刻む電車に揺られながら、美由紀はこれから自分を待つ重責に思いを馳《は》せた。

みずからに課した使命を果たさなかったら、わたしはただ学校をずる休みしただけでしかない。ただでさえ苦しんでいる両親に悩みの種をひとつ増やしてしまうだけだ。そんなことは許されない。つまり、もう後戻りはできない。

でも、どうすればいいだろう。父が商社に連れていってくれたことを除けば、美由紀は会社というものを訪問した経験などゼロに等しかった。厳密にいえば、小学三年のころに社会科見学で江ノ島もなかの工場を訪ねたことがある。けれどもあのときは集団のなかのひとりだった。引率の先生もいた。いまは、わたしはただひとりだ。

こんなことは、これで最後にしたい。大人になってからも孤立無援の単独行動がしばしば起きる、そういう綱渡りのような人生なんかまっぴらだ。わたしは、無謀な行為を冒険と称して楽しめるタイプではない。

電車は江ノ島駅をでて路面区間に入っていた。朝のラッシュで賑わう道路の真ん中を、車両は滑るように駆け抜けていく。ここだけ電車がバスに変身したかのようだ。

わたしも変われるだろうか。美由紀は心拍が速まるのを感じながら思った。いまの一瞬だけでも大人になりたい。外見上、大人だと見なされるのなら、どんなことをしてもかまわない。

ワシミ工業本社は、鎌倉《かまくら》と横浜にまたがる広大な山の斜面に存在していた。江ノ電の終点、鎌倉駅からはバスで四駅の距離だった。

市役所よりもずっと大きく近代的なビルが緑地にそびえている。その膝《ひざ》もとですら、美由紀の立つ国道沿いの歩道からはまだ遠かった。警備員のいる小屋のわきを抜けて、ビルのほうに長い私道がスロープ状に伸びている。行き来する車両はすべてワシミ工業のロゴ入りで、警備員にはＩＤカードを呈示している。セキュリティは、思ったよりも厳重だった。

わざわざ歩み寄る人もいない銀いろの巨大看板に近づく。植え込みのなかに据えられたその光り輝く看板には、誇らしげに社名が刻まれていた。ワシミ工業株式会社。

磨きあげられた看板は鏡も同然で、やや歪《ゆが》んだ美由紀の姿が映りこんでいた。少しでも大人に見えてほしいという美由紀の願いもむなしく、そこには家の洗面所の鏡のなかで見るのと同じ、小学生そのものの美由紀がいた。

深いため息が漏れる。服装だけでも大人びたものを身につけてくるべきだったろうか。でも、渋めの服といえばバイオリン発表会のときに母が仕立ててくれた紺のブレザーぐらいだが、あれを着たのでは登校というには不自然すぎて、無事に家をでることさえ敵《かな》わなかっただろう。

困り果てて立ち尽くしていると、しわがれた男の声が近づいてきた。「お嬢ちゃん。どうかしたのか」

年配の警備員が近づいてくる。美由紀は当惑した。職務熱心なガードマンだ。会社の看板の前に立つ者すべてに警戒心を働かせているらしい。子供にすぎないわたしですら無視しない。

「あ、あのう」美由紀はおずおずといった。「ここ、ワシミ工業さんですか」

警備員は面食らった顔をしてから、ふっと笑った。「会社にさん付けとは、できたお嬢ちゃんだね。いくつ？」

「ええと、あの……十二」

美由紀は自分の勇気のなさに失望した。大人を前にしたのでは、どんな虚勢も通用しない。自分がそんな諦《あきら》めの気分に支配されているのはわかる。でも、だからといって第一声からすなおになって、いったいこの場にどんな得があるというのだろう。

「名前は？」と警備員がきいた。

「ええと……そのう……」

小屋からもうひとり、警備の制服を着た男がでてきた。こちらのほうはずっと若い。クラスの担任の武藤と同じぐらいの年齢に見えた。

その若いほうの警備員が、携えてきたクリップボードを差しだした。「金城《かねしろ》さん。けさ十時すぎに来たこのテヅカって会社なんですけど。訪問先書き漏らしちゃってるみたいで。どこ行ったかわかります？」

「あん？」金城と呼ばれた年配の警備員は、クリップボードを凝視した。「ああ、そいつはたしか、下請けの部品の営業だったな」

「ってことは総務部？」

「たぶんな。電話で確認してみろ」

美由紀はほとんど無意識のうちに、そのクリップボードの表記に目を走らせていた。視力はいいほうだ。細かい字でもこれぐらいの距離ならなんとか読める。

表には手書きで記入してある。行ごとに筆跡は変わっていた。警備員たちの会話から察するに、ここを通っていった来客たちのサインのようだ。訪問時刻、氏名、会社名、訪問先の順で書きいれるらしい。

そのなかで、気になる名前が目にとまった。鷲見編朗。いまから一時間ほど前にゲートをくぐっている。会社名は空欄になっていた。ほかの整然とした筆跡に比べて、その名だけは妙に下手で、書きなれていない感じがする。訪問先は別の人間が書いたらしい。たぶん警備員ふたりのうちどちらかだろう。社長執務室とあった。

若い警備員が踵《きびす》をかえして立ち去っていくと、金城がこちらに向き直った。「で、お嬢ちゃん。こんなところにひとりでなんの用？」

ごくりと唾《つば》を飲みこみたくなるが、緊張しているところは見せたくない。美由紀は平然とした面持ちを保とうと努力した。

大人に嘘をついた経験はほとんどない。まして見ず知らずの相手には。でもいまは、事実に反していることをいかにもっともらしく言葉にできるか、そこにすべてがかかっている。

美由紀は勝負にでた。「アムロ君、もう中に入っちゃったんですか？」

自分でも驚くほど、さらりとした物言いだった。自然な演技という観点では、ほぼパーフェクトだったろう。

だが、この場で審判を下すのは演技を前提として見ている人間ではない。金城が騙《だま》されてくれるか否か。そこが運命の分かれ道だった。

しばらくのあいだ、金城は妙な顔をしてじっと美由紀を見つめていた。

駄目か……。思わず表情が崩れ、困惑のいろを露呈しそうになる。

ところが、金城はふいに笑い声をあげた。「ああ。社長のご子息のお友達かね。きょうは一緒に来ることになってたのかい？」

ひそかに安堵《あんど》しながら、美由紀はさも子供っぽい声をあげてみせた。「バス停で待ち合わせることになってたんだけど、アムロ君だけ先に行っちゃったから……」

「そうか、そうか。いや、そりゃ悪いことしたねぇ」

会話を聞いていたらしい若い警備員が、小屋から顔をのぞかせた。「社長室に連絡いれます？」

美由紀はひやりとした。ここで確認されたのではひとたまりもない。

「いや」と金城が告げた。「友達なんだし、早く会わせてあげたほうがいいだろ。軽をまわしてくれないか。俺が本社棟に連れてくから」

思わずため息が漏れる。金城が振りかえったとき、美由紀はびくつきながら微笑を取り繕った。金城は怪訝《けげん》な顔ひとつ浮かべなかった。

鷲見《わしみ》という苗字《みようじ》、下手な漢字、会社名なし、訪問先は社長室。たぶん社長一族の男の子だろうと推測したが、当たっていたようだ。年齢もわたしと同じか、せいぜいひとつ上に違いない。編朗は当て字でアムロと読ませることは明白だったし、その名は一九八〇年ぐらいに流行《はや》ったアニメの影響を受け、わたしと同世代の男子に多くつけられていた。よって、わたしが友達と主張することは不自然ではない。瞬時にそう結論づけて、あのような言葉が口を衝《つ》いてでた。

一瞬の賭《か》け。わたしは勝利をおさめた。ひとまず門前払いだけはまぬがれた。まだ第一関門突破という段階でしかないが。

ドアにワシミ工業のロゴが入った白塗りの軽自動車が、スロープを下ってきた。小さな車体は警備小屋の前で切り返し、美由紀のすぐ近くで停まった。

金城が助手席のドアを開けて、美由紀に愛想よく告げてきた。「お乗んなさい、お嬢ちゃん。あ、名前まだ聞いてなかったな」

「岬美由紀です」

名乗ってから後悔した。笑顔が凍りつくのが自分でもわかる。実名をばらしてしまった。もうこの事実は消せない。ほんの数秒前だろうと、時は戻せない。

追い討ち

ホテルと見まごうばかりの広大な床面積に、十階まで吹き抜けのホール状のロビーで、美由紀の案内役は金城から受付の女性へと引き継がれた。エレベーターで五階にあがると、そこにも規模の大きなラウンジがあって、今度は社長第一秘書という女性が出迎えた。モデルのように長身でスリムな女性だった。ここから先は、その緑山理香子《みどりやまりかこ》という名の社員が社長執務室へと導いてくれるらしい。

美由紀が初めてまのあたりにしたワシミ工業の社内の印象は、無駄に空間ばかりが存在する無機的な屋内施設というものだった。白いパネルに覆われた壁面がはるか遠くまでつづいているかと思うと、その一角に小さな通用口がぽつんとあって、技術者風のスタッフたちが出入りしている。ビルのなかにビルがあるような不思議な構造だった。そこに行き着くまでの屋根付き広場は、いったいなんのためにあるのだろう。美由紀は藤沢の自宅のおおよその床面積と、その空間を対比させてみた。このフロアの空いている場所だけでも、五十軒以上の家を建てられるだろう。

　社屋を小さな町工場風にしておけば、これらの土地代や清掃にかかる費用を軽減できて、社員の給料に還元されるかもしれない。働いている人たちはなぜ文句をいわないのだろうか。せめて、この空いているところに宿舎でも建ててくれませんかと交渉すべきだろう。大人の価値観はわからない。

　社長第一秘書の理香子は、通路を先に立って歩きながら、美由紀をちらと振りかえった。

「きょうは学校は休み？」

　これが第二関門だ。しかし、美由紀はこの質疑を予測していた。問いかけられるのも遅すぎるぐらいだ。

　きょうは平日だが、社長の息子の編朗は学校を休んでいるし、その友達を装った美由紀についても、学校に行っていないことを警備員は不審がらなかった。鷲見家のような富豪の息子となると私立に通っているかもしれないが、美由紀の知るかぎりここから通学可能な圏内に、きょう祭りや記念日の地域はないはずだった。とすると、答えはひとつだけだった。

「創立記念日なので」と美由紀はいった。

　理香子の表情はかすかに和らいでみえた。

「編朗君とは同じクラスなの？」

「……ええ。班も一緒です」

「そう。仲がいいのね」

「さあ……」

前に向き直った理香子が微笑を浮かべたのを見て、美由紀はこの関門も突破したと確信した。とはいえ、相手がこちらの想像を絶する狸である可能性も否定はできない。大企業の社長第一秘書ともなると、本心を表情にはまったく表すことなく、抜け目ない計算を働かせることができるのかもしれない。

大人になれば、こういう駆け引きにおいても、どの程度の深みがあるのかを察知できるものなのだろうか。顔を見ただけで心を読めるようになりたい。

通路の行く手は透明なチューブ状の渡り廊下になっていて、眼下に工場棟らしきフロアを眺め渡せる。整然とした生産ラインはそれ自体がひとつの機械のようだ。高度にオートメーション化されているからか、エンジニアたちの動きもゆっくりしていて、ほとんどがフォークリフトで段ボール箱を運んだり、コントロールパネルを眺めて手もとのクリップボードにチェックを入れたり、ひとつのブースにおさまってレバーを上下に動かすだけの単純作業だった。フロアの隅々まで規律が行き届いている。職人的な勘を働かせる余地はどこにもないらしい。

組み立てられた製品は一箇所に集められていた。高さ二メートルほどの柱の先に関節が存在し、そこから一メートルほどの金属性の腕が伸びていて、末端は人間のような五本指の手の形状をなしている。エンジニアが検査をしているらしく、歩み寄ってボタンを押すと、手は生きているようにうねうねと動いた。

フロアから渡り廊下につづく階段を、ふたりのエンジニアが登ってきた。髭《ひげ》面の男がマスクを外しながら、もうひとりにぶつぶつと告げている。「マニピュレータ部の制御ソフトを初期化しておかないと、実時間性が必要になるソフトウェアサーボが働かない」

頭の禿《は》げたもうひとりのエンジニアが淡々とかえす。「ハンドの動作軌道を作成するのはホストコンピュータだろ。運動学のほうも上位ソフトウェアが管理してる」

「指関節の減速比と定格回転数は制御ソフトまかせなんだよ。生かしておかないと三千rpmに固定されたままだ」

「じゃあジョイント角の微小変化とヤコビ行列の計算式が入ったソフトを取り寄せておこうか。ジョイントに生じるトルクは……」

ふたりは美由紀に目もくれずにすれ違い、歩き去っていった。

その会話がどんな意味を持つのかは判然としないが、少なくともここで研究されているロボットアームを見るかぎり、父に押しつけられた出来損ないの介護ロボットが、本気で製品化を目指し開発中のしろものとは、どう考えても思えなかった。ここの無駄のない未来的なワークフローと、あの半田ごてとドライバーの手作業で組みあげたような等身大電動人形は、美由紀のなかではまるで結びつかなかった。

売れそうにない製品の販売を強引にノルマとして課し、父の会社を倒産に追いこんだ可能性は、いよいよもって高まった。わたしはどうすればいいだろう。肌身に感じたというだけでは、議論にすらなりえない。ワシミ工業側に悪意があったことを立証せねばならない。でもそれには、わたしの知識は不足し過ぎている……。

いつしか通路は、厚みのある絨毯《じゆうたん》とマホガニー調の高級感漂う内装に変化していた。企業の重役クラスが利用するフロアに違いない。

突き当たりに大きなガラス張りの扉があった。向こうに見えるのは、美由紀がテレビの情報番組でしか見たことのない、ホテルのスイートルームのような豪華絢爛《けんらん》たる室内だった。数々のアンティークな調度品に彩られ、革張りのソファに大理石のテーブル、窓を背にした巨大なデスクはアールデコ調だった。ここもまた、普通の家が五、六軒は建とうかという、無駄に広い床面積を誇っている。

そのガラス扉ごしに、こちらに向かってくるひとりの痩《や》せた少年が見えた。

まずい。

美由紀がそう思ったときには遅かった。少年は、一枚のプリントをひらひらさせながら、ガラス扉を押し開けて廊下にでてきた。

巷《ちまた》の男子たちに流行している渋カジ、紺ブレといういでたち、それもずっと質のいいデザイナーズブランドらしき物を身にまとった、華奢《きゃしゃ》な少年だった。顔は日焼けしているが目のまわりだけは白くなっている。眼鏡ではなくサングラス、いやゴーグルの痕《あと》だとわかる。予想どおり、美由紀と同世代だった。手にしているプリントにも、小学六年の社会科の問題が印刷してある。解答欄はすべて記入してあったが、筆跡は彼のものではなかった。大人が書いたに違いない。

閉まりかけた扉の向こうから、野太い男の声がした。「次からは、ちゃんと自分でやるんだぞ」

少年は愛想笑いひとつ浮かべず、ただガラスごしに手を振っただけで、さっさと通路を立ち去ろうとした。ふとその歩が緩み、美由紀のほうに目をやる。

第一秘書の理香子が少年に声をかけた。「編朗君」

なにもいわなくても、わかるでしょう。お友達よ。理香子は無言のまま、そんなふうに仕草でしめした。

美由紀はひやりとした。背筋を冷たいものが駆け抜ける。目を合わせたくないが、視線を向けないのも不自然だ。

鷲見編朗の反応は要領を得ないものだった。かすかに眉間《みけん》に皺《しわ》を寄せて、ぼそりときいた。「誰？」

理香子の表情が曇りがちになった。「クラスメートでしょう？　岬さんっていう……」

より最悪なことに、編朗という男子の人間性は美由紀にとって好ましいものではなかった。口を絶えず動かしているのは、ガムを嚙《か》んでいるかららしい。とろんとした眠たげな目つきは、礼儀にはほど遠く、態度も反抗的でぞんざいだった。父親の会社、社員の前でこのような挙動をとるからには、ふだんの性格もおおよそ見当がつく。

編朗に出会ったら、級友を装ったことはすなおに詫《わ》びて、できることなら社長を説得することの重要性について意見を交わしたかった。協力を求めるまでは虫が良すぎるとしても、美由紀の抱く悩みについて少しでも理解をしめしてほしかった。

でもそれらのことは、わたしの一方的な都合にすぎない。美由紀はそう痛感せざるをえなかった。彼には彼の生き方がある。勝手に押しかけておいて、同世代というだけで仲間意識を抱いてくれることを期待するなど、我儘《わがまま》にもほどがある。

美由紀の思いを裏付けるかのように、編朗は吐き捨てるようにつぶやいた。「さあ。知らねえ。会ったこともねえ」

それだけ口にすると、編朗は背を向け、プリントを乱雑に折りたたんで尻《しり》のポケットに押し込み、歩き去っていった。

理香子の射るような視線がこちらに向いているのを、美由紀は視界の端にとらえていた。けれども、体裁の悪さと恐ろしさのせいで、そちらに視線を合わせられない。

しばらくすると、理香子は壁ぎわに歩いていった。備えつけてあった白い受話器を手にとる。内線用の電話らしい。理香子は冷ややかに告げた。「警備員を寄越してくれる？」

背筋に感じていた寒気は、全身に広がりつつあった。きっと学校と親に連絡がいくだろう。わたしの行いは、両親の心痛を強めるだけなのか。どうにかして事態を打開しなければ……。

そのとき、ガラス扉が開いて、ひとりの男が顔を覗《のぞ》かせた。「どうかしたのか」

ワシミ工業の社長に違いないその人物は、美由紀の想像とはずいぶん違っていた。年齢は予想したよりも若く、四十代か五十歳そこそこという感じだった。たしかに小学六年の男の子がいることを考えると不自然ではない。だがそれ以上に美由紀が意外に思ったのは、彼の柔和な顔だちだった。

太ってはいないが、骨格からして丸顔のせいかふくよかに見える。目尻が垂れているところは息子に似ているが、編朗の眠たげな目とは違い、いつも笑っているようなまなざしだ。髭はなく、口はぽかんと開いていて、見知らぬ女子児童をまのあたりにした驚きを隠さずにいる。暖房が効いているせいか、この季節にして上着を身につけず、ネクタイを緩めたワイシャツ姿だった。

美由紀の通う公立小学校の職員室にでもいそうな感じ、あるいは町工場や中小企業で見かける課長クラスという風体だった。とても世界に冠たるワシミ工業を率いるリーダーとは思えない。

ひょっとして、たんなる部下にすぎないのだろうか。たしかに社長執務室にいるから社長と断じるのは、早計すぎる。

ところが理香子の言葉は、美由紀にまだ人を見る目が培われていないことを証明するものだった。

理香子はいった。「社長。この子、無断で社内に立ち入ったらしいんです。編朗君のお友達だと嘘をいって」

絶望が美由紀のなかに広がった。もうどうにもならない。悪くすると警察に通報されてしまうかもしれない。

しばらく鷲見社長はじろじろと美由紀を見つめてきた。品定めするような目。わたしの目的が何なのか、訝《いぶか》しがっているのだろう。

だが、社長はまるで意外な反応をしめした。にっこりと微笑むと、ガラス扉を開け放ちながら告げてきた。「そりゃ、わざわざご苦労さんだったね。どうぞ、お入りなさい」

美由紀は面食らい、絶句した。

理香子も同様らしかった。抗議するような声で社長に訴えた。「編朗君のお友達じゃないんですよ。未成年者ですし、親に連絡しておかないと……」

「まあ待て。彼女にもいろいろ事情があるんだろう。いいから、ここは私にまかせたまえ。ええと、きみ。お名前は？」

「み……岬、美由紀です」

「岬ちゃんか。ま、とにかく、中に入んなさい。午前中の視察が取りやめになって、ちょうど暇を持て余しておったところだ」

こんなことがあるのだろうか。美由紀は首を傾げざるをえなかった。鷲見社長はわたしを執務室に迎えいれようとしている。それも、妙に上機嫌だ。

社長は理香子を一瞥《いちべつ》して告げた。「きみはさがっていい」

理香子は当惑のいろを浮かべたが、美由紀に目を向けると、あたかも嫉妬《しっと》心でも抱いたかのようにむっとした表情になった。それっきり、理香子は黙って背を向け、通路を歩き去っていった。

「さあ」社長はガラス扉を入っていった。「どうぞ。見てのとおり何もなくてつまらない部屋だが、話をするくらいなら支障はないだろう」

美由紀は半ば呆然《ぼうぜん》としたまま、吸いこまれるように扉の向こうに足を踏みいれていった。

何もないどころではない。社長室にはあらゆる物が溢《あふ》れていた。通路から見ていただけではわからなかったが、奥には寝室やシャワールーム、ダイニングキッチンまである。一方の壁には百インチのプロジェクター・スクリーン、その隣りには巨大な水槽があって無数の熱帯魚が泳いでいる。

キャビネットにはトロフィーが所狭しと並べられ、その周囲の壁は額に入った賞状に埋め尽くされていた。文化貢献、もしくは業務成績を讃《たた》えられ省庁から贈られたものらしい。代表取締役・鷲見将輝《まさてる》と記載してあった。写真入りの賞状もあったが、まぎれもなくいま室内にふたりきりになっている、この穏和そうな男性に相違なかった。

突然、社長に直談判《じかだんぱん》できるチャンスに恵まれるなんて。そう望んでいたにもかかわらず、まったく予想できないことだった。

鷲見は美由紀に愛想よくいった。「座りなさい。なにか飲むかね？　ジュースとか」

「いいえ……。結構です」美由紀は恐縮しながら、ソファに腰を下ろし身を硬くした。

ふむ、と鷲見は顎《あご》をさかんに撫《な》でながら、向かいのソファに座った。「ついさっきまで、編朗はここにいたんだよ。通路ですれ違わなかったかね？」

「ええ。扉のすぐ外でお会いしました」

「そうか。そりゃよかった」鷲見はなぜか満面の笑いを浮かべていた。「追いかけたくもなるだろうが、あれもいろいろ忙しくてね。代わりといってはなんだが、こんな冴《さ》えない親父で我慢してくれたまえ。しかし、編朗のことならなんでも聞いてくれてかまわんよ」

話がみえてこない。鷲見はわたしになにをつたえたがっているのだろう。どうして歓迎してくれているのかも謎のままだ。

ただ、相手の態度がどうであれ、いまは非礼を詫びるほうが先だろう。理香子が訴えていたように、わたしが嘘をついて会社に立ち入ったのは紛れもない事実だからだ。

「あのう、社長さん」美由紀は頭をさげた。「本当に申しわけありませんでした。わたし、編朗君と顔見知りでもないのに、級友だなんて偽って……」

鷲見は大仰に手を顔の前で振った。「とんでもない。きみみたいな子に支えられてこそ、編朗は存在価値があるんだ。でなきゃ、ただの馬鹿息子だよ。勉強もろくにできんし、いまも宿題のプリントを持ってきおったからな。つい甘やかして、代わりにやってしまう。よくないことだが仕方がない。編朗は、学校とは違うところで勉強しとるからな。レッスン代がむやみやたらと高いことを除けば、あいつにとって有意義なことばかりだ」

「……レッスン代？」

「そうだ。なんでもニューヨークのブロードウェイから、有名な先生が来てるんだってな？　きみらのあいだでも、編朗のダンスは評判なんだろ？　いや、まだそれほどでもないか。先輩のコンサートで、二度ほどステージに上がらせてもらっただけのようだからな。テレビで観る日を心待ちにしてるんだが、いまのところは放送はない。で、私も親として、きみのようなファンの話がきけるのは楽しみでね」

いよいよおかしなことになってきた。美由紀はきいた。「ファンですって？」

「ああ」鷲見は真顔だった。「前にも編朗がひとり連れてきてたが、その子は岩手のコンサートに行ったとか。きみは、どこで編朗を見たんだね？」

美由紀が絶句すると、室内は沈黙に包まれた。まるで時間が静止したかのように、鷲見はじっとこちらを見つめたままだった。

居心地の悪さを感じながら、美由紀はおずおずといった。「あのう……。社長の息子さんは……芸能人か何かなんですか？」

鷲見は心底驚いたように目を丸くした。「むろんだよ。アイドルだ。ジャニーズJr.《ジュニア》ってのに入っとる。私はよく知らなかったが、妻が一年前に履歴書を送って、それで採用されて……いまじゃそれなりに活躍しとると本人からきいとる」

美由紀はただ呆気《あっけ》にとられ、鷲見を見つめていた。鷲見がたずねるような顔を向けてきても、美由紀には言葉が見つからなかった。質問したいのはわたしのほうだと美由紀は思った。

やがて鷲見は面食らったように告げてきた。「それを知ってててここに来たんじゃないのか？」

「知ってるも何も……。社長さんにご子息がおられること自体、さっき偶然知ったばかりです」

「ご子息って、ずいぶん丁寧な言葉づかいをするね。きみは何年生だ？」

「小六です。編朗君も同じですよね？　宿題のプリントからわかりましたけど、それ以外のことは……」

「きみ、息子のファンじゃないのか。追っかけじゃないのか」

「違います」

「じゃあ」鷲見は警戒心をのぞかせた。「なぜこの会社に来たんだね」

困惑は深まるばかりだったが、ようやく切りだせる状況になったのは確かだった。

美由紀は鷲見を見つめていった。「わたしの父は、こちらの販売代理店をしている商社に勤めています。藤沢の伊里野江《いりのえ》商会という会社で……」

「伊里野江商会」鷲見の顔が険しくなった。「すると、きみは息子に用があったのではなくて……」

「ええ。社長さんにこそお会いして、お話しさせていただきたかったんです。きのう父のほうに、会社から電話があったんです。父はいきなり仕事を失いました。会社自体がなくなってしまったんです」

「お気の毒に」鷲見はじれったそうな顔になった。「しかし、他所《よそ》の会社のことは、私にはどうにもならん」

嘘だと美由紀は思った。確たる証拠はないが、鷲見のそわそわした態度に本心が垣間見《かいま》える。彼は当然のことながら、父の会社の名を知っている。

「いいえ」と美由紀は告げた。「社長さんの会社は、伊里野江商会を子会社化してるじゃないですか。介護ロボットだとか、開発中の製品の予約販売を引き受けさせた」

鷲見は苦い表情でテーブルのインターホンに手を伸ばし、受話器をとった。「緑山。すぐ来てくれ。警備員をひとり連れてな」

美由紀はあわてて早口でまくしたてた。「父の会社があああることは判ってたんでしょう？　経済の仕組みがどうなのか、わたしにはよくわからないけど、社長さんは含み損を父の会社に押しつけたんじゃないんですか。初めから父の会社を倒産させるつもりで、株式を取得して傘下に置いたんじゃないんですか」

「いやな小学生だな、きみは」鷲見は受話器を置くと、憤りのいろを漂わせた。「私に会って、そういえと父親に教えられてきたか？」

「違います。わたしは自分の意志でここに来ました」

「意志」ふんと鼻を鳴らし、鷲見はソファの背に身をあずけた。「じゃあ聞くが、きみがいま口にした言葉について説明してもらおうか。自分の意志で喋《しゃべ》っているのなら、判らないことはないはずだよな？　含み損とは、どういう意味かね？」

「簿価つまり株式を取得した価格と、時価とを比較した際の損失のことで、取得した価格が時価よりも高い場合、その差額を……」

「ちょ、ちょっと待て」鷲見は身体を起こした。「どこでそんなこと勉強した？」

「……新聞は読みますから」

「ふうん」鷲見は憤然とした面持ちのまま、唸《うな》るようにつぶやいた。「編朗にも見習わせてやりたい。私の息子という前途有望な立場に置かれながら不勉強。片やきみは、潰《つぶ》れた商社の社員の娘なのに聡明《そうめい》か。世の中うまくいかないもんだな」

「潰れたんじゃなく、潰したんでしょう。社長さんが」

「知らん。岬ちゃんだったな。いいかね、これだけの会社を運営していると、ひとつひとつの業務についてはそれほど時間をかけている暇はない。中小の会社の買収や売却、業務提携および関係の解消は、一日という単位のなかでも複数あるんだ。伊里野江商会という社名と、資本を引き揚げる決定を下したことは覚えているが、細かい取り引き内容までは記憶にない。下調べはすべて社員にまかせてあるからな。とはいえ、私がそう決定を下したからには、それなりの理由がちゃんとあったんだろう」

「そうは思いません。父の会社は優良とまではいえないまでも、ちゃんと利益をあげていました。業績が傾いたのはワシミ工業の製品を預かるようになってからです」

「私の判断は間違っていた、もしくは調査が不十分、不正確だったといいたいのか」

「ええ……。そうです。正しいはずはありません」

「そこについては全面的に意見が合わないようだな。私はきみと同じ年齢だったころから、物事をありのままに認識し分析する力に長《た》けていると評価されてきた。いまもそれは変わらない。私は、私自身の思考を信頼している」

「そんなことはありません。人間、誰でも間違いはあります」

鷲見は怒りをあらわにして立ちあがった。「きみは誰と話しているつもりなんだ！　甘えるのもいい加減にしろ。私は、きみがふだん顔を合わせているようなレベルの低い大人たちとは違うんだぞ」

美由紀はその言葉を聞き捨てならないと感じた。「どういう意味ですか、それは。社長さんに、わたしの両親や担任の先生のなにがわかるっていうんですか」

大仰にため息をつき、鷲見はうんざりしたように告げた。「すまんな。子供相手に本気になった私が馬鹿だったようだ。すぐ迎えが来るから、おとなしくしていたまえ」

「……父の会社について、考え直してはいただけないんでしょうか」

「きみを見ていれば、父親がどんな教育をしたかはわかる。人を騙《だま》して会社に潜りこむ、とんだ小学生だな。子供を満足に育てられない男の勤める会社が、まともに機能するとは思えん」

背後で扉が開く音がした。ハイヒールの音と、それより低い靴音が響く。

振り返らなくても、誰なのかは判っている。秘書の緑山理香子と警備員に違いなかった。

もう時間がない。美由紀は焦燥感に駆られながら鷲見に訴えた。「すべて独断で判断なさるんですね。でも、社長さんにも絶対に間違いはあります」

「そう思いたければそれでいい。見知らぬ子供との会話に付き合わされる謂《いわ》れはないというか、私の現在の認識も紛れもなく正しいと思うがね」

「現に間違ってたじゃないですか！　編朗君がジャニーズJr.だなんて、まるっきり嘘よ。社長さんは騙されていることに気づいてない」

鷲見の顔がこわばった。しかし、美由紀はそれ以上、彼と視線を合わせることはできなかった。踏みこんできた大人たちに両腕をつかまれ、戸口に引き立てられていったからだった。

理香子は怒鳴った。「来なさい！　自分が何をしているかわかってるの。大人だったら完全に犯罪者扱いよ」

美由紀は、万力のように締めつける警備員の腕から逃れようと、身をよじりながら叫んだ。「社長さん。息子さんのレッスン料っていうお金は直接手渡ししてるんでしょ？　それ、全額息子さんのお小遣いになってるのよ。奥さんがジャニーズに履歴書をだしたってのは本当だろうけど、合格通知なんか来てない。編朗君は社長さんの信頼を利用して、遊びほうけているだけなのよ！」

鷲見の怒号に似た声が室内に響いた。「愚弄《ぐろう》するのもいい加減にしたまえ！　きみは息子のことを知らなかったといったじゃないか。根拠もなくでまかせで中傷する気なら……」

「根拠ならあるの！　息子さんの顔にゴーグルの痕があった。あれはスキー焼けよ」

「それがどうしたっていうんだ。息子にはスキーはまだ早いとでもいうのか？」

「ジャニーズはスキー禁止なの！」

「……な」鷲見の声はふいに小さくなった。「何？　禁止……？」

「骨折の危険があるからそう決まってるのよ。ダンスレッスンを受けられるほどに将来を期待されているならなおさらでしょ。っていうか、ジャニーズは有料のレッスンなんか催さない。社長さんの判断にも間違いはあるのよ」

「私に……間違いがあるだと？」

「さっきの宿題のプリントだってそう。社長さんが編朗君に代わって記入した答え、学校の先生が見たら、編朗君がやってないってことは一目瞭然《りょうぜん》よ」

「筆跡が私の字だからか？　あれはな、編朗がこれから書き直して……」

「字でわかるんじゃないのよ。答えを見れば、あきらかに大人がやったってわかるの。あのまま提出したら、先生に親が呼びだされる事態になって、編朗君の立場も悪くなることに……」

美由紀は理香子と警備員に強引に連れられて、戸口の前まで迫った。ガラスの扉に映りこんだ鷲見は、呆然とした面持ちで立ち尽くしている。驚きとショックのあまり、声もでない、そんなようすだった。

いますぐ呼びとめてほしい。もう少しだけ話すことができれば、鷲見社長も心を開いてくれるかもしれない……。

その美由紀の願いは、ついに叶《かな》うことはなかった。理香子たちは扉を押し開けると、美由紀を廊下に引きずりだした。

左右から両腕をしっかりと捕捉《ほそく》された美由紀の足は、ほとんど床についていなかった。

理香子は前方を見据えたまま、足早に歩きながら吐き捨てた。「下におまわりさんが迎えにきてるわ。覚悟を決めておくことね」

それを聞いた瞬間、美由紀は全身の力が抜けていく気がした。

警察を呼ばれてしまった。学校にも、親にも連絡がいく。おそらく前代未聞の出来事として、大きく問題視されてしまう。わたしは、両親の顔に泥を塗ったも同然だ。すでに追い詰められているふたりの心に、さらに追い討ちをかけてしまった。

テールランプ

藤沢の自宅の前に乗りつけたパトカーから降ろされたとき、すでに周りには人だかりがしていた。家から飛びだしてきた母の目は、かつてないほど見開かれていた。

美由紀は周囲の射るような視線に晒《さら》されながら、体裁の悪さにうつむいて歩を進め、玄関を入るしかなかった。

失業者になった父も家にいた。両親が庭先で巡査から事情を告げられているあいだ、美由紀は二階の自室に引き籠《こも》っていた。逃げているわけではない。本当は両親には自分の口から謝りたかった。けれども、巡査はそうすべきでないと判断したらしい。美由紀をまず自室に向かわせることは、到着する前に両親と話がついていたようだった。すなわち、もう家とは連絡を取りあい、おおよそのことは伝えてあったのだろう。むろん、無断で休んだ学校にも同様に電話があったに違いない。担任の武藤先生が真っ先に状況を知るだろう。ほかの先生たちも、そしてやがてはクラスメートたちにも噂が波及していくかもしれない。

以前に、隣りのクラスの男子児童の兄がバイク事故を起こし、通行人を死なせたとき、翌日には学校じゅうがその噂で持ちきりになった。新聞やテレビではいっさい報じられなかったのに、誰もがその児童の名を知っていた。人の口に戸は立てられない。わたしの悪評も、誰もが聞き及ぶことになってしまうだろう。

全国的に有名な企業に嘘をついて侵入した。社長の息子の友達だと偽った。わたしの行いはつまるところ、いっさいの弁明のきかない犯罪でしかない。友達も離れていくだろう。先生たちからも軽蔑《けいべつ》の目を向けられるだろう。わたしはたった独りになる。

思いがそこに及んだ瞬間、耐え難い孤独を感じ、美由紀は身震いした。ベッドに潜り、シーツのなかに顔を埋《うず》めて、絶望のときを待つしかなかった。すなわち、父母と顔を合わせる時間。永遠に来ないでほしい。叱られることはかまわない。わたしは、自分の愚かさはよくわかっている。反省もしている。ただ、両親の辛《つら》そうな顔が見たくなかった。笑顔に戻そうとしたのに、ひどい仕打ちしかできなかった。わたしはどうしようもない娘だ。生きている資格なんかない。

母親に呼ばれたのは、すっかり窓の外が暗くなった午後六時すぎだった。

美由紀はとぼとぼと階段を降り、リビングに入っていった。

父はいつもの席に座り、テレビのニュースを観ていた。母はキッチンに戻っている。なにかを揚げている音がした。夕食の準備。いつもどおりの日常がそこにあった。そこに座りなさい。けれども、その静寂こそが身に迫る緊張感となって美由紀に襲いかかった。そこに座りなさい、厳しい声でそう告げられるほうがどんなに楽かわからない。

テレビの画面のなかでは、キャスターたちが談笑していた。その明るい雰囲気が恨めしくてたまらない。父は笑ってはいない。おそらく、その音声に耳を傾けてもいないだろう。わたしが部屋に入ってきたことは、すでにわかっているはずだ。

何をいうべきかわからず、しばしのあいだ立ちつくした。そのうち、美由紀は泣きそうになった。

涙をこぼす前に、伝えねばならないことがある。美由紀は震える声で告げた。「ごめんなさい」

視界がたちまちぼやけてしまったために、父がどんな顔をしているかはわからなかった。ずいぶん長く感じられる沈黙の時間があった。そして、テレビを消す音がした。

「座りなさい」と父が静かにいった。

憤りを通り越して、もう怒鳴ることすらできなくなった父の声。美由紀にはそう思えた。向かいのソファに腰を下ろして、ただ身を硬くするしかなかった。

ため息とともに父が立ちあがった。その顔を見あげたとき、父はこのうえなく恐ろしい形相をしているように、美由紀には感じられた。天井の埋め込み式のライトから広がる明かりのなかに、シルエット状に父の顔が浮かんでいる。ゆっくりとこちらに近づいてくる。

幼いころ、聞き分けのないわたしの頰を父が張ったことがある。あのときの痛みはいまでも忘れない。自戒の気持ちをこめて、二度とぶたれない子になろうと誓ったものだった。

しかし、わたしはその誓いを守れなかった。

歯をくいしばって、その痛みに耐えるしかない。むしろ、気の済むまで頰を張ってほしかった。わたしをわが子と思いたくないだろう。憎しみをぶつけてほしかった。絶縁したいと両親が願うなら、わたしは拒まない。家をでて、行くあてもなくさまようしかない。わたしには、ここにいる権利などないのだから。

父がしゃがんで、美由紀の顔を覗《のぞ》きこんできたとき、いよいよ罰を受けると美由紀は覚悟をきめた。怖くなり、思わず目を閉じてしまった。

けれども、その状況でしばらく待っても、頰に痛みを感じることはなかった。

恐る恐る目を開けてみると、父の穏やかな表情がそこにあった。

「どうかしたのか」父は心配そうにきいた。「気分でも悪いのか」

「……いえ」美由紀はかすれた自分の声をきいた。「お父さん、わたし……」

父は美由紀の手をとり、そっと握った。「何もいわなくていい。美由紀がお父さんのためを思ってやったことだ」

美由紀は絶句した。こんな言葉を受け取るなんて、まるで予想していなかった。

「どうして」美由紀は泣きながらきいた。「なんで怒らないの？　わたし、お父さんに……心配かけたし……お母さんにも。馬鹿なことして、恥かかせちゃったんだし……」

そのとき、キッチンのほうから近づいてくる足音がした。母は穏やかにいった。「美由紀。そんなことはいいのよ。わたしだって似たようなことを考えてたんだし」

「え……？」

「直接、会社に行くことまでは思いつかなかったけどね。ワシミ工業に電話するとか、手紙を書くぐらいのことは、したかもしれないの。じっとしていられない気持ちはよくわかるわ」

「だけど」美由紀は、とめどなく流れ落ちる涙をぬぐいながら、父に告げた。「わたし、勝手に学校を休んだんだし……嘘もついたし……」

「美由紀」父は落ち着き払った声でつぶやいた。「こんなことをいってはどうかとも思うけど、人間少しははみ出してもいいと、お父さんは考えてる。それが絶対に正しいことだと、自分が感じるのなら」

「……でも、わたし、よくないことをしたんだし。規則も守らなかったし……」

「美由紀はけさ、出かける前に、悪いことをしようと思ってたのかい？　お母さんやお父さんに迷惑をかけて、叱られたいと考えてたのか？」

すぐさま美由紀は首を横に振った。「そんなこと……」

「ないんだろう？　それなら、悔やむこともないじゃないか」

「お父さん……。わたしを怒らないの？」

「怒る理由なんかないよ。子供がなにをしようと、心底憎むような親はいない。まして、美由紀はお父さんたちのために頑張ってくれたんだからね。ただ、こんな危ないことは二度としないでほしいとは思ってる。なにより心配なのは、美由紀が傷ついたり、痛い思いをしたりすることだ。美由紀が危害を加えられることも、世間から孤立することも、お父さんたちは望んでない。こういうときには独りで行動しようとしないで、まず相談してくれないか」

「けど……。お父さんがワシミ工業に抗議したら、どんな仕返しをされるかわからないし……」

父は笑顔を見せた。「美由紀が報復されるよりましさ。美由紀の決意とか、勇気を感じられるだけでも、お父さんには励みになるんだよ。だから今度からは、どんなことでも打ち明けてほしい。お父さんたちも、美由紀にはなにもかも話すよ。きのうのように追い払ったりしない。独りで辛い思いをさせてしまったことは、本当に申しわけないと思ってる。これからは、お互いに言葉を交し合おう。いいね」

美由紀はしばらくのあいだ、呆然《ぼうぜん》として父の顔を眺めていた。

やがて、母の顔に目を移した。母も微笑を浮かべていた。屈託のない笑み。きのう、父に悪夢のような電話がかかってくる以前の、穏やかな時間が戻りつつある。

その温かみに、美由紀の胸は満たされていった。気づいたときには、大粒の涙をこぼして泣きじゃくっていた。「ごめんなさい……。本当にごめんなさい……」

謝らなくてもいいと告げられても、美由紀の口をついてでたのは、謝罪の言葉だった。

美由紀は泣きながら、その理由に気づいていた。

わたしは両親のために行動した、そんなふうに意地を張ってみたところで、所詮《しょせん》は子供にすぎなかった。迷惑をかけた結果、両親に叱られることを恐れていた。嫌われたくないと心から願っていた。家に帰ってから、じつはそれをなによりも先に望んでいた。その事実を、ようやく自覚した。わたしは、子供でしかなかった。だから、罪を許されたいま、涙がとまらなくなったのだろう。親に対する甘えなんか払拭《ふっしょく》して、理性的に生きていると、どこか自負しつづけてきた。でもそれは勘違いだった。わたしは両親に甘えることなしには生きられない。まだ子供だから……。

「約束する」と美由紀は震える声でいった。「いまはひとりでは行動しない。でも大人になったら、お父さんとお母さんが苦労しないように、わたしが何もかも引き受ける。わたしにまかせて。大人になったら」

父は美由紀の手を、わずかに力をこめて握りながら、ささやくようにいった。「わかった。そのときにはよろしく頼むよ。美由紀」

やがて母が、美由紀の頭をそっと撫《な》でて告げた。「もう泣かないで。食事にしましょう。冷めると美味《おい》しくないわよ」

泣いたのは、甘えが許されたという安堵《あんど》のせいばかりではない。美由紀はそう思った。父の置かれている立場は、昨晩と何も変わってはいないはずだ。すなわち、両親は自分たちの身に感じる辛さや苦しみを、心の奥底に仕舞いこんで、わたしを気遣ってくれている。美由紀は、その慈悲にすがるばかりの自分を情けなく感じていた。結局、わたしは両親にさらなる重荷を背負わせてしまった。両親はわたしへの配慮も心がけねばならなくなった。

勝手に行動を起こし、世間に迷惑をかけて、親を恐れ、それでも叱られなかったことに胸を撫で下ろす。わたしはただの愚かな子供だ。親のためといいながら、自己満足だけを求めていたにすぎなかった。

父は立ちあがり、ダイニングのほうに向かっていった。美由紀もゆっくりと立ちあがり、歩を進めた。足が重かった。

そのとき、玄関のチャイムが鳴った。

母が怪訝《けげん》な顔をして、玄関に歩いていく。「誰かしら」

武藤先生の可能性が高い、と美由紀は思った。担任としてようすを見に来たのかもしれない。美由紀は急いで頰の涙を拭《ぬぐ》った。泣いていたことを悟られたくはない。

ところが、玄関の扉を開けた母の反応はどこか違っていた。「あのう……ええと、どちらさまでしょうか」

低い男の声が聞こえてきた。「美由紀ちゃんはご在宅でしょうか」

はっとして美由紀は凍りついた。思わず父のほうに目をやる。父は、来客が誰なのかぴんと来ないらしく、しきりに首を傾げていた。

美由紀には声の主の正体がわかっていた。きょうの午前中、初めて耳にした声。けれども、一生忘れることのないその響き。

すぐさま駆けだした。おい、美由紀、どうした。父が足早に追ってくる。

説明している暇はない。父に引き合わせるよりも、まずわたしが話をしなければ……。

玄関に着くと、扉の外に立っている男と目が合った。

グレーの厚手のコートを着た、背の低い中年の男。ワシミ工業代表取締役社長、鷲見将輝がそこに立っていた。

視線を合わせると、美由紀は足がすくんだ。言葉を発しようにも声にならない。何をいうべきかもわからない。

父がすぐ背後にやってきた。

どうやら、父は来客の顔だけは知っていたらしい。しばし絶句し、息を呑《の》む気配があった。

やがて父はつぶやいた。「鷲見社長……?」

母が鷲見に目を向け、驚きのいろを漂わせる。両親はふたりとも、突然の来訪者にどう対処すべきかわからず、途方に暮れているようだった。

鷲見の顔に微笑はなかったが、かといって険しさも感じられなかった。妙に淡々とした口調で、鷲見はいった。「ぶしつけながら、お子さんと話があるんですが。少し、お借りしてもよろしいでしょうか」

「はあ」父は困惑ぎみにきいた。「それはいったい……? そのう、どういった話を……」

「なに、すぐ済みます。庭先でお話しさせていただくだけです」鷲見の目がこちらに向き直った。「美由紀ちゃん。よろしいかな」

美由紀は黙って立ちつくしていた。

まだ小学生のわたしは、外部の人間と直接口をきくことを要請されても、突っぱねられる立場にある。保護者すなわち両親が立ち会うことを、先方は拒否できない。そんな趣旨のことを、担任の武藤先生から聞いたことがあった。

けれどもいまは、両親を盾にするつもりはなかった。向こうが何を求めてきたのかは知らないが、もう親に迷惑はかけられない。自分のしでかしたことの始末は、自分でつける。

美由紀はうなずいて、靴脱ぎ場のサンダルを履くと、扉の外に向かっていった。

両親が引きとめたがっている気配を背に感じる。ふたりとも、どうすべきか迷っているらしい。美由紀は振り返って、笑みを浮かべてみせた。心配しないで。目でそう訴えた。

庭にでると、外は肌寒かった。そよ風が冷たい。門柱灯の明かりはおぼろげで、辺りは暗かった。秋口にはさかんに耳にした虫の音も聞こえない。湘南海岸通りを往来するクルマもごくわずかだった。静寂だけが包んでいる。

いや。正確には、かすかなエンジン音が門の外に聞こえる。車幅灯の光が見えていた。目を凝らすと、黒塗りのセダンが家の前に停車しているのがわかる。大きなクルマだった。たぶん、運転手を待機させているのだろう。

鷲見はコートのポケットに両手を突っこんで、庭をぶらりと歩きだしていた。車寄せからガレージのなかを眺めて、鷲見は立ちどまった。「ほう。ここにあったか」

美由紀は近づいていった。鷲見が見つめていたのは、ガレージの内壁に凭《もた》せかけてある、例の介護ロボットだった。

しばしロボットに見いってから、鷲見は美由紀に目を向けてきた。白い息を吐きながら

鷲見はいった。「あれが実用製品化されれば、お年寄りの独り暮らしに大きな力になる」空虚な物言いだと美由紀は思った。鷲見の真意は知れている。ただ実証できないだけだ。

「ええ」と美由紀はうなずいてみせた。「わたしの子供が老人になったころには、おおいに助かるかも」

「いうね」鷲見の頬がかすかにひきつった。「きみはこう思っているんだろ。実用性のないガラクタをお父さんの会社に押し付けて、私はワシミ工業の延命を図ったと。いわば伊里野江商会およびきみのお父さんは、私の生贄《いけにえ》となり、犠牲になったと」

「違うんですか」

鷲見はため息をついた。「家に帰ってから、ご両親にこってり絞られなかったのか？警官や学校の先生にも釘《くぎ》を刺されたろう。目上の人にはどんな態度で接するべきかを、説いて聞かされなかったのかね？」

「……謝らせることが目的でしたら、わざわざおいでにならなくても、こちらからうかがいましたけど。この場で土下座しましょうか」

「よしたまえ。形ばかりの謝罪など受け取る気にはならんよ。それに、きみのような子供の恨みは買いたくない。私が思うに、復讐心《ふくしゅう》に裏打ちされた執念ほど怖いものはないからね。合法であれ非合法であれ、強者との形勢を逆転しようとする意志は何よりも強力な起爆剤になる。きみが社会人になったとき、私は老後を過ごすか、早々と墓に入っているだろう。会社を息子に譲っているかもしれん。あの馬鹿息子では、きみのような利口な人間につけこまれるのがおちだ。会社ごと乗っ取られてしまうかもしれんな」

「世襲制にしなきゃいいと思いますけど」

鷲見は愉快そうに笑った。「きみと話していると、小学生だということを忘れそうになるよ。実際、編朗と同じ歳とは信じられん。あれは驚くほどに幼稚だ。それでも世間並みだと私は自分にいいきかせてきたが、きみを見てその考えは甘いと思った。息子の根性は徹底的に叩《たた》きなおさねばならん」

美由紀は妙に思った。謝罪を求めているのでなければ、鷲見はなにを主張したくてここまで来たのだろう。

「あのう、社長さん。ここまでおいでになったのは……？」

しばしの沈黙があった。鷲見の顔にはまだ笑いが留《とど》まっていたが、やがて真顔になった。

「きみが帰ったあと」鷲見はいった。「編朗を呼びつけて事情を聞いた。まだ言い逃れをする腹だったみたいだが、問い詰めたら白状した。あれは私たち親を騙《だま》していた。きみのいったとおりだった」

どんなふうに問い詰めたのだろう。

なぜかその疑問が真っ先に美由紀の頭に浮かんだ。編朗という少年の顔がちらつく。彼は、許しを乞《こ》うたのだろうか。涙を流しただろうか。それとも憤然として、やけを起こしながら偽証を認めたのだろうか。

「まあ」鷲見は庭をうろつきながらつぶやいた。「それについては、きみが正しかったわけだ。きみの言葉を全否定するような言い方をして、すまなかったと思っている。たしかに私にも、間違いはあったわけだ。その点はすなおにお詫《わ》びしたい」

「……どうも」

「きみの不法侵入については、本来許されることではないものの、私の裁量で大目に見ることもできる。学校のほうには、誤報だと伝えてあげてもいい。そうすればきみも、きみの両親も立場を悪くせずに済むだろう。明日からまた大手を振って学校に通える。どうかね？」

かすかな疑念が脳裏をかすめる。美由紀のなかで鈍い警戒心がこみあげてきた。わたしの立場を守るため、口裏あわせをしてもいいと鷲見は告げている。今度は社長の彼が嘘をつくことを申しでている。なぜだろう。編朗の嘘を見破ったことへの礼にしては、やけに恩着せがましい。

いずれにせよ、そのような申し出を受けるつもりはなかった。美由紀はいった。「結構です。ご迷惑をおかけしたのは事実ですし」

「いいのかね。そんなことをいって、世間の評判を落とすのはきみだけじゃないんだよ。お父さんの再就職にもかかわる問題だろう。そうだ、お父さんにはきちんと、伊里野江商会が倒産した経緯について説明して差しあげよう。誤解は晴らしておきたいんでね。私にも説明責任があるだろうし」

一介の課長にすぎなかった父に、親会社のトップが直接説明責任を果たす。異例のことに違いなかった。けれどもやはりそこには、稀有《けう》な出来事をありがたく思えという言外のメッセージが含まれているように感じられる。

褒美を押しつけようとする大人の下心なら、目的は決まっている。美由紀はきいた。「代わりに何を求めてここに来られたんでしょうか」

鷲見は面食らった顔をしたが、すぐにまた笑いを浮かべた。「こりゃ驚いた。きみはやっぱり勘がいいな。よければ三年後にうちで働かないか。本来は大卒しか取らないが、中卒でもきみなら立派に秘書を勤めあげるだろう」

「将来は大学まで進学するつもりです」

「……まあ、それもよかろう」鷲見はいいにくそうに目を瞬《まばた》かせた。「きみに聞きたいことがあって来た。編朗の嘘を見破ったきみのことだし、ほかの主張についても耳を傾ける価値があるだろう。いや、お父さんの会社のことではない。きみはいったな、あの宿題のプリントを提出したら、私が代行したことが教師にばれると」

美由紀はがっかりした。尋ねたがっていたのはそのことか。

「ええ」美由紀は憂鬱《ゆううつ》な気分でうなずいた。「たしかにそういいました」

「どうしてばれるんだね。教えてくれないか」

「……プリントを見直して、常識で考えればすぐにわかると思うんですけど」

「それがわからないから聞きにきたんだよ」

じれったさがこみあげてくる。美由紀は首を横に振ってみせた。「そもそも、宿題は編朗君にさせるのが筋でしょう？　そうすれば問題は解決しますよ」

「そういうわけにはいかんのだよ。あれは本当に勉強が嫌いだ。小学一年のころに牛乳を飲むことを拒否して、ひとりだけココアを持ちこむことを許されて以来、わがままに拍車がかかった。妻が甘やかしすぎたせいで、学力はまるっきり身についていない。小三の漢字も読めんし、分数を帯分数にすることさえできん」

「塾に行かせたらどうですか。お金持ちでしょうから、家庭教師をおつけになるとか」

「どっちもやっとるよ。だが、きみも見てわかっただろうが、あれはそんな規則ごとに従事できるタイプではないんだ。本質的に自由人というか。とにかく、学業はいずれきちんと復習させる。いまは、それなりの成績をおさめることが必要だ。宿題を提出しないわけにはいかん。きみも小学生ならわかるだろう」

美由紀はうんざりしてきた。問題があるのは編朗ではなく、むしろこの親のほうではないのか。

そう思ったとき、美由紀のなかにひとつの考えが浮かんだ。鷲見が提示した交換条件を、こちらは更改できる立場にあるのではないか。

鷲見をじっと見つめて、美由紀は告げた。「教えてもいいですけど、その代わりに……」

「なんだね。強欲は身を滅ぼすよ。子供のうちからわかっておくべきことだ」

「……伊里野江商会を復興してください。父を含む全員が、以前と同じく働けるように」

ふいに沈黙が降りてきた。吹き抜ける冬の風が、いっそう冷たさを孕《はら》んで感じられる。

「な」鷲見は目を丸くした。「なにをいいだすんだね」

「父は理不尽にも職を失おうとしているんです。助けてくださるのが筋だと思います」

「そんなことは私の一存ではできん。倒産がきまった会社を立て直すのにどれだけの財力が必要だと思ってるのかね」

「もともとワシミ工業が背負わせた負の遺産です。それを取り払ってくれるだけでいいんです」

鷲見は唸《うな》って、頭をかきむしった。「やはり容易ならざる十二歳だな、きみは。その変に大人びた言い回しをやめてくれんか」

「子供っぽく振る舞えば、父の会社を復興してくれますか」

「いちいち交換条件をつけるな。私が提供できるのは、きみの罪を帳消しにすることと、お父さんへの経緯の説明ぐらいだ。金に絡むことは私ひとりでは決定できん。だいたい、このままでいいのかね。きみは学校で爪弾《つまはじ》きに遭うぞ。明日からいじめられるかもしれん」

美由紀の心は冷え切っていた。本来、鷲見の要求は理にかなっていない。宿題を編朗にさせればいいだけのことだ。どんなに迫られても、わたしが助力する必要はない。

そう思ったとたん、美由紀の心はきまった。勇気をしめすべきはいまだ。わたしはどうなってもかまわない。地獄の学校生活の幕開けだというのなら、それもよかろう。わたしは、あくまで父がふたたび働ける日を求める。両親の幸せを要求した結果なら、どんなに辛い日々が待っていようと躊躇《ちゅうちょ》はしない。

踵《きびす》をかえし、玄関に向けて歩きだす。鷲見から遠ざかる一歩一歩が、決意の先に待ち受ける茨《いばら》の道に思えた。それでも美由紀は立ちどまらなかった。

「ま」鷲見のあわてぎみの声が追いかけてきた。「待て！　わかった、よくわかった」

ふいに状況が変わった。自然に歩が緩む。美由紀は慎重に振りかえった。「父の会社を救ってくれるんですか」

「まあ、そのう、なんというか……」言い逃れを考えているらしく、鷲見の視線はあちこちに彷徨《さまよ》った。

しかし、美由紀があくまでも睨《にら》みつけると、鷲見はため息とともに下を向いた。「わかった。約束しよう」

やった。

美由紀の心は弾んでいたが、それが表情にでないように努めた。いまはすましておいたほうが得策だ。実際、鷲見が裏をかかないよう、猜疑《さいぎ》心を持って臨むべきだ。

冬空の下、鷲見は額ににじんだ汗をぬぐった。「で、どうして宿題の代行が教師にばれる？　確実な話なんだろうな」

「ええ」美由紀は声をひそめた。「まずい点は三箇所です。あのプリントは小六の社会、つまり日本の歴史ですけど、社長さん。鎌倉幕府の成立年について、一一九二年とお答えになってましたね？」

「ああ。当然だろう。いい国《一一九二》つくろう鎌倉幕府……」

「息子さんの教科書を見ればわかりますけど、今年から変わりました。うちの学校では一一八五年です」

「なんだと⁉ 一一九二年じゃないのか」

「いろんな説があるせいで、教科書によって違うんです。一一九二年というのは、いまでは少数派です。でも社長さんの世代は、疑いなく一一九二年と覚えてるでしょう？ だから親の代行だとばれるんです」

「知らなかったな……。ほかには？」

「六四五年の出来事についてです」

「大化の改新、六四五《ムシゴ》だろ」

「それも社長さん世代なんです。いまの小六なら乙巳《いっし》の変と書くべきところです。あと、江戸幕府が隠れキリシタンを探すためにおこなったことは、もう踏み絵とは呼びません。絵《え》踏《ぶみ》です」

「……でたらめじゃなかろうな」

「社長さん。いまの教科書、ぜんぜん読んでないでしょう？　旧一万円札の聖徳太子の絵が載ってない教科書、見たことありますか？」

「ない。……どうして載ってない？」

「別人の可能性が高いといわれてるからです。名前についても、聖徳太子というより廐戸《うまやど》皇子とするのがふつうです」

鷲見は絶句し、目を白黒させていたが、やがて額に手をやると、ぶつぶつとつぶやいた。

「そうか……。教科書が改訂されているのか。理系以外にはあまり注意を払ってなかった。うかつだった……」

美由紀はひそかにため息をついた。やはりまるで気づいてなかったか。この調子では、今回のプリントは切り抜けても、宿題の代行はいずれ露見するだろう。

やがて鷲見の目が、美由紀をじっと見つめてきた。「きみは編朗とは、社長室の外ですれ違っただけだろう？」

「はい」

「その一瞬で、プリントの記述をそこまで読めたのかね？」

「ええ。ほんの二、三秒あれば」

「テトリスは何面まで行くかね?」

「終わらないです。最速でも物足りなくて」

鷲見は腕組みをして唸った。「かなりの動体視力だな。男の子に生まれていれば、将来は自衛隊の戦闘機乗りかF1レーサーだな」

背後に足音がした。砂利を踏みしめてくる音。歩調だけで父だとわかる。

「ああ」鷲見は悪びれたようすもなく、美由紀の肩越しにいった。「岬……隆英さんだったな」

「どうも」父は頭をさげた。「このたびは、娘がとんでもないことを……」

「いや、いいんだよ。もう終わったことだ。岬さん、いい娘さんをお持ちだ。伊里野江商会についてだが、まだ取締役会が解散したというだけで、破産手続きは開始されていない。法人の解散事由には至ってないから、会社としては存続している。来週以降、何もなかったように業務が再開されるだろう。上司から連絡が来るはずだ。それまで、ゆっくり骨休めしておくといい」

「え? それはいったい、あのう……。ど、どうもありがとうございます」

「お礼なら娘さんにおっしゃるといい」鷲見は微笑とともに背を向けた。「では、失礼するよ」

小柄な身体が門に向かっていく。もう二度と訪れることのないだろう奇妙な客。その後ろ姿を、美由紀はしばし眺めていた。

やがて、どうにも耐えがたい焦りに似た感情がこみあげてきた。美由紀は小走りに鷺見を追った。

門をでたところで、美由紀は声をかけた。「社長さん」

鷺見は立ちどまり、振りかえった。「なんだね」

ここは念を押しておかねばならない。信頼が仇《あだ》になる事態は避けたい。

美由紀はきいた。「さっきの約束、守ってもらえますね？」

ふっと鷺見は笑いをこぼした。小指を差しだしながら、穏やかに告げてきた。「これをやるのは小学生以来だな。指きりしよう」

少しばかり面くらいながら、美由紀も小指を立てた。

ふたりの小指が絡みあった。声をそろえて、そのフレーズを歌った。指きりげんまん、嘘ついたら針千本飲ます。指きった。

歌い終わるとともに、鷺見は満面の笑いを浮かべた。ごく自然な、子供のような笑顔だった。

その一瞬だけ、年齢の差というものが消滅したかのように感じられた。美由紀も笑っていた。

子供どうしの心に通い合う約束事、誓い。絶対に守られるであろうと確信できるときが、しばしばある。論理的に証明はできないが、たしかにある。いまがそのときだった。

「では」鷺見は軽く頭をさげた。「会えてよかったよ、岬美由紀ちゃん」

そう告げた瞬間、鷺見の顔は大人に戻ったように見えた。ふたたび背を向け、セダンのほうに歩いていく。暗がりのなかで、車外に降り立った運転手が後部ドアを開けた。鷺見はもういちど一礼して、クルマに乗りこんだ。

セダンが走り去っていくと、父が歩み寄ってきた。

父は呆然とした面持ちでささやいた。「何があったんだろう。会社が倒産しないなんて、信じていいのかな」

美由紀は、夜の湘南海岸通りに消えていく赤いテールランプを眺めながら、思わず笑った。「ええ。心配しなくてもだいじょうぶ。あの社長さんは約束を守るわ」

ヴァージンロード

知らぬが仏、という。旅客機ほどこのことわざが意味を持つ場所はない。鷲見将輝はファーストクラスの座席におさまり、機体のリズミカルな振動を背に感じながら、ぼんやりとそう思った。

午後七時ちょうどに関西国際空港を飛び立った日本エア・インターナショナル《JAI》953便。ロシア、モスクワ空港行き。定刻どおり列島上空を北上、間もなく能登《のと》半島にさしかかるころだ。

鷲見は機内を見渡した。悪天候のなか離陸、上昇中に何度となく大きな縦揺れに見舞われたせいか、乗客たちも不安げに沈黙していた。それが雲を抜け、窓の外に月明かりを眺められるようになってからは、誰もが一様に安堵《あんど》のいろを浮かべている。夕食の準備に入るフライトアテンダントの顔も、いくらか和らいでいた。

さっきから断続的に、きしむような音が響いてくる。機内にいる大多数の人々は、翼が大きく五メートルもしなっているがゆえに生じる音とは、想像すらしないだろう。

知識というのは煩わしい。四百トンもある機体が時速九百キロメートルで飛ぶという、人類の英知の齎《もたら》した奇跡は、いまだ万全ではないと肌身に感じる。翼がしなることはむしろ好ましい。固くては衝撃を吸収できずにぽっきりと折れてしまう。問題は、この機体の翼が柔軟さに欠けていることだ。音と振動から察するに、左翼がやや固い。旅客機の主翼は、八メートルしなろうとも問題ない弾力性を維持せねばならないのに。これから数時間のフライトは問題ないかもしれないが、できることならこの機体には二度と乗りたくはない。

むろん、私の基準で判断すれば、世界の空を飛んでいる現役旅客機の八割は不合格になってしまうのだが。

ワシミ工業と同じく産業ロボットの開発研究をメインビジネスにする秦銘《しんめい》グループの秦銘製作所は、無人航空機《UAV》の開発に熱をあげている。鷲見はしかし、その分野でライバル企業と争うつもりはなかった。UAVには手をださない。その方針は今後も曲げるつもりはない。

鷲見の亡き両親は、ふたり揃って熱心なカトリック教徒だった。大祝日のミサの後、上空を飛ぶ旅客機を見あげながら、父はつぶやいた。人は飛んではならん。神は人に翼をお与えにならなかった。

生涯、いちどたりとも飛行機に乗らなかった両親の思想に影響を受けたわけではないが、たしかに航空機開発にまつわる科学はまだ熟成しているとはいえない。鷲見はそう考えていた。仮に航空力学の流体力学、熱力学、制御工学、材料／構造力学などの計算が完全であっても、実際の機体の整備にすべてそれらが反映される保証はない。整備士も人間だ。人ならばミスもある。間違いを犯す。

鷲見はふっと笑った。人は間違いを犯す、か。あの岬美由紀という少女を思いだす。

藤沢の家で指きりげんまんをしてから二週間。父親の会社は約束どおり立て直した。もともと、損失を傘下の商社にかぶせて今期の経常利益を上昇させようとする試みに、罪悪感がなかったわけではない。路頭にまよう家族がでるだろうことも想像できていた。しかし、実行をためらうほどではなかった。あの岬美由紀が現れ、異議を申し立ててくるまでは。

わが社のような大企業の方針を変えさせるとは、末恐ろしい小学生だ。彼女は春には中学生になる。熱心に勉強し、より広い視野を獲得するだろう。父親の岬隆英が羨《うらや》ましい。あんな聡明《そうめい》な子供と学問について語り合うことができるとは。子供が成人したら、さぞ美《う》味《ま》い酒を酌み交わせるだろう。

いきなり耳をつんざく金属音が奏でられた。ファーストクラスはぜんぶで八席しかないが、そのほとんどの乗客がびくついてこちらに目を向けた。

音をたてたのは、鷲見ではなく隣りの席だった。息子の編朗が、夕食用のフォークを皿の上に取り落としている。ファーストクラスでは、ナイフとフォークは金属製、皿も瀬戸物だ。これとて、私にいわせれば危険きわまりないことだった。エコノミークラスのようにプラスチックと紙の食器で充分だ。

編朗は苦い顔をしてうつむいたまま、手袋をはめた左手で皿の上のフォークをつまみあげた。

「じきに慣れる」と鷲見は息子にささやいた。「寒かったせいで、指がうまく動かないんだ。搭乗直前の通路が寒かったから、仕方がない。そっと持て。ほら、こうだ」

鷲見は自分の手にしたフォークを持ちあげてみせた。

編朗はふてくされたように、ふんと鼻を鳴らした。「どうせ俺はグズだよ」

「誰がそんなことをいった。いいから、早く食え。さっさと下げてもらわなきゃならんからな」

「どうして?」

「航空会社は、高度一万メートルを飛んでるのを忘れさせることが安心につながると思っとるらしい。とりわけ日本企業はそういう考え方が大勢を占めとる。トヨタも高級車のエンジン音を聞こえなくすることが快適さにつながると思っとるが、まるで筋違いだ。危険は常に意識しておくに越したことはない」

「飛行機のなかでピリピリしてたって、しょうがないじゃんか」

「危険につながる食器を早めに片付けてもらうぐらいの機転はきくようになる」鷲見は、通路を歩いてくるフライトアテンダントに声をかけた。「すまんが、もうさげてくれ。それから、エコノミーのほうにいる妻に伝えてくれないか。二時間ほどしたら席を替わろう、と」

フライトアテンダントはにっこりと微笑んだ。「かしこまりました。奥様はどちらのお席に？」

「ええと」鷲見は手帳を取りだし、ページを繰った。「C—6だ。もし眠っていたら、伝言を書いたメモ用紙を妻の肘掛《ひじかけ》にでも挟んでおいてくれ」

かしこまりました、と告げてフライトアテンダントは後方に向かっていった。カーテンを割って、ファーストクラス専用のキャビンからでていく。

編朗は後ろを振りかえりながらいった。「ママ、どうしてエコノミーなの」

「お母さんと呼べ」鷲見はシートの背を倒した。「急なことで席がとれなかった。だから途中でお父さんと席を替わる」

「俺が後ろへ行こうか」

「駄目だ。おまえを独りにはできん」

チッと編朗は舌打ちした。「子供扱いすんなよ」

「ガラが悪いぞ。気をつけろ。おまえに海外留学を決めさせたのは、日本国内じゃ中学で落ちこぼれの扱いを受けるからだ。根性をイチから叩《たた》きなおしてやる。いままで教わったこともすべて忘れて、新しい教育を受けいれるんだ」

編朗はなおも強がるように姿勢を崩していたが、目には不安のいろが浮かんでいた。

「どこに連れていくんだよ」

「いいところだ。徹底した監視体制、二十四時間の規則正しい生活、無駄のない教育プログラム。芸能人になったと嘘をついて親に金をせびることなど、もう不可能だ。おまえは別人に生まれ変わるんだ」

「その第一歩がこれかよ。フォークもろくに持てねえ」

「最低限のテーブルマナーは守れるようにしろ。人として不十分と見なされることは、大きなマイナスになる」鷲見はふと、編朗のテーブルの下に異状をみいだした。「おい。シートベルトを外すな」

編朗は不満そうにした。「ベルトのサインは消えてるよ」

「ったく」鷲見は身を乗りだし、編朗の腹部に手を伸ばした。

こうして息子のシートベルトを締めていると、幼いころに服を着せてやったことを思いだす。息子の世話ばかり焼きたがる自分の性格は、いまも変わっていなかった。手がかかる息子の存在は煩わしくもあり、親としての自分のありようを試されているようで嬉《うれ》しくもある。

編朗のほうは、親に世話されている自分を恥ずかしく感じているらしい。ほかの乗客の目を気にするように、辺りに視線を配っていた。

そういうところだけは一人前だな。鷲見はため息をつきながら編朗のシートベルトの調整を終えると、自分の座席の背に身をあずけた。

「なあ」編朗がきいてきた。「ほんとに外国で勉強しないと駄目なの?」

「おまえの嘘を見破った岬美由紀という子は、通知表がオール5だった。むろん五段階評価でな。おまえの学校の通知表は十段階評価だが、5どころか4も3も存在しない。それがおまえの能力ってことだ。世間に岬美由紀のような子がいる以上、お父さんはおまえを鍛えなおさねばならん」

編朗はまた舌打ちした。「いったい何者なんだよ、岬って女。何をしにお父さんの会社に来てたんだよ?」

「おまえが知る必要はない。いいから、すなおに新しい人生を踏みだせ。おまえは、いま生まれたばかりも同然だ」

不服そうな編朗の顔を、鷲見はつとめて見まいとした。

過去のあらゆるものとの決別の強要。無理やり手を切らせるとは、ひどい父親だと思っているに違いない。

だが、鷲見の考えは揺るがなかった。これが息子に歩ませうる最良の道だ。もちろん、私自身にとっても。

みずからの哲学に迷いがないことを再確認すると、心は自然に休まる。とはいえ、完全に安心しきれるものではない。

飛行機は苦手だ。自分の乗っている機体に事故が起きる確率はごくわずかと知ってはいても、やはり不安でたまらなくなる。早く到着してほしい。タンデムの主翼タイヤがどしんと地面を踏みしめる、その瞬間に至ってほしい。高度一万メートルで真っ先に願うことがあるとしたら、それ以外にない。

科川《かがわ》という旧姓と決別し、鷲見将輝という富豪の妻になって以降、エコノミークラスにおさまるのは初めてだ。大学生のころは留学していたロンドンとの行き来は、いつもエコノミーと相場がきまっていた。あのころは若かった。香港経由で二十時間が苦にならなかった。ファーストクラスに乗りなれて、四十歳が近づいたいまは、座席の狭さばかりが気になる。離陸して一時間しか経っていないのに、もう疲労感がある。

鷲見里奈《りな》は食事を終え、紙コップのコーヒーをすすりながら、わずかしか角度の変えられない座席の背を倒した。三列並んだ席の通路側。周りに空席はひとつもない。まるで特急電車の普通席並みの人口密度。このまま三回もの機内食を経験するというのだから、途方に暮れる。

唯一幸いなのは、ウエストの細さだけだった。結婚してからも太らないよう気をつけていたおかげで、幅の狭い座席でもときおり、身をよじることができる。腰痛はいまのところ、鳴りを潜めていた。

前方からフライトアテンダントが歩いてきた。こちらに目をとめると、微笑を浮かべて近づいてくる。

里奈の顔を覗《のぞ》きこみながら、フライトアテンダントはいった。「鷲見里奈さま。ファーストクラスにおられるご主人様からご伝言ですが」

「二時間したら交替するっていうんでしょ?」里奈は笑ってみせた。「ちゃんとわかってるわ、空港に着く前にタクシーのなかで聞いたから」

「このたびは申しわけございません。あいにくクリスマス・シーズンの直前でとても混みあっておりまして。搭乗ロビーでも離ればなれだったでしょう？」

「ええ。ファーストとビジネスは、エコノミーとは入り口も違うのね。先に搭乗するし……。でもおかげで、売店で本を探す時間があってよかったわ」

フライトアテンダントはにこりとした。「ご用の節はなんなりと」

ふと気になることがあった。里奈は、立ち去りかけたフライトアテンダントに声をかけた。「ねえ、座席を替わることだけど……。だいじょうぶなの？」

「……ええ」フライトアテンダントはやや戸惑いがちに告げた。「本来はご遠慮願っていることですけど、なにぶん長時間のフライトですから、今回だけは特別に……」

「規則のことじゃなくて、安全上の問題なんだけど。夫の話では、こういう旅客機はバランスが決まってて、座席を移動するのはよくないとか」

フライトアテンダントは笑顔を絶やさなかった。「たしかに旅客機は、バラストという錘《おもり》で重心を調整しておりますけど、空席の多い便でお客様が全員、右側にお座りになるとか、そのようなケースでもないかぎり問題は起きません。ましてお客様は、ファーストクラスのご主人様と入れ替わるだけですし」

「そう」里奈は冗談めかせていった。

「わたしと夫の体重の差は二十キロはありそうだけど」

「まったく問題はございません」フライトアテンダントは愛想よく一礼した。「移動の際は、わたしどもに一声おかけください。ご案内させていただきます。それでは」

静寂のなかを、衣擦《きぬ》れの音とともにフライトアテンダントは歩き去っていった。

ため息をつき、里奈は座席に身を埋《うず》めた。夫の飛行機嫌いがいつしか伝染したらしい。若いころから理系ひとすじの夫には、飛行機というものがひどく危なっかしい乗り物に思えているようだ。

もっとも、夫の会社は航空機の開発をしていない。よって社長である鷲見将輝も飛行機の専門家ではない。いかに頭のいい夫であっても、偏見というものはあるだろう。実際、わたしはそこまで空の旅に不安を覚えたことはない。

憂鬱《ゆううつ》に思うことがあるとすれば、それは家族の問題でしかない。特に、ひとり息子の編朗の行く末。あんなふうに育ってしまったのには、わたしにも責任の一端がある。

夫が裕福だったせいもあって、幼いころから何もかも与えすぎた。編朗が不満を覚え、ぐずりだすと、こちらはほとんど反射的に要求されたものを差しだしていた。可愛さ余って、歯止めがきかなくなっていた部分もある。気がつけば、編朗は反抗期を迎えていた。

しかもそれは、たんなる成長の過程ではなかった。協調性のなさは家庭内に留《とど》まらず、不登校児となった。友達からテストの答案を買い取り、名前と解答欄の文字を消しゴムで消して書き直し、編朗の答案として親に見せるという、手の込んだ偽装もしていた。それなりに点数をとっていると安心していたところ、実際にはテストは赤点どころか点数がひと桁《けた》だったと知り、愕然《がくぜん》とさせられた。

幼稚園から私立に入った編朗は、そのままエスカレーター式に大学まで上がっていく予定だった。しかしあまりの成績の悪さに、私立中学への進学を断られ、公立に移らねばならなくなった。代わりに夫が見つけてきたのが、サンクトペテルブルクの留学施設だった。文部大臣認定の私立在外教育施設で、これまで編朗が通っていたのとは別の私立校の海外分校だという。

これから現地で説明を受け、よければ体験入学を果たすために旅立ったわけだが、里奈は不安だった。環境がどうあれ、編朗は集団生活が苦手だ。悪い遊び友達とばかり連《つる》みたがる。外国というのが、さらに心配だった。サンクトペテルブルクの治安はいいと聞くが、ロシアにはマフィア候補の不良少年団も数多く存在すると聞くし……。

里奈は小さく首を横に振った。考えてもはじまらない。しばらくはなるにまかせよう。そう思って出かけたはずではなかったか。

いまになって同じことばかりくよくよ考えてしまうのは、気が立っているせいかもしれない。カフェインはやはり精神状態に悪影響を与える。コーヒーはやめておけばよかった。そう思いながらも紙コップに手を伸ばしたときだった。

突き上げる衝撃が襲った。

ひっ、という声がキャビンに響いた。自分の声も混じっていたかもしれない。機体が垂直に落ちた。紙コップに残っていたコーヒーは跳ねあがり、飛び散った。隣りの乗客にも降りかかったかもしれない。

けれども、隣りの席の男性は抗議しなかった。里奈にも、そのことを案じている暇はなかった。機体は激しく揺れだし、大きく傾いていったからだった。

ワゴンが通路を滑っていき、前方でひっくり返った。フライトアテンダントがあわてたようすでそれを押さえ、カーテンの向こうに引きずりこむ。別の客室乗務員が駆けだしてきて告げた。座席とテーブルを元に戻し、シートベルトをお締めください。

振動は小さくなっていった。そのままおさまっていくことを、里奈は願った。ちょうど家にいるとき、小規模な地震が襲ったように。

揺れはたしかに収束に向かっていた。だがその直後、なんの衝撃もないまま、弾《はじ》けるような音が耳をつんざいた。

落雷、もしくは花火。そんな音に思えた。なんにせよ、異常事態であることは明白だった。妙なにおいが漂いだした。なにかが焦げている。あるいは、混ざりあって異臭を放っている。どうしてそんなふうに思えるのか、自分でもさだかではなかった。自然な状態では発生しえないにおいだと、直感したからかもしれない。

もういちど、雷鳴のごとき音が轟《とどろ》いた。今度は音と同時に、目の前に落ちてくるものがあった。

揺れている物体に焦点が合ったとき、里奈はショックを受けた。酸素マスク……。

辺りを見まわすと、すでに酸素マスクを装着している乗客たちが目に入った。

里奈はあわてた。どうしよう。離陸前に、これの付け方の説明はあっただろうか。理解力に優れている人々は、すぐさま身につけられたらしい。わたしには、どうすればいいのかわからない。

ぶらさがった酸素マスクに手を伸ばした。ところが、また突き上げるような衝撃とともに、酸素マスクは前方に逃げていった。

それはすなわち、機体が前のめりに傾斜したことを意味していた。チャイムが鳴った。やけに落ち着いた声が耳に届く。コンピュータの合成音声、もしくは録音だった。緊急降下中です。酸素マスクをつけてください。その抑揚のないフレーズが、何度となく繰り返された。

　里奈はまだ、酸素マスクを手にとることすらできずにいた。すでにマスクをつけている隣りの男が、両手を伸ばして里奈のマスクをつかまえた。

　男はそれを里奈の顔の前に差しだしていった。「引っ張れば酸素がでてくる。紐《ひも》は頭の後ろにかけて」

　必死の思いで、里奈はその指示に従った。男の言葉どおり、口もとに酸素が流れこんでくる。ただし、妙に息苦しかった。初めてダイビングをしたときのことを思いだす。これが生命線だとわかっているのに、外してしまいたくなる。

　焦げくさいにおいは、しだいにはっきりと感じられるようになってきた。客席に煙が漂って見える。火事だろうか。視界は霧に覆われてしまった。炎は見えないが、このままでは……。

　煙は風に吹かれるように消えていった。ふたたび視界が戻ってきた。乗客が座席の下に置いていたらしい手荷物の数々が、前方に向かって飛んでいく。いくつかは乗客たちの後頭部に当たった。里奈も、頬に殴られたような衝撃と痛みを感じた。直後に、誰かの靴が空中を舞っているのを見た。

　機体は回転しているらしかった。天地がぐるりと逆転していくのを、たしかに感じた。

いや、どちらが空でどちらが地面か、わかったものではない。荷物が飛ぶのが引力のしわざだとしたら、この機体は完全に下を向いている。垂直に落下している。

その事実を悟ったとき、里奈は苦しくなってむせた。酸素はもう出ていないようだった。マスクをひきはがし、息をしようとあえいだ。周りの客はまだマスクを装着したままだ。どちらが正しいのかわからない。正解はないのかもしれない。

「救命胴衣を」轟音《ごうおん》のなか、フライトアテンダントらしき女性の声がした。「救命胴衣をつけてください」

客室乗務員は、誰もまわってはこなかった。通路が垂直に切り立つ崖《がけ》と化している以上、登ってくることはできなくて当然だった。目がまわり、嘔吐《おうと》感が襲う。意識だけははっきりしていた。ゆえに、恐怖はいっこうに薄らぐことがなかった。

座席の下の救命胴衣をひっぱりだそうとしたが、身体がいうことをきかなかった。背もたれに圧着させられたまま身動きできない。シートベルトは腹部に食いこんでいた。墜落しているからか。引力なら前方に働くはずだが、わたしはいま後方に押しつけられている。それだけ速度がでているということなのか。

悲鳴がきこえた。耳をふさぎたくなったが、手は動かなかった。機首のほうですさまじい轟音が響いた。そして、金属のこすれるような音。ちぎれたカーテンの向こうで、円筒状の内壁が変形していくのが見える。粉塵《ふんじん》があがっていた。シートベルトで乗客を固定したままの座席がいくつも宙に舞っていた。絶叫がこだまする。機体が裂け、滝のような音とともに海水が押し寄せてきた。

それは、旅客機が海に墜落したことをしめすものだった。おびただしい海水から逃れるすべはない。乗客たちはほんの一瞬だけ悲鳴をあげ、その猛烈な波飛沫《しぶき》のなかに呑《の》まれていった。

機首近くのファーストクラスは、先に海面に激突したろう。目の前に広がる地獄絵図は、誰ひとり助かる可能性を感じさせなかった。願わくは、夫も息子も、苦しまずに死んでいてほしい。いや、きっとそうなっていることだろう。乗客たちは全員がその運命に……。飛んできた巨大な鉄の破片が視界を遮る。真っ暗になったとき、夫と腕を組んで歩いた教会のヴァージンロードの光景が蘇《よみがえ》った。しかしそれも一瞬のことで、想像を絶する激痛と苦しみが全身を貫いた。息ができない、それが最期に味わった感覚だった。里奈は、永遠の闇におちていった。

嵐の夜

その夜、湘南の海は荒れていた。家のなかに引き籠《こも》っていても、防波堤に高波が打ちつける音がはっきりと耳に届く。強風が吹きつけるたび地鳴りに似た轟音《ごうおん》が身体を揺さぶる。停電には至らないものの、天井の明かりはしきりに明滅を繰り返していた。

美由紀は十二歳の女の子としては、嵐は怖くないほうだという自覚があった。去年、五年生の夏に山梨県に林間学校に出かけたとき、山の天気が急変し、児童たちはテントのなかに籠ることを余儀なくされた。泣きだす子もいたというのに、美由紀はけろりとしていた。腰がひけている男子児童を励ましたりさえした。

しかし、そんな美由紀であってもきょうの天候の荒れぐあいには不安を覚えざるをえなかった。自室で本を読んでいても、窓に叩《たた》きつける雨ときしむ天井、揺らぐ壁が気になって、いっこうに心が休まらない。

美由紀は部屋をでて階段を降りていった。やっぱり独りではいたくない。

リビングに入ると、そこには母しかいなかった。ソファは二匹の猫に占領されていて、母はカーペットの上に座りこみ、紅茶のカップを手にぼんやりとテレビを観ていた。映っている音楽番組には、めずらしくZARDがでている。今年のヒット曲「負けないで」を演奏していた。受信状態が悪いらしく、画面にはノイズがちらついている。チャイムとともに気象速報のスーパーがでた。石川県北部に大雨洪水波浪警報。日本海側、能登半島の先まで豪雨に見舞われている。理科で習った天気図が脳裏に浮かんだ。冬は大気中の温度の差が大きいことや、ジェット気流などの大気循環が低気圧を動かして強風を齎《もたら》し、嵐が発生しやすい。低気圧は前線を伴い、長時間にわたって豪雨を降らせる。

理屈で原理はわかっていても、恐怖が薄らぐものではない。母はといえば、平然と紅茶をすすっている。むしろ知識に疎いほうが怖がらずに済むのかもしれない。

美由紀はたまりかねてきいた。「お父さんは？」

母の美代子は目を丸くしてこちらを見た。ああ、いたの、美由紀。そんなふうにいいたげな顔をしていた。「お父さんなら、ガレージじゃないの？」

ガレージ。こんな嵐に。美由紀がそう思ったとき、廊下の先の裏口が開く音がした。突風と、激しく降る雨の音。美由紀は廊下に駆けだした。レインコートを着た父の隆英が扉を後ろ手に閉じると、ふたたび静かになった。

「やれやれ」隆英は雨具を脱ぎ捨てると、ため息をつきながら廊下を歩いてきた。「びしょ濡《ぬ》れだよ」

美由紀はきいた。「なにをしてたの?」

「テクモ511が濡れないように、ガレージを閉めてきたんだよ。念のためにビニールも被《かぶ》せてきた。雨漏りするかもしれないし」

「あの介護ロボット……っていうか、その試作品みたいなやつ、いつまで家に置いておくの?」

「さあね」隆英はリビングに入ると、椅子の背にかけてあったタオルをとり、顔を拭《ふ》きながらいった。「会社は新しい取り引きが始まって、倉庫は段ボール箱でいっぱいになっててね。持っていっても、置いておく場所がないんだよ」

美由紀はすっきりしない気分だった。ワシミ工業の社長の英断で父の商社の存続はきまり、親会社以外の製品の取り引き業務で経営は復興しつつあるという。それでも、あの出来損ないの介護ロボットが家にいると、なんだか落ち着かない。あの鉄の塊とともに、災難はやってきた。疫病神とまでは思わないが、早くガレージから追いだしてしまいたかった。

現にいまも、父の手を煩わせている。あんな使えない機械であっても預かり物である以上、壊すわけにはいかない。介護ロボットのくせに居候住まいとは、冗談にもほどがある。

美代子が立ちあがって隆英にきいた。「温かい紅茶、いれましょうか」

「ありがとう。頼むよ」隆英はふたたび廊下にでていった。タオルを洗面所の洗濯機に放りこむためだろう。

ふと、テレビの音楽番組が中断して、ニュース番組に切り替わっているのに気づいた。気象に関する速報だろう。美由紀はゆっくりとテレビに近づいた。天気図が映しだされるのなら、参考に見ておくのもいい。

ところが、キャスターの後ろに表示されたのは気象予報図ではなく、地形のみ描かれた能登半島周辺の地図だった。北端近くに大きく×印がついている。

バラエティ番組でも見かけるそのキャスターの顔は、いつになく真剣だった。

キャスターはいった。「お伝えしておりますように、午後七時にモスクワ空港を目指し関西国際空港を飛び立った日本エア・インターナショナル953便が、石川県輪島市の海岸付近に墜落しました。航空自衛隊小松《こまつ》基地からの報告によると、機体は複数に分解して浅瀬に散らばっており、周辺海域に数十人の遺体が浮いていることが、ヘリコプターからの目視で確認できたということです。救命ボートなどは見当たらず、波も高いことから機体への接近も困難で、自衛隊および海上保安庁は夜明けを待って救出活動に入りたいとしています。JAI953便に搭乗していた乗客の方々の氏名、確認できる方々の御名前は、次のとおりです」

画面は文字情報のみに切り替わった。カナ表記の姓名のリストが五十音順にずらりとつづいている。

美由紀は美代子にいった。「お母さん。飛行機が墜落したって……」

美代子はポットを手にしたまま、キッチンからでてきた。

キャスターの声はリストの名前を順次読みあげている。満席に近かったのか、長いリストだった。姓名の後に年齢が記載してある。六歳の女の子がいた。それから、同じ苗字《みょうじ》の十三歳の男の子。兄妹に違いなかった。

わたしとひとつしか違わない子も搭乗していた。知っている名前がないことを祈った。関西国際空港発の旅客機だけに、友達が乗っている確率はきわめて低い。それでもなぜか胸騒ぎがする。嫌な予感がする。

緊張の時間はしばしつづいた。リストは数百人に及んでいた。最悪の惨事に違いない。海が荒れていて近づけないという話だったが、本気で夜明けまで手をださないつもりだろうか。まだ午後九時すぎだ。機内には生存者がいるかもしれないのに……。

リストはヤ行を終えてラ行にさしかかった。そこには数人の名があるだけだった。

知り合いはいないようだった。美由紀がため息をついたそのとき、室内にけたたましい音が響いた。

美代子の手からポットが滑り落ち、床で砕け散っていた。美由紀は驚いて母の顔を見た。

母は、悲痛ないろを浮かべて画面に見いっていた。

テレビに目を戻したとき、美由紀も息を呑《の》んだ。知っている名前が並んでいる。

キャスターが淡々と告げていた。「ワシミ・マサテルさん。ワシミ・リナさん。ワシミ・アムロさん。こちらのワシミ・マサテルさん以下三名は、神奈川県鎌倉市に本社がありますワシミ工業の代表取締役社長、鷲見将輝さん一家と姓名が一致しているため、ワシミ工業では現在、緊急の確認作業が……」

ポットの破片をかき集めることさえなく、美代子はあわてたようすで廊下に駆けだしていった。「隆英さん！　いまニュースで……」

美由紀は呆然《ぼうぜん》としながら画面を眺めていた。

まさに頭を殴られたような衝撃だった。知り合いがいた。それもつい最近、言葉を交わしたばかりの人だった。記憶はいっこうに薄らいでいない。指きりをした感触もまだ残っている。

別人であってほしい。もしくは、なんらかのミスでもいい。搭乗していたのがあの人たちであってほしくない。いまもなお同じ時間を歩んでいると信じたい。そうでなければ、真っ当に生きることさえ知る機会がなかったあの編朗という少年は、あまりに可哀そうではないか。

丘の上

　翌日の昼過ぎ、美由紀は真っ暗な空間に横たわっていた。棺《ひつぎ》を連想させるようなこの空間で寝るのは、これが初めてではない。ふつう、暗闇で横になっていれば眠くなるものだが、ここではそんな悠長な気分にはなれない。断続的に突きあげる衝撃、縦揺れや横揺れが襲う。声を潜めて、じっとしているだけでもひと苦労だが、美由紀は自分の忍耐力に自信があった。

　というより、いまはこの環境が苦痛には感じられなかった。ひと晩じゅう起きていてニュース速報に見いっていたせいで、いまになって眠気が生じる。そう、めずらしくこんな場所で睡魔に襲われていた。実際、家を出発してから半日近く、何度か眠りこけてしまったらしい。実感を伴わないほど浅い眠りだが、たぶんそうだろう。でなければ、持ちこんだ目覚まし時計の蛍光塗料の針がうっすらと指し示す時刻に、こんなに早く達するはずがない。もう昼過ぎだ。

激しい揺れがつづいても、気分は悪くならなかった。鷲見一家が事故の瞬間に意識した感覚は、こんなものではなかったろう。そう思えばこそ、このていどの振動に翻弄《ほんろう》されはしない。

旅客機墜落の報道特番は朝までつづいた。両親は、早く寝なさいと美由紀に何度も釘《くぎ》を刺したが、美由紀は頑としてテレビの前を動こうとしなかった。明日は学校が休みだ、夜更かししてもかまわない。ついには両親のほうが疲れ果てて、先に寝室に向かっていった。それが午前零時すぎ。美由紀はなおもニュースに見いっていた。

NHKは、一瞬たりとも途切れることなく事故関連のニュースについて、なにかしら報じていた。情報は反復にすぎない。墜落した場所、搭乗者氏名のリスト、専門家による事故原因の推定、現場の気象に関するニュース。それらが順繰りに紹介されるだけだった。追加される情報は皆無に等しかった。それはつまり、予告どおり夜間の救助活動がおこなわれていないことを意味していた。

専門家の解説では、管制塔との交信内容から察するに、突如のように墜落が始まっていることから、機長がまったく予期せぬトラブルが瞬時に発生した可能性が高いとされていた。キャスターは雷の直撃を受けたのではという政府関係者の意見を紹介したが、専門家は否定した。旅客機の機体にはスタティック・ディスチャージャーという放電用の細い針が、主翼と尾翼に五十三本取り付けられている。一本あたりの太さは一センチていど、長さは十センチほどでしかないが、これらの針が静電気を放出する。通信機器、計器類、飛行に関する機器類のいずれも破壊には至らないという。

機体はモノコックよりも強固なセミモノコック構造、一平方メートルあたり六トンもの飛行中の圧力にも充分に耐える設計らしい。過去の大きな航空機事故で問題視されたような修復歴も今回はなく、部分的な金属疲労や脆弱化《ぜいじゃく》も考えにくいようだった。

それでも現に墜落は起きていることから、機体は失速したに違いない。機首があがって主翼の迎え角が大きくなり、主翼の上を流れる空気が乱れて後方で渦巻くと、抗力が発生して後ろに引っ張られ、推力が衰える。揚力も失われ、重力だけが機体を地面に引き寄せていくことになる。

パイロットはこれを防ぐために当然、機首を下げて迎え角を小さくし、揚力を取り戻す。この操作が不可能だったか、あるいは可能性は低いが、機長が失速に気づくのが遅れたことも否定しきれないと専門家はいった。失速とは主翼全体に一気に発生するのではなくて、一部に生じ、そこから徐々に広がっていくという経緯を辿《たど》る。初期に気づくことができるように警報が鳴る仕組みだが、なんらかの原因でこれが鳴らなかったのかもしれない。

美由紀には、そんな推測のすべてが空虚に思えてならなかった。いま生死の境をさまよう人々がいるかもしれないのに、墜落原因の分析にどれだけ意味があるのだろう。それより、海上保安庁が荒波のなかを機体に接近する方法を考えるべきではないのか。

じれったさを嚙《か》みしめながら夜明けを待つうちに、あれだけ家を揺さぶっていた強風はおさまっていき、波の音も聞こえなくなった。窓の外を見ると、雨はやんでいた。

早朝、低気圧は列島を離れ、前線の活動も弱まった。ニュースによれば、太平洋側よりむしろ、日本海側のほうが先に天候が回復したらしい。

ほどなく、現場上空を飛ぶヘリからの映像がでた。機体の翼はもげて、胴体部分は四つに切断されて浅瀬に点在していた。まるで打ち上げられた鯨の亡骸《なきがら》のようだ。煙はあがっていなかったが、切断面から覗《のぞ》く内部は黒焦げだった。火災が発生したのだろう。波がおさまりつつあるせいか、救命ボートが機体のすぐ近くにまで差し向けられている。海面に遺体らしきものは見当たらなかった。夜が明ける前に回収されたのかもしれない。

午前六時、ひと晩じゅうスタジオからの報道をつづけたキャスターの声が、ひときわ高くなった。「搭乗名簿にあったワシミ・マサテルさん以下三名は、ワシミ工業社長の鷲見将輝さんと、その妻である里奈さん、息子の編朗さんと判明しました。三名ともに、953便に搭乗したことが確認されています」

絶望が美由紀を支配した。やはり、飛行機に乗っていたのはあの一家だった……。

それから間もなく、電話が鳴った。父親が起きてきて、電話にでた。

連絡を寄越したのは、伊里野江商会の父の同僚だった。ワシミ工業は社員が総出で対処にあたっていて、そのほとんどが石川県に向けて出発した。救難活動そのほかの支援に人手が足りず、ワシミ工業グループ傘下の各企業にも声がかかっているという。父は同僚からの電話に、自分も行くと告げていた。

それを聞きつけた美由紀は、父が受話器を置くのを待っていった。「わたしも行く」

「駄目だよ」父の隆英は苦い顔をした。「子供が行くところじゃない。道のりも長いし」

「どうして？　北陸道へのバイパスができたからクルマを飛ばせば六時間ぐらいで着くじゃん」

「……大人の新聞はあまり読ませるもんじゃないな。美由紀。ずっと夜更かししてたんだろ？　おとなしく寝なさい」

「クルマのなかで寝るからいいもん」

「連れてはいかない。歯磨きをして、自分の部屋に戻るんだ。これは遊びじゃないんだぞ」

百も承知だと美由紀は思った。不謹慎という言葉の意味ぐらい小三のころには承知していた。

暗闇のなかでの断続的な揺れが、しだいにおさまりつつある。さっきまで左右に大きく揺れていたのはおそらく能登自動車道だ。それ以降、何度も停車と発進を繰り返していたから、一般道に入ったとわかった。そして徐行が増えたところをみると、細い道を通行しているらしい。対向車の音も聞こえる。ざわめきが近づいてきて、また遠ざかった。

揺れがおさまり、ドアが開いた音がした。

そろそろ行動に移るときだ。美由紀は狭い空間のなかで、天井に頭をぶつけないよう、ゆっくりと身体を起こそうとした。

ところがそのとき、がちゃりと音がして、まばゆい光が差しこんできた。次の瞬間には、晴れ渡った青空を背景に、こちらを見下ろしている父の顔が目に入った。

隆英は面食らった表情でいった。「美由紀!?」

しまった。まさか停まってすぐトランクに手をかけるなんて。父はいつも荷物を後部座席におさめるから、トランクは盲点だと思っていたのに。

「もう着いた?」と美由紀はしらばっくれて聞いた。

「おい!」隆英は憤りをあらわにした。「何を考えてるんだ! こんなところに隠れるなんて。危険じゃないか」

「ごめんなさい……。どうしても連れてってほしくて」

「家からずっとここに隠れてたのか？　閉じこめられたままになったらどうするつもりだ」

美由紀は、手もとのドライバーをしめしながら告げた。「中から開けられるから……。ここまで四回、サービスエリアに駐車したでしょ？　じつは、こっそり抜けだして休んでたの」

隆英はトランクの閂《かんぬき》の内側部分を眺めて、眉《まゆ》をひそめた。「なんてこった。お父さんの持ち物に手を加えるなってあれほどいったろ」

「抜けだす方法もなしに閉じこめられたほうがよかった？」

「そんなことをいってるんじゃないんだ。前にもお父さんのラジオを分解して改造したろ」

「より広域の周波数を受信できるようにしたのよ。外国語の怪しい電波もたくさん入るようになって、面白いじゃん」

ため息をついて、隆英は頭をかきむしった。「ったく、どっちに似たのかな、美由紀は。頭がいいのは結構なんだが……」

「降りていい？」

「まだ駄目だ」隆英はぴしゃりといってから、美由紀に顔を近づけてきた。「いいか、美由紀。よくきいてくれ。美由紀はよかれと思ってやってることかもしれないが、世の中には守らなきゃいけないルールもある。お父さんが美由紀を連れて行かないといったのは、事故の惨状を部分的にも見てほしくないからだ。きっとショックだし、美由紀にはまだ早いと思う」

「だいじょうぶよ。わたしは……」

「いいから、聞くんだ。トランクに隠れていて、もし追突されたらどうなる？　新聞をよく読む美由紀なら、シートベルトをしていない人がどんな目に遭うのかも知ってるよな？　こういうセダンは、後ろの衝突はトランクの部分で衝撃を吸収する構造になってる。ぺしゃんこに潰《つぶ》れてしまうよ。お父さんも美由紀が乗っているとは知らないわけだから、救急車を呼ぶこともできずに、そのまま放置してしまう。それがどんなに危険なことかわからない美由紀じゃないだろ？　美由紀がそんなふうになったら、どれだけお父さんやお母さんが悲しむか、想像できなくはないだろ？」

美由紀はしだいに、父の訴えたがっていることに気づきだした。

そう、わたしは利己的に過ぎたかもしれない。両親に迷惑をかけていることまでは、思いが及んでいなかった。

「……ごめんなさい」美由紀はつぶやいた。「反省してる」

隆英はしばし美由紀を見つめていたが、やがて納得したようにうなずいた。「降りていいよ」

美由紀は戸惑いながらも、微笑を浮かべずにはいられなかった。ありがとう、お父さん。そうささやいて、トランクのなかで立ちあがり、ぴょんと飛び降りた。

潮風を頬に感じる。湘南とはまるで違う、吹きすさぶ冷たい風だった。

そこは首都圏ではお目にかかれないような、広大な平面駐車場の一角だった。ほとんどの駐車スペースは埋まっているが、緊急車両からテレビ中継車までが渾然《こんぜん》一体となり、異様な雰囲気をかもしだしている。駆けまわる人々の顔に笑いはみられない。それどころか、和んだ表情さえ皆無だった。誰もが眉間《みけん》に皺《しわ》を寄せ、疲労しきった面持ちでうな垂れ、それでいて足だけはせかせかと動かしている。急ぎの用がなくとも、じっとしてはいられない。そんな空気が支配していた。

上空を旋回するヘリコプターの爆音が近づいたり、また遠のいたりはしているものの、数千人が活動しているであろうこの駐車場の一帯は、その人数からすると妙に静かで、足音以外にはほとんど物音がなかった。耳もとをかすめ飛ぶ風の音だけが響いている。すなわち、緊急を要する動きはみられない。依然、生存者が発見されていないことの証《あかし》に思えた。

　父の隆英は先に立って歩きだした。美由紀は歩調をあわせてついていった。

「ここは？」と美由紀はきいた。

「輪島だよ」隆英がいった。「国道二四九号線沿い、能登半島の北端。曽々木《そそぎ》海岸のすぐ近く」

「曽々木……」

「ようするに事故現場の目と鼻の先だ」

　ひやりとした空気が美由紀の身体を包んだ。ふいにいっそう冷たい風が吹きつけたかのようだった。

　ここに来ることはわかっていた。もともとそのつもりだった。それなのに、いまになって足がすくむ。

　駐車場の端までくると、その先の森への遊歩道にはロープが張ってあった。警察官が警備をしている。傍らのテントで発行された通行証を呈示しないと通れないらしい。遊歩道は、木々のなかを蛇行しながら緩やかに下降している。本来はのどかなその風景は、救急隊員やレスキュー隊員たちが黙々と往来するせいもあって、このうえなく物々しかった。

迷彩服を着た陸上自衛隊員を、美由紀は初めてまのあたりにした。大きな袋を肩にかつぎながら、遊歩道を登ってくる。装備品を無数に身につけたそのいでたちは、テレビのニュースで見るよりずっと存在感があり、かつ恐ろしく思えた。美由紀は思わず退いて、父親の陰に隠れた。戦争が起きたら、この人たちも銃を持って最前線に繰りだすのだろうか。

白衣を着た医師らしき人々も見かけたが、一様に手持ち無沙汰《ぶさた》にしている。やはり生存者が見つかっていないのか。彼らの集う救命テントに暗い影がおちている。

ほかに、制服姿ではないスーツに防寒着という人々も多くいた。父と同様、駆りだされた乗客の関係者かもしれないし、地元のボランティアかもしれなかった。とにかく、辺り一帯はあらゆる種類の大人たちが入り乱れ、混沌《こんとん》としていた。整然とした動きにはほど遠い。互いにぶつかったり、足を踏んでしまい詫《わ》びを口にしたり、もしくはときおり暴言を吐く人もいる。誰ひとり、何をなすべきかを正確に把握できていないように思えた。

それは決して、彼らが愚鈍だからではない。救える命があるなら、きっと行動を開始しているだろう。彼らの重い足どりが現場の空気を物語っている。機内にはもう……。

いや。わたしにはまだ知らない世界がたくさんある。大人たちは素晴らしい。わたしの想像もつかない方法で、あのような事故からも生還を果たしうるに違いない。それは旅客機の安全装置かもしれないし、墜落時の衝突をやわらげる仕組みかも、あるいは緊急救命の手段、もしくは医学かもしれない。とにかく、誰も助からないなんてありえない。

人ごみのなかから、痩《や》せた男が隆英に声をかけてきた。「岬」

その男は、この寒さのなかでワイシャツ姿だった。それでも首すじに汗がにじみだしている。よほどの重労働に従事したところらしい。年齢は美由紀の父と同じぐらいだった。そして、胸につけているバッジには、伊里野江商会のロゴが入っていた。

「ああ」岬隆英は笑いひとつ浮かべずに応じた。「棚橋《たなはし》。みんなは？」

棚橋と呼ばれた男の表情も和らがなかった。「下で作業してる。ほとんどは、漂着する物を拾い集めるのに忙しい」

「飛行機のなかは？」

「まだ近づけないよ。浅瀬だからその気になれば海に浸《つ》かって歩いていけるんだが、自衛隊が警備してる。報道関係をシャットアウトするためだな。それに……とんでもない悪臭が漂ってる」

隆英の顔に深刻のいろが増した。「わかった。じゃあ海岸に下りてみる」

「岬」棚橋は物憂げにつぶやいた。「覚悟を決めておいたほうがいい。漂着する物には、部分遺体ってやつも交ざってる。ようするに手とか足とか……身体の一部だ」

美由紀は絶句した。父も同様らしかった。黙りこくったまま、じっと棚橋を見かえしていた。

それでも躊躇《ちゅうちょ》している場合ではないと悟ったのだろう、父は無言のまま歩きだした。岬隆英と棚橋は、ロープで遮られた遊歩道に向かっていった。

あわてて美由紀も小走りについていこうとすると、ロープの手前で警官が制した。

「待ってください」警官は隆英に告げた。「お子さんは入れません」

隆英は、まさか娘が背後にくっついてきているとは思わなかったらしい。驚いた顔で美由紀を振りかえると、父は厳しくいった。「クルマに戻ってろ」

「でも……」

「いいから、いうとおりにするんだ。子供が見るべき光景じゃない」

それだけいうと、隆英は棚橋とともにロープをくぐり、遊歩道に消えていった。

美由紀はその場にたたずんで、父の背を見送るしかなかった。どんなことであっても手を貸したい、微力であっても力になりたい。そう願う反面、迷惑をかけるだけだと自戒の念も渦巻く。わたしはどうしたいのだろう。大人になっていれば、こういうときにも疎ましがられずに済むのに。

そのとき、近くを通りがかった報道記者らしきふたりの男の会話が耳に入った。

「まいったな」ひとりが頭を掻《か》きながらつぶやいた。「機体の貨物室に、業者がラッカーやワニスを大量に持ちこんでいたらしくてな。ひどいにおいで頭が痛くなる」

「ああ。毒性もあるから危険だな。遺体回収の作業も命がけだ。なにか方法は……」

「膏石酸《こうせきさん》を沸騰させて空中に撒《ま》けば、シンナーの脂溶性が中和されるってさ。そうなりゃ吸いこんでも血液脳関門を通過できなくなって、中枢神経が冒される心配はなくなる。中毒にならずに済む」

「待てよ。膏石酸だって？　水銀と混ぜてクルマのバッテリーに使われているあれか？　シンナー以上に猛毒だろう」

「両者を混ぜて中和させちまえば問題ないってさ。とにかく、ほかに方法はないらしい」

美由紀は困惑を覚えた。記者たちが口にしたことのすべてを把握できるわけではないが、ずいぶん荒っぽい手段を講じようとしているらしい。人体に有害なふたつの物質を混ぜ合わせて、無害にしようというのか。どちらか一方の濃度が勝ったりすれば危険が広がるとか、そういう心配はないのだろうか。

だが記者は、それよりずっと気になることを告げた。「いまだにひとりの生存者も発見できないなんてな。まさに悪夢だ」

ぎくりとして、美由紀は立ちすくんだ。自然に神経が研ぎ澄まされて、記者たちの会話がいっそう鮮明に聞こえてくる。

もうひとりの記者は、こんな状況下にあっても仕事を忘れていないらしい。淡々とした口調で告げた。「犠牲者のなかでニュース性のある有名人は、例の政治評論家だな。それと、ワシミ工業の社長さん夫婦とその息子」

「犠牲って言い方は適正じゃないな。現段階ではまだ自粛すべきだろ」

「そうでもないんだ。鷲見さん一家の遺体はさっき見つかった。親戚《しんせき》の人たちと、社員が確認した。三人とも海外に住んでたことがあったおかげで、外務省に指紋も残ってたしな。社長さんと息子さんはファーストクラスにいて、奥さんはエコノミーにいたらしい。たぶん、チケットがとれなくて離ればなれだったんだろう」

「死に際も一緒にいられなかったのか……。それは辛《つら》いな」

美由紀は慄然《りつぜん》とした。言葉を失い、膝《ひざ》ごと崩れ落ちてしまいそうだった。

唐突に告げられた運命。心から無事を望んでいた三人の命は、すでに絶たれていた。報道関係者が知りえている以上、間もなくニュースは全国に飛ぶのだろう。わたしはこの現場付近にまで来て、ほんの少し早く事実を知ったにすぎなかった……。

認めない。断じて納得できない。報道陣に間違った情報が伝わっている可能性だって、なくはないはずだ。わたしはこの目でたしかめたい。どんなに悲惨な光景であろうと。

美由紀は辺りを見まわした。すぐに、取材用ベーカムを担いだテレビ局のカメラマンが、小高い丘を登っていくのが目に入った。ほかにも続々とそちらに向かう報道関係者たちの群れがある。

現場から閉めだされたマスコミが歩を進めるからには、そこに別の道があるに違いない。

美由紀は駆けだした。

子供でいることの煩わしさを痛感することは多い。どこに行っても、こんなところで何をしているのか、親はどこにいるのかと尋ねられる。しかし、いまは違っていた。大人たちは誰も、美由紀に目もくれなかった。存在に気づいていても、関心は持たない。そんな感じだった。対処すべき事態が大きすぎて、ささいなモラル違反には構ってはいられないのだろう。

幸いだった。美由紀は大人たちの合間を縫うようにして、丘を登る道を駆けていった。弾む息が白く染まる。ほとんど眠っていないせいで足もとがふらつく。それでも美由紀は走りつづけた。このままでは、わたしは帰れない。いまはただ事実を知りたい。

行く手は海岸に向けて緩やかに下降するのではと思っていたが、違っていた。登り坂だけがつづいていた。やがて、道はふいに途切れ、展望台のような広場に、大勢の人々が集まっていた。

そこは、切り立った崖《がけ》の上だった。報道陣は現場に下りることをあきらめ、ここから望遠レンズで海を狙っていた。

美由紀は人垣のなかに身体をねじこむようにして、じりじりと崖っぷちに近づいていった。大人たちはみな背が高い。最前列に乗りださないと眼下を眺めることはできそうにない。

ふいに、視界は開けた。手すりのない崖がバルコニー状に張りだしている。大人たちは、その縁に近づこうとはしなかった。おかげで、わずかばかりの空間がある。

そこに立って、美由紀は前方を見つめた。

千枚田《せんまいだ》の棚田が連なる崖地の向こうに、海岸が広がっている。流紋岩の岩盤が日本海の荒波に浸食され、奇形の岩となって浅瀬のいたるところに突きだしていた。滝が直接、海に注ぎこんでいる。垂水《たるみ》の滝だった。海側から吹きつける強風のせいで、水は空中に散布され、滝つぼまで到達しない。その水飛沫《しぶき》は、雨のように展望台に降り注いでいた。

霧のように白ばんだ空間の向こう、浅瀬に見えるのは、奇形岩ばかりではなかった。

四つに分断された白い機体。テレビで観るよりもずっと小さく思える。手を伸ばせば届きそうな錯覚さえある。その壊れた玩具のような胴体部分が、浅瀬のそこかしこに転がっている。波はけさよりもずっと穏やかだった。

機体の周囲に展開する救助班は、さしずめ水溜《みずた》まりにおちた甘い物に群がる蟻のように見えた。おびただしい人々がすでに機内に出入りしている。誰もが腰まで海に浸かり、徒歩で接近していた。救助ボートはもっぱら、なかにあった物を運びだすために用いられているらしい。

担架が続々と搬出されては、空中待機するヘリの吊《つ》ったロープに連結され、舞いあがっていく。頭まですっぽりとシーツを被《かぶ》せられ、身動きひとつしない。救急隊員の荷物を運ぶような無造作な挙動からも、それらが遺体であることがうかがい知れる。

無残な機体のなれの果て。物言わぬ乗客たち。希望を失い、ただ黙々と作業するだけの救助班。

目に映るものすべてが悲哀に満ちていた。衝撃よりも、喩《たと》えようのない虚《むな》しさだけがあった。

この世には、悲しみしかない。なぜかそんな感覚が渦巻いた。人生は死で終わる。形あるものは失われていく。喜びは一時にすぎない。行き着く果ては悲しみと空虚さ、そして永遠につづく無の世界……。

なにかが荒波のように押し寄せて、美由紀は胸のなかにあった灯火《ともしび》が消えていくのを感じた。寒い。辛い。そして、どうしようもなく哀しい。

気づいたときには、ぼろぼろと涙を流していた。美由紀は声をあげて泣きだしていた。

周囲に戸惑ったような気配がひろがっていった。大人たちはようやく、この場所に子供がいることを認識したようだった。それでも、誰も声をかけてこようとしなかった。どうしてここに子供がいるのか、それを訝《いぶか》しがってばかりいるようだった。

そんななかで、ひとり跪《ひざまず》いて、目線を合わせてきた大人がいた。

年齢は父親ぐらい。スーツを着て、コートを羽織っている。ほっそりとした身体つき、頬はこけていた。

穏やかな目で、男はたずねてきた。「どうしたの？　こんなところにひとりで来たのかい？　名前は？」

「岬……」美由紀は泣きながらつぶやいた。「美由紀」

「美由紀ちゃんね。落ち着いて、もう泣かなくていいんだよ。ショックだったね。見ないほうがいい。お父さんかお母さんは？」

「……下にいる」

「そうか。じゃ、おじさんと一緒に丘を下りよう。おまわりさんやお医者さんが待機してるテントで、温かいお茶を飲もう」

なぜか自然に従うことのできる自分がいた。いつもなら、大人にうながされることにはいちいち反発したがるはずだ。いまのわたしは違っている。なにかが変わっている。

いや。変わっているのは、この大人のほうかもしれない。

美由紀は涙を拭《ふ》きながらきいた。「おじさん……。記者の人？」

男は微笑した。「違うよ。事故が起きた場所に派遣されるという意味では、同じだけどね。僕は臨床心理士をしてる」

「臨床……。どんな仕事？」

「そうだな。事故のことで心に深い傷を負った人たちを癒《いや》す……ってとこかな」

「心の傷を治すの？　どうやって？」

「いま、きみにしているとおりのことさ」臨床心理士は静かに告げた。「話しかけ、声を聞き、心を通わせる。僕にできるのは、たったそれだけのことだよ」

メインローター

低く、落ち着いた女の声が小さなドーム天井に反響した。「わたしの人生は、あの日に始まったのかもしれない。小六の、あのときに。いまにして思えばだけど」

棚橋昌司《まさし》は、香《コウ》のにおいの漂う薄暗い空間で、ロウソクの光におぼろげに照らしだされた女性の横顔を見た。

以前、この石川県輪島で彼女を見たのは、十六年も前のことだ。彼女はまだ小さかった。棚橋の同僚だった岬隆英に連れられて、事故現場に来ていた。こんなところに娘を同伴させるなんて良識を疑う、岬にはそう告げたように記憶している。そうだな、と彼は陰鬱《いんうつ》な面持ちでつぶやいた。

「違うんです」ふいに女性の大きく見開かれた目が、こちらを向いた。

棚橋はどきっとして、女性にきいた。「なにが？」

「あのとき、わたしを連れてきたのは父の意思じゃありませんでした。わたしが勝手についてきたんです」

静寂のなかで、棚橋は女性が告げたことの意味をおもむろに悟った。彼女は、私の心のなかを読んだのだ。私の思いを正確に察知し、それを否定した。

彼女について何も知らなければ、超常現象かと衝撃を受けることだろう。しかし棚橋は、岬隆英の育てたこの女性の素性を知っていた。常人では考えられないほどの豊富な経験を持ち、類《たぐ》い稀《まれ》なる人生の経緯を歩んではきたが、奇跡の申し子ではない。彼女の能力は、れっきとした科学に裏打ちされている技能にすぎない。ただ、その精度および速度においてずば抜けているだけの話だ。

「そうだね」と棚橋は微笑してみせた。「後からきみのお父さんに聞いたよ。クルマのトランクに隠れてたんだって？」

「……ええ」女性の顔は少しばかり和んだ。「あの当時から、無謀なことばかりしたがる子供でした」

目を伏せ、ふたたびロウソクに視線を戻す。無数の遺影を眺めるその穏やかな表情は、教会に飾られる慈母像《マリア》そのものだ。棚橋はそんなふうに感じた。

岬美由紀は今年、二十八になるはずだ。身長は百六十センチを越えている。黒いドレスに包んだ身体はしなやかでスリムだった。こうして近くで見ても、音速を超えるジェット戦闘機の操縦桿《かん》を握るほどに鍛え抜かれているとは、到底思えない。若く見える小顔と、九頭身から十頭身ともおぼしき抜群のプロポーションのせいで、育ちのよさそうな女子大生という雰囲気を漂わせている。実際、その横顔は、十六年前とさほど変わっていない。大きな瞳《ひとみ》と、つんとすましたような鼻すじに、まだ少女のようなあどけなさを残している。

それでも、彼女の外見からは想像もつかない経歴は、すべて事実だった。父親の岬隆英は、あるときわが子の悩みを棚橋に打ち明けてきた。娘が防衛大に入るっていいだした。やっぱり輪島に連れて行ったのがいけなかったのかな。そんなふうにいっていた。

娘を危険な目に遭わせたくないという親心だろう。棚橋は彼に、子供はそこまで単純じゃないさと告げた。少女時代にまのあたりにした事故と救助活動に触発されて幹部自衛官への道を歩みたがるなんて、安っぽいフィクションの題材じゃないか。

しかし、その後の岬美由紀の人生を考えれば、彼の危惧《きぐ》はあながち的外れでもなかったように思える。子供のころから学業においてもずば抜けた成績を誇っていた美由紀は、防衛大も首席卒業、幹部候補生学校で航空自衛隊を志し、その翌年に入隊、二等空尉として、女性自衛官としては初のF15Jパイロットになった。

美人で、聡明《そうめい》で、しかも当時は世界最強とされていた戦闘機を操る岬美由紀はマスコミから注目され、ニュース番組ではしょっちゅう彼女の姿を見かけた。棚橋が観た番組では、フライトスーツを着た美由紀はひどく不機嫌そうにしていて、マイクを差し向けられても、仏頂面でぼそぼそと短い言葉をかえすだけだった。あまりに完全無欠である集団行動に馴染《なじ》めずにいるらしい、と棚橋はそのとき感じた。私は、岬隆英の数少ない友人のひとりだった。岬は仕事ができて優秀であるがゆえに、上とぶつかることが多かった。彼がゆえに、仲間を作れない苦悩。彼女の父もそうだった。

に育てられた娘が同じ経緯を辿《たど》ろうともふしぎではない。

自衛隊を除隊した岬美由紀が第二の人生に選んだ職種、これも航空機事故現場を訪ねた当日のできごとを彷彿《ほうふつ》させるものだった。美由紀は、臨床心理士すなわちカウンセラーの資格を取得した。

海岸で黙々と犠牲者らの遺品の回収作業に従事していた岬隆英のもとに、レスキュー隊員が呼びかけた声を棚橋は小耳にはさんだ。上のテントで娘さんがお待ちです、隊員はそういった。

私は隆英とともに遊歩道を登ってテントに向かった。そこには、目を真っ赤に泣き腫《は》らした美由紀がいた。若い臨床心理士が、美由紀の世話役を買ってでていた。彼は穏やかな声で美由紀に語りかけ、気持ちを落ち着かせるためにあらゆる対話を試みていた。

棚橋はふっと笑い、二十八歳の岬美由紀につぶやいた。「私は、きみの人生を決定づける重要な日に立ち会えたんだな」

「……そうかもしれません」美由紀は静かにいった。「でも、いままでの紆余《うよ》曲折は、さまざまな偶然に左右された結果だと思ってます。運命なんて信じない。ほんの一分先の人生も、自分で作っていくものだし」

「かもしれないね。でも美由紀さん。こんな場所で、こういう話はなんだけど……、私は嬉《うれ》しいよ。岬隆英のひとり娘が立派に育っている。父親が誇りに思って当然の栄誉を成し遂げている。わが子のことのように嬉しいよ」

美由紀は苦笑と、照れ笑いの混ざったような顔を浮かべた。「そんな……」

「お世辞じゃないよ。本心でそう思っているんだ」

「ええ。それはわかります。眼輪筋と大頬骨筋《だいきょうこつきん》が同時に収縮したし。たった一瞬だけど、本気で喜びを感じていなければ、そんなふうにはならないし」

棚橋は面食らった。表情にだした覚えはないのに。「一瞬って、どれくらい？」

「〇・〇一秒からせいぜい〇・〇二秒。あとは、こういう場で嬉しさを覚えることは不謹慎だと、あなたが故意に表情を曇らせてしまったので、反応は消えました」

「驚いたな……」棚橋は心底感心していった。「噂は本当だね。パイロットの動体視力と、臨床心理士としての観察眼が結びついて、ほんの一瞬で心を読み取るっていう……」

「感情に共感できるっていうだけです」美由紀の顔から笑みが消えた。「そこに付随する思考は、たしかにふつうの人よりは正確に推察できるかもしれません。でも、世間がいうほどの特異な技能じゃありません」

　ふたりに沈黙が降りてきた。香の煙に美由紀は目を瞬《まばた》かせている。つとめて棚橋の顔を見ないようにしているらしかった。

　たしかに、そんな評判が立ってしまったのでは、人と目を合わせるのも嫌になるだろう。かつて、岬美由紀が臨床心理士になるべく師事した友里佐知子《ゆうりさちこ》のニックネームと同様に、美由紀もまたマスコミから千里眼と呼ばれていた。カウンセリングの相談者《クライアント》の心のなかをたちどころに見抜くことから、自然にそのあだ名が広まったらしい。ハンカチ王子やハニカミ王子よりはマシなニックネームだと棚橋は感じていたが、美由紀の態度から察するに、千里眼と呼ばれることも本人には疎ましいことなのだろう。

美由紀は、手にした薄紫いろの花束を、慰霊碑の前にそっと横たえた。

すでに無数の花束やお供えの品が慰霊碑の周りを埋め尽くしていたが、遺族のほとんどは朝のうちに訪れたらしい。昼過ぎから天候が崩れることは気象庁も報じていた。ドームの外から豪雨の音が響いてくる。滝のような雨のなかでも、能登半島の北端まで平然とクルマを走らせてくる、そんな人物は稀だ。岬美由紀は、その稀な人種に属しているようだった。

美由紀はちらとこちらを見て、気遣うように聞いてきた。「棚橋さんは、朝からずっとここに？」

「ああ……。受付をまかされているからね。仕方がないんだよ」

「こんなに寒いのに」

「防寒着を何枚も重ね着してるから、心配いらない。うちの会社じゃ毎年、交替で誰かがやってることだしね。お父さんもきっと……」

棚橋は言葉を切った。いまにふさわしくない物言いだったろうか。

美由紀はかすかに顔をこわばらせたが、すぐに微笑を浮かべ、慰霊碑に向き直った。

「そうね。父も生きていれば、朝から夜まできちんとお勤めを果たしたでしょう」

どう語りかけるべきかわからず、棚橋は口をつぐんだ。ドームにまた静寂が訪れた。

岬隆英と、美代子夫妻は、美由紀が二十二のころに亡くなった。交通事故だった。家の近くを自家用車で運転中、対向車線をはみだしてきた白いバンと正面衝突。ふたりとも即死だった。

若くして身内を失ったのに、故人が過去に拘《かか》わりを持った人物の供養も欠かさない。見あげた人柄だと棚橋は美由紀について思った。十六年間、彼女は事故の日に慰霊のためここを訪れることを忘れなかった。同僚たちから、岬美由紀さんが来ていたよ、毎年そう聞かされた。棚橋が受付を担当した今年も、彼女はやってきた。

棚橋はいった。「美由紀さんは、鷲見元社長ご一家と、それほどつきあいがあったわけじゃないんだろう?」

「ええ……。でも、多大な影響を与えてくれた人だから……。いまも天国で、父と再会してくれていることを望みます」

鷲見将輝、里奈、編朗の家族三人の死は、事故の翌日早々にあきらかになった。医学的にも死亡が確認され、指紋も歯型も一致していた。さらに四年後に確立されたDNA鑑定により、三人の遺体であることは実証された。と同時に、ワシミ工業の経営基盤は大きく揺らぐことになった。なぜなら、鷲見将輝元社長は、経営を世襲させることを明言していたからだ。息子も一緒に亡くなったとあっては、誰が会社の舵《かじ》取りを担うのか。役員クラスの骨肉の争い、業績の悪化、他社の株式公開買い付けを経て、グループの再編成がおこなわれた。伊里野江商会はワシミ工業に吸収され、営業第二課となった。社員も全員、ワシミ工業に移籍した。

この慰霊ドームは遺族のカンパで建てられたが、最も多く寄付をしたのはワシミ工業にほかならなかった。慰霊の日の受付を棚橋ら社員が受け持っているのもそのせいだった。

皮肉なものだと棚橋は思った。鷲見元社長とご子息の逝去により、現時点では実現不可能に近い科学を製品化するという詐欺まがいの商法に終止符が打たれた。不当に得たも同然の利益を還元したのは、社長家族らが犠牲になった事故の慰霊碑、およびその周辺施設だった。

棚橋はつぶやいた。「経営者としてはいろいろ問題もあったし、情を理解しない人だなんて言われてたけど、一代であれだけの大企業を築きあげたわけだし……」

「いえ」美由紀は真顔で振りかえった。「鷲見さんは情のある人だったわ」

「……その当時から、心のなかを見抜けたとか？」

「そういうわけじゃないけど、ふたりきりでいたときに、わたしは鷲見さんの心に触れたの。あの人は、約束を守ってくれた。父を助けてくれた」

誰よりも情に厚いのは、岬美由紀自身だろう。棚橋は胸を打たれた。彼女はあくまで故人の名誉を傷つけまいとしている。いまは亡き人々の魂に、純粋に祈りを捧《ささ》げるためだけにここに来ている。

「美由紀さん」棚橋はきいた。「毎年ここにおいでになるのは、鷲見さん一家への恩義のためかね」

「さあね」美由紀は持参したロウソクに火を灯《とも》し、燭台《しょくだい》に立てた。「すべてここから始まった。そんな気がするから」

静けさのなかで美由紀は目を閉じ、慰霊碑に黙禱《もくとう》をささげた。棚橋もそれにならった。

どれくらいそうしていただろう。しばらく時間が過ぎたが、長いとは感じなかった。ふしぎと、十六年前の犠牲者の無念が心に伝わってくるようだった。祈りというものの本当の意味を知った、そんな実感があった。

やがて美由紀は振り返り、会釈をしてドームの通用口に歩を進めた。

と、美由紀の足がとまった。大きな瞳が見開かれて、棚橋の胸もとを眺める。

「な」棚橋は妙に思ってきいた。「なにか？」

「……その防寒着、ウールですよね？ それも新品」

「え？ ああ、そうだね。ウール百パーセント。安いし、温かいんで」

「こんな日にはよくないですよ。ウールは水分を含みやすいですから」

「だいじょうぶだよ。ずっとドームのなかにいるし、外にでるときにはレインコートを羽織るんで」

美由紀は首を横に振った。「空気中の水分さえも、新品のウールは吸収しちゃうんです」

「乾けば問題ないだろう？」

「棚橋さん、最先端科学を売り物にしている会社にお勤めなんだから、身のまわりの科学にも目を向けたほうがいいですよ。ウールは水を含むと縮むでしょ。大量に含んでちぢれるとフェルト布になるわけだし」

「……ああそうか。縮むってことは、繊維の隙間も細くなる。水分のなかの異質な成分が、そこに絡まって残っちゃうわけか。ろ過みたいに」

「そうです」美由紀は微笑とともにうなずいた。「雨水はアンモニアや石灰などの汚染物質によってアルカリ性になっているし、塩化物イオンや硝酸イオン、硫酸イオン、ナトリウムイオンを含んでる」

「マグネシウムイオンもあるだろうね。海水の塩から発生する。それにコンクリートから跳ね返った雨水にはカルシウムイオンが含まれてるし、木材を燃やしたあとの大気が混ざってカリウムイオンも含む……」

「さすが」と美由紀はにっこりとした。「ウールが乾いて水分が消えたあとも、それらの成分が繊維の隙間に残されちゃうのよ。汚れになって、ゴワゴワする」

「そりゃまいったな。どうすればいいかな」

「次からは、雨の日にウールを着るのを避けることですね。どうしてもというのなら、ウール五十パーセント、ポリエステル五十パーセントの服を選ぶといいでしょう」

「今後のことより、きょうの服が心配なんだけどね」

「数日経つと落ちなくなっちゃうけど、帰ってすぐ手洗いをすれば心配いりませんよ。奥さんにそうしてもらえば？」

棚橋は笑顔を取り繕ったが、内心は穏やかではなかった。会社の同僚たちにも明かしていないが、妻とは二年前に離婚している。以来、ずっとマンションで独り暮らしだ。

美由紀の表情が曇った。「あ、ごめんなさい。ヘンなこと言って……」

「いや……いいんだよ」と棚橋はいった。こんな場合、あっさりと心を見抜かれたほうがむしろせいせいする。

それにしても、広範囲の知識を兼ね備えている女性だった。着衣に気がまわるあたり、将来は良妻にもなれそうだった。科学者顔負けの頭のよさを誇る妻。結婚できたらどんなに幸せだろう。夫になる男が羨《うらや》ましい。

そう思ったとき、美由紀はそそくさと通用口に向かって歩きだした。「じゃ、わたしはそろそろ……」

「あ。そ、そうだね」棚橋は後を追いかけた。

しまった。いまの思考も読まれてしまったか。ある意味では気の抜けない女性だ。浮気などしようものなら、たちどころに看破されてしまうだろう。

通用口の外は大雨だった。正午すぎだというのに薄暗い。かつて、海岸近くの駐車場だったこの場所は、いまは慰霊のための公園になっている。とはいえ、樹木やベンチはなく、ただ広い石畳の空間がつづくばかりだ。交通の便の悪い能登半島の北端ゆえに、手がかからないように整備されている。その向こうには、遺族や関係者が利用できる宿泊所があった。いずれもワシミ工業の寄付で成り立っているものだった。

外を眺めながら棚橋はいった。「宿泊所の一階にラウンジがあるよ。しばらくそこで休まれては？　こんな雨のなかじゃ、クルマで帰るのも大変だろうし」

「いえ、いいんです」美由紀は傘を広げた。「雨の日の運転には慣れてますし」

「でも海沿いを走るんだろう？　能登半島は暴風雨警報が発令されてるし、あちこち通行止めになってる」

「道路には詳しいから心配いりませんよ。小松基地にも何度か来たことが……」

美由紀はふいに言葉を切った。その表情が硬くなり、目は雨空に向けられる。

どうしたのだろう。棚橋は空を見あげたが、何も見当たらなかった。豪雨のなかに、鳥一羽飛んでいるようすもない。

と、そう思ったそのとき、ふいに雨雲を割って、ずんぐりとした黒い影が下降してきた。

爆音は、ひと呼吸遅れて響いてきた。

巨大なローターが風雨をさらに加速させる。一帯は嵐のようになった。洋上迷彩らしきダークブルーの楕円《だえん》形の機体が、石畳の上にほぼ垂直に下降してくる。側面には、航空自衛隊の表記が読みとれた。

轟音《ごうおん》のなかで棚橋は声を張りあげた。「あれはいったいなんだ」

「UH60Jです」美由紀はヘリを見つめながらいった。「航空自衛隊の救難ヘリ。小松救難隊だわ」

地上すれすれまで下りてくると、ヘリの機体は十トントラックほどもあった。棚橋らが立つ場所からは数十メートルの距離があったが、それでもメインローターが横方向に撒《ま》き散らす雨が顔に降りかかってくる。強風に煽《あお》られ、左右に揺れながらも、一定以上に傾くことなく巧みな操縦で下降をつづける。

棚橋は航空機には詳しくなかったが、職業上メカにはそれなりに知識があった。赤外線暗視装置と航法気象レーダーを備えている。武器の類は積んでいないようだ。

側面の半球状に膨らんだ扉がスライドして開き、フライトスーツを着た男がふたり降り立った。いずれも引き締まった身体つきをしている。ひとりは棚橋よりも年上のようだった。頭に白いものがまじっている。もうひとりは青年だった。

ふたりはこちらに目をとめると、石畳の上を駆けてきた。水溜《みずたま》りに飛沫《しぶき》があがる。近づいてきても、ふたりは歩調を緩めなかった。こちらに水がかかることはいっさい懸念していないらしい。

隊員たちが接近してくると、岬美由紀が驚いた声をあげた。「下家《しもいえ》二佐!?」

年配のほうの隊員が目を細めた。「ひさしぶりだな、岬。恐縮だが、階級章を見てくれ」

「……一等空佐に昇進されたんですか。おめでとうございます」

「彼は」下家は青年の隊員を指差した。「片瀬《かたせ》二尉。救難隊の部下だ」

美由紀は真剣な面持ちできいた。「ヘリの着陸許可をとっておられるわけではなさそうですね」

下家も表情ひとつ変えなかった。「緊急の場合は事後承認が許される。岬。珠洲《すず》市に避難警報が発令された。川が決壊して洪水が発生し、土砂崩れも起きてる。能登半島最北端の錐賀《すいか》町の六百世帯が孤立状態だ」

「……わたしにどうしろと?」

片瀬二尉がいった。「第六航空団の整備補給群が、護衛艦ごと消息を絶った事件はご記憶ですね?」

「ええ。半年も前の事件だけど」

「わが基地の装備隊と修理隊、補給隊はいまだ大幅に人員が不足しています。ゆえに、この悪天候のなかを離陸できる救難隊ヘリはごくわずかです」

「バックアップが充分じゃないの？　小松の整備補給群は優秀な人材ばかりでしょ。彼らがいなきゃオペレーションは不可能なのに」

「岬」下家が告げてきた。「防衛予算は兵装にまわされてばかりで、自衛隊はいまだ深刻な人手不足だ。いまそれを嘆いていても始まらん。われわれに必要なのは、人員および物資の不足を補いうる、救助活動と整備補給の両面に長《た》けた人間だ」

美由紀は眉間《みけん》に皺《しわ》を寄せた。「でも……」

下家は片手をあげて抗議を制した。「きみが自衛隊からの再雇用を望んでいないことは知っている。最近は都内に留《とど》まらずに各地を転々としてるな？　臨床心理士会事務局にも連絡をいれることは稀のようだ。プライベートを知る者は皆無のようだし、放浪の目的が何なのかは知らん。ただし、きみが953便墜落事故の日に慰霊を欠かさないことは知ってた。だからきょうはここにいる、そう踏んだんだ」

「でも……この時間にいると、よくわかりましたね。慰霊に訪れる遺族のほとんどは、朝のうちに済ませるのが常なのに」

その言葉には、わざわざ時間をずらしたのにという、不満の響きがこもっているように棚橋には思えた。

片瀬がいった。「ここの上空に寄ってみたところ、駐車場にオレンジいろのランボルギーニ・ガヤルドが見えました。それで、こちらにおいでだと判ったのです」

美由紀はため息をつき、ヘリを眺めながらつぶやいた。「クルマも迷彩柄にしようかしら」

下家は険しい顔で告げてきた。「岬。すでに除隊しているからには、われわれとしてもきみに強制はできん。協力するか否かはきみの自由だが……」

「ええ、もちろんです」美由紀は豪雨のなか、傘をたたんだ。「行きます」

棚橋は驚いて、思わず声をあげた。「本気か?」

「命の危険に晒《さら》されている人たちがいるんです、迷ってる場合じゃありません」そういいながら、美由紀はすでに駆けだしていた。「救命胴衣をください。それから無線も」

「よし!」下家は美由紀を追いながら怒鳴った。「岬。除隊前との違いについて取り急ぎ説明しておく。小松のIATA空港コードはKMQだったが……」

ひとり残っていた片瀬が、あわてたようすで棚橋に敬礼すると、踵《きびす》をかえしてふたりを追いかけていった。

喪服のドレスを身につけ、ハイヒールのままで美由紀は機体に向かって走っていく。ずぶ濡《ぬ》れになることも厭《いと》わないようすだった。側面まで行き着くと、乗員が投げて寄越した救命胴衣を、ドレスの上から身につけた。それから仲間とともにキャビンに飛び乗り、閉じるスライド式ドアの向こうに消えていった。

メインローターが甲高い音を立てる。操縦席にいるパイロットが敬礼のように額に手をやったが、それがこちらへの礼儀をしめすものなのか、あるいは単に規則でその動作が定められているのか、棚橋には知るよしもなかった。勘ぐっている暇もなく、ヘリは空中に舞いあがった。

垂直に上昇するヘリの速度は、下降時よりずっと速かった。厚い雨雲を背景に、UH60Jなる機体はたちまち点のように小さくなっていった。そのまま、低い位置の雲に見え隠れしながら、ヘリは東の空に消えていった。

棚橋はしばし呆然《ぼうぜん》として、その場に立ちつくし、なにもない空を眺めていた。いつしか、豪雨を全身に浴びていた。ウールの防寒着もこれでフェルト地と化すだろう。使い物にならなくなる。それでも、かまわなかった。

いつしか涙を流していることを、棚橋は自覚した。この歳になって、ひさしぶりに泣いた。そう思った。

岬隆英、いまは亡きかつての友。あいつもとんでもない正義漢だった。温厚にみえて、不正は決して許さなかった。そのためには上司にすら食ってかかった。

あいつの精神は生きている。何倍にも、何十倍にも増幅されて、娘に受け継がれている。

誇りに思うよ、と棚橋は友に語りかけた。おまえとともに働けた日があったことを。そして、おまえの自慢の娘と出会えたことを。

キネシクス

美由紀はほかの隊員たちとともに、UH60Jのキャビンの左舷《さげん》に寄り添って座った。指示を受けなくてもそうするのが当然だった。機体のバランスを保つためなどという、生易しいものではない。ヘリのメインローターは反時計回り、風速三十メートルを越えるこの暴風雨のなかでは、テールローターが失速気味になって機体が逆方向に回転しがちになる。突如、機体が空中でスピンした際に放りだされないよう、回転の内側に身を置く。悪天候の多いロシアの空軍で誕生した概念だった。もっとも、彼らのローターは逆回転するゆえにキャビン内の待機も逆サイドになるが。

激しい横揺れに縦揺れ、エアポケットに飛びこんだような垂直落下も断続的に起きる。それでも美由紀は、なんの動揺もなく手袋をはめ、救命胴衣に縫いつけてある小型救急箱の中身を確認した。パイロットと面識はないが信頼している。これしきの嵐で空中停止飛行《ホバーリング》を維持できないようなら、幹部候補生学校までの鬼のような特訓のなかで、すでに操縦桿《かん》を握ることを断念していたはずだ。

身につけているのはブラックフォーマルのドレスだったが、すでに救命胴衣を羽織っていた。ジャケットのレースとウエストのリボンブローチを外す。ワンピースの素材はウールではなくポリエステル百パーセントだが、たぶん意味はないだろうと美由紀は思った。被災地に赴いたら、雨水を浴びるどころでは済まないに違いない。

「岬」下家が騒音に掻《か》き消されまいと大声を張りあげてきた。「いま連絡が入った。錐賀町を走る国道三本すべてが、橋が流されたせいで通行不能になってる。満潮時刻が重なったせいで一部、川に海水が逆流して溢《あふ》れているようだ。よって河川は決壊している」

美由紀は防水製の小箱のなかに包帯と痛み止め、針と糸を確認しながら、唇を噛《か》み締めた。「けさの時点では、ここまで強く降る予報じゃなかったのに」

「ゲリラ豪雨ってやつかな。気象庁の予測しきれない事態もたびたび起きる。自治体でもすぐにやむと判断してたのか、正午近くまで避難勧告もだしていなかった」

「孤立した住民たちをどう避難させます？」

下家は胸ポケットから地図を取りだして広げた。「海上自衛隊との合同作業になる。CH47で空輸してきた浮き橋を現地で組み立て、川に渡すんだ。ここと、ここと、それにここだな」

マジックインキで橋をあらわす印が地図上に書きこまれていく。

美由紀は思わずため息をついた。三箇所ともかなりの川幅だ。「人員は？」

「十人ずつ三班に分かれるが、二箇所はもう作業が始まっている。きみは私たちと一緒に、まだ資材の届いていない穴水町《あなみず》寄りのこの地点に降り立つ」

「ボートに乗って濁流の上で作業ってわけですね」

ふと美由紀は、下家がじっとこちらを見ているのに気づいた。

「なにか？」と美由紀はきいた。

「いや」下家は咳《せ》きばらいをした。「きみは除隊してから、人の顔を見ただけで心が読めるようになったんだろ？ 私の気持ちもわかるかね？」

「さあ。任務に対し真摯《しんし》なお気持ちで臨んでおられるという、それだけでしょうか。嫌悪や苛立《いらだ》ちを感じていれば表情は一瞬でも左右非対称になるでしょうし、嘘をついているわけでもなさそうですしね」

「嬉《うれ》しいね」下家はややとぼけたようにいった。「私も昔はパイロットだったし、部下たちと同様、それなりの動体視力は養ってきたつもりだ。で、このところ幕僚幹部がきみと同じ技能を隊員に学ばせようと必死でね」

「なんですって？」美由紀は思わず苦笑した。「カウンセラーへの道でも歩むんですか」

「いいや。キネシクスってやつだ。知ってるかね」

「ああ……。欧米の警察が研究に熱をあげている分野ですね。表情だとか動作などの心理学的反復性や法則性を体系化して、外面から何を考えているかを読み取る技術です」

「そのとおり。週に三時間はその講義を受けるきまりになってる。ほかならぬきみの活躍に、幕僚幹部はあやかろうとしているみたいだな」

「受講して、効果ありましたか？」

「それがな。さっぱりだ。このあいだ、仙堂《せんどう》元空将と麻雀《マージャン》をしたが、はったりを見抜けずに役満であがられた。私が目を白黒させてたら、仙堂さんはいったよ。岬美由紀にでもなったつもりか、ってな」

　美由紀は首を横に振ってみせた。「賭《か》け事はよくないですよ。一佐になられたのなら、なおさらです」

「ほんのお遊びていどだよ。なんにせよ、幹部同士が隠し事を見抜けるようになってたら、幕僚長の論文問題であんなに騒ぎにはならんさ。どうだろう、われわれは学習をつづければきみに肉薄できるかね？」

「さあ……。歩んでる道が違うような気がするんですけど」

「違う？」

「キネシクスは特定の人物の習性を観察によってデータ化して蓄積し、照合することで心理を見抜く方法です。捜査に用いられるキネシクスは、人種や性別、年齢による差異も考慮します。でもカウンセリングにおける表情観察は、それらの区別を持ちません。人間ならば誰でも自然に直結するであろう感情と表情の因果関係にのみ着目します。わたしの本能的な動体視力が相乗効果になりえたのは、そういう技法としては単純なものだったがゆえのことでしょう。学問的に複雑なキネシクスは、直感よりも理性的、分析的思考を必要とするので、動体視力は関係ないかもしれません」

「すると幕僚幹部の思いつきも、われわれの努力も無駄ってわけか」

「無駄ではありませんが……。FBIがおこなっているキネシクス分析も、対象となる被疑者の行動を録画し、データと照合して、ようやく心理の糸口を見つけるていどです。精度はカウンセリングの表情観察より高いといわれていますが、専門家が一瞬で思考を看破できるわけじゃありません」

「フィクションの世界のできごとってわけか」下家はがっかりしたような顔で唸《うな》った。

「千里眼はあいかわらずきみ特有の技能ってわけだな」

「千里眼じゃないですけど……。下家一佐もカウンセリングのほうを学ばれたら？　キネシクスよりは効果的ですよ。麻雀に勝てるかどうかは知りませんけど」

「それじゃあ意味ないな」下家は苦笑してから、つぶやくようにいった。

「まあ、キネシクスの講師もいっていたよ。裁判において、この人はこう考えていたから犯行に及んだと決めつけることはできないし、ひとりの専門家の独断で逮捕に導けるものでもないってな。だから万能の杖《つえ》にはほど遠いって話だった。われわれとしては人の心が覗《のぞ》けないまま、ひたすら空を飛んで任務を果たすだけだ。上層部がどんな二枚舌を使っているかも知らず、国民がわれわれにどんな憎悪の念をぶつけたがっているかも関知せず、ただ任務に生きる。それだけだな」

視線を逸《そ》らした下家の横顔を、美由紀は黙って見つめた。

心を見抜けても、それだけではさしたる力にはならない。美由紀が日々、痛感していることだった。悪人だとわかっても、それでただちに制裁を加えられるわけではない。結局、万人が納得できる証拠を提示しないかぎり、悪人であることは立証できない。おそらく欧米のキネシクス分析の専門家も、同じジレンマを抱えているだろう。美由紀のように、一瞬で感情を読みとれる場合はなおさらだった。

美由紀は、かつての自衛隊の同僚たちよりもわずかでも人間的に勝っているなどとは、まるで思わなかった。むしろ、心が読めることで生じる軋轢《あつれき》や葛藤《かっとう》が行動の障壁になることも少なくない。他人の感情を気にせず、ひたすら自分の信念を貫けたら、どんなに楽だろう。自衛隊に復帰したいとは思わないが、昔の自分に戻りたくなることはある。揺らぎない情というものを信じていたあのころ。奸智《かんち》や邪推のない人の良心を、純粋に信じえたあの日々……。

そのとき、窓ぎわに立っていた片瀬が怒鳴った。「珠洲市の鉢《はち》ヶ《が》崎《さき》岸壁上空に差しかかりました」

ふと、美由紀は妙な気分になった。機体がホバーリングしている。どうして海沿いに空中停止する必要があるのだろう。目指すべき地点、寸断されている道路までは二十キロメートル以上も離れているのに。

下家も異変に気づいたらしく、インカムで操縦席に呼びかけた。「なにを待機してる? 現場上空に急げ」

すると、片瀬が声を張りあげた。「下家一佐、あれです!」

片瀬は窓の外をしきりに見やっている。美由紀はすぐさま立ちあがり、その窓に近づいた。

高度はかなり下がり、百五十メートルを切っていると目視でわかる。眼下は霞《かす》んでいるものの、海原ははっきり見えていた。鉢ヶ崎は海水浴場もあって、海岸線のほとんどは砂浜だった。しかし、この一帯だけは違う。

切り立った断崖絶壁《だんがい》、打ち寄せる高波がその岩肌をしきりに洗っている。海は荒れていた。県下でも最高の透明度を誇っているはずの鉢ヶ崎の海がどす黒く濁っている。白波がぶつかりあい、いたるところで間欠泉のごとく水柱が噴きあがる。

煮えくり返る地獄の釜《かま》のような入江に、信じられない光景があった。美由紀は衝撃とともにいった。「あんなところにゴムボートが！」

点のような黄色い楕円《だえん》形の物体が、断崖から数十メートルの距離の海上を漂っている。何人か乗っていることはこの高度からでもわかる。荒波に揉《も》まれ、ひっくり返らんばかりに傾斜しつづけていた。転覆しないこと自体、奇跡的な状況だった。いや、このままではその運命はまずもって免れない。

下家がインカムで操縦席に告げた。「下降しろ。海面ぎりぎりの高度を保て」

ヘリはゆっくりと高度をさげていく。横方向の揺れが大きくなった。

これまでとは違って、かなりのスキルを要求される操縦だと美由紀は思った。発達した積乱雲は真下で上昇気流、周辺で下降気流を発生させる。下降気流が海面にぶつかり放射状にひろがり、突風を引き起こす。その断続的に吹く風の強弱を見極めるのは、ベテランのパイロットでも難しい。いま操縦席に座っている隊員にとっても最大級の試練に違いなかった。

それでもヘリは大きく傾くことなく下降をつづけ、海面に迫っていった。波飛沫《しぶき》が機体の下部をかすめ飛ぶほどの低空で、ヘリはホバーリング飛行に入った。ただし、長くは維持できない。いつダウンバーストが不意の一撃を食らわすかわかったものではない。

片瀬がスライド式の扉を開け放った。日本海上の冷たい風が一気に吹きこんでくる。全身の体温をも奪うかのような猛烈な寒気。しかし、海面のボートの乗員は、これどころではないだろう。

この高度からは、ボートの乗員ははっきりと視認できた。ウィンドブレーカーを着てマフラーを首に巻いた中年の男が、オールを握っている。それから、同じぐらいの歳の女。四、五歳ぐらいの男の子がひとり。そして柴犬《しばいぬ》が一匹。旅行カバンやリュックサックも積んでいた。

下家が舌打ちをした。「避難住民だな。どうしてボートで沖にでた」

美由紀はいった。「海にでるつもりはなかったんでしょう。たぶん、決壊した川を渡ろうと自宅からボートを持ちだして、そのまま流されたんです」

男は必死でオールを海面に叩《たた》きつけているが、漕《こ》いでいることにはならず、ボートは回転するばかりだった。高波がボートを崖《がけ》に近づけるが、波がひいていくとまたボートも引き戻される。男はじたばたともがき、女と子供は身を寄せ合って震えるばかりのようだった。

「旋回しろ」と下家が操縦士に命じた。「ボートの前方にまわれ」

ボートの乗員たちは、ヘリの爆音すら耳に届かないほど憔悴《しょうすい》しているのか、顔をあげようともしない。三人の視界に強引にまわりこめば気づくはずだ。

男の顔が見えた。思ったよりも高齢のようだった。六十過ぎ、いや七十近いかもしれない。女もそれぐらいだった。してみると、あの男の子は孫か。

高波の合間に、男は年齢に似合わず猛然とオールを漕ぎはじめた。まっすぐに崖に向かっている。

下家がいった。「あのコースじゃ駄目だ。片瀬、発炎筒で合図しろ。崖ではなく砂浜に誘導するんだ」

「了解」片瀬はすかさず腰から発炎筒を引き抜き、点火した。無駄のない動作で扉のわきのフックに命綱を結わえ付け、機外に身を乗りだして発炎筒を大きく左右に振った。

ボートから見えないはずがない。実際、男の子がこちらを指差したし、オールを漕ぐ男の視線も一瞬あがった。

美由紀はその瞬間、嫌な予感を覚えた。

正確には、予感や直感の類《たぐ》いではなかった。また持ち前の観察眼が自発的に働いた。瞬時に、霧のなかにおぼろげに浮かぶ人物の表情から、感情を読みとった。

「なんだ!?」下家が吐き捨てた。「どうしてついてこない！　あの男、馬鹿みたいに崖に向かって漕ぎつづけてるぞ」

片瀬が大声をあげて、発炎筒を振りつづける。「おーい！　そっちへ行っちゃいかん。こっちだぞ、浜辺はこっちだ！」

男は反応しなかった。また前方に向き直り、必死で崖めざしてオールを漕いでいく。

下家はじれったそうに頭をかきむしった。「なぜ崖に向かう。あそこからは上陸できんと、見ればわかるだろう。片瀬、もっとでかい声で……」

「無理よ」美由紀は下家を制した。「あの三人は耳が不自由なのよ」

「な」下家は目を丸くした。「なんだって!?」

片瀬も信じられないという顔で、機内を振りかえった。「たしかですか？」

むろん、たしかだ。美由紀にはわかった。だが、その論拠を具体的に説明するのは難しい。

聴覚に気持ちを向けていれば眼球が水平に移動すると、まことしやかにいわれた時期があったが、大脳生理学ではまだその理論は実証されていない。美由紀が判断に至ったのは、波がボートに迫ったときの、乗員たちの恐怖心のなさだ。むろん海上に漂流して、三人は心底怯《おび》えきっている。しかし、通常ならば、後方から迫り来る轟音《ごうおん》に対して計り知れない不安を抱くはずだ。上まぶたが上がり、口が開いた状態で唇の左右が水平に伸びる。ところが、いまの三人は視界に映るものには恐怖するが、後方からの脅威に対しては無反応だ。

片瀬が機内に身体を引き戻しながら告げた。「そういえば、鉢ヶ崎には養護施設や介護施設がたくさんあります。あの三人は家族じゃなく、同じ施設の住民かもしれません」

下家が怒鳴った。「だからといって、行く手が崖だってことは目で見りゃわかるだろう！　こっちの機体も見えているはずだ」

「ええ」美由紀はうなずいた。「でも、そこは視覚や聴覚に関係なく、ただ助かりたい一心でわき目もふらず、最短距離を目指しているんです。崖に行き着いてからどうするかまでは考えていないんでしょう」

生存本能の働きを考慮すれば致し方のないことだった。まして三人は船乗りではない。ふいに海にでて激しく動揺し、危機から脱することだけを望んでいる。理性に働きかけて説得を試みることは、きわめて困難だ。

片瀬は命綱を外して、フックの付いたゴム製のベストを拾いあげ、着こんだ。「ロープで降下します。ウィンチの用意を」

美由紀は手で制した。「待って。そんな時間はないわ。このままだと……」

「ああ」下家が首を縦に振る。「ボートがあと少し崖に近づいたら、高波を回避できなくなる。一瞬にして崖に叩きつけられるぞ」

「そんな」片瀬は目を見張った。「いったいどうすれば……」

「降下して」と美由紀はいった。「高度をぎりぎりまで下げるの」

「それでいったい何が……」

「いいから早く！」

下家がインカムに告げた。「もっと下げろ。……危険なのはわかってる。限界を超えて
海面に寄せろ」

ヘリの揺れがひどくなった。波の接近とともに機体も大きく煽《あお》られる。ホバーリングは
二秒か三秒保てれば上出来という環境だった。

メインローターの強烈な風に晒《さら》されても、ゴムボートの乗員たちは頭上に目を向けない。

オールを握った男も崖めざして猛然と漕ぎつづけるばかりだった。

呼びかけても意味はない。それなら、なすべきことはひとつしかない。

躊躇《ちゅうちょ》することなく、美由紀は空中に身を躍らせた。

風圧のなかで、下家の叫ぶ声がした。なにをする、そんなふうに怒鳴っていたように思
う。あいにく質問には答えられない。行動でしめすしかない。

重力が美由紀の身体を海に引きずりこむ。低空からのダイブではあったが、自由落下から海面への衝突は想像以上の衝撃を伴った。救命胴衣をつけていても頭まで水中に潜った。視界はきかないに等しい。泡が顔に打ちつけて痛みを放つ。もがきながら海面に顔をだそうと躍起になった。

冬の海が体温を奪いきるまで二十秒。すでに五秒は経過した。あと十五秒のうちにボートにしがみつかなければ、手足の感覚が麻痺《まひ》して筋肉が動かなくなる。

身体が高速で回転している。ダッチロールの対処法と同じく、視線を回転よりも先に向けることで目がまわるのを防いだ。そこにも限界がある。渦に揉まれていたのでは回転の速度は一定ではない。肺のなかの酸素を吐きだしてしまわないように注意した。この状況においては、呼吸をどれだけ保てるかが生死の分かれ目になる。

ようやく浮力に助けられて頭を海面上にだした。まだ縦方向の揺れがおさまらず、波のなかで顔が浮き沈みする。ヘリを見上げた。落下した地点からすでに崖に向けて数十メートル流されている。しかしそれはゴムボートも同じだった。すぐ近くに、その黄色い船体が見えている。

オールを握った男と目が合った。手をとめて、ぽかんとこちらを見ている。男の子が身を乗りだし、最後に女が驚きのいろを浮かべてこちらを見た。

次の高波が迫るまでまだ間がある。美由紀は小堀《こぼり》流の日本泳法で、立ち泳ぎのまま踏み足で身体を前に押しだし、ボートに迫った。

やっとのことでボートの縁《へり》にしがみつく。三人は、怯えきった顔をしていた。

彼らがなぜそこまで不安に駆られているのか、美由紀はその理由に気づいた。喪服を着た女が空から降ってくれば、事故か何かと思って当然だ。救難隊の制服が安心を齎《もたら》すのなら、まさしく真逆の効果が生じてしまったことになる。

リカバリーは自分の努力で達成する。美由紀はボートの縁に胸まで乗りあげて、かじかむ右手の人差し指と中指をまっすぐに立てた。そして両手の人差し指を同時に曲げてみせる。

この人たちがアジアのほかの国の人でないことを祈るのみだ、と美由紀は思った。一般の言語と同じく、手話も国によって違う。かつて美由紀が学んだのは日本語と英語の手話だけでしかない。こんにちは、と挨拶《あいさつ》を終えた。あとは、笑顔を保つだけだ。

年配の男と女は面食らったようすで、ボートの上で顔を見合わせていたが、やがて女のほうが左手の親指を立て、右手で左手を包みこむようにして胸もとに引き寄せた。それから両手を合わせて軽く頭をさげる。

助けてください、と女は告げている。美由紀はすぐにうなずいた。男のほうはなおも呆《あっ》気《け》にとられていたが、やがて手を差し伸べてきた。

水を含んだ服は鎧《よろい》のような重さだった。身体が疲労しているせいもあるだろう。美由紀は全力を費やして自分の身体をボートに引きあげ、なかに転がりこんだ。柴犬が甲高く吠《ほ》えた。男の子は、目を瞬《まばた》かせている。

すぐさま男はふたたびオールを握り、崖に向けて漕ぎだした。

美由紀は男に手話で訴えた。崖を指差してから、右手の指先で胸を三度ほど叩く。これで、あっちは危ない、の意味になる。両手の親指と人差し指で輪をつくってから、そのふたつの輪をつないでみせる。これは「だから」の意だった。それから右手を拳《こぶし》に固めて、胸にあて、親指を立てて突きだす。何度もその動作を繰り返すことで、メッセージを送った。あっちは危険だから、行っては駄目。

ところが男は顔をしかめると、かまわないというように手を振り、オールを漕ぐ作業に戻った。ボートは崖めざして一直線に進んでいく。

美由紀は唖然《あぜん》とした。男の真意が読みとれたからだった。

この男に悪意はない。しかし、美由紀について誤解しているようだ。助けにきたのではなく、男が美由紀を助けたと勘違いしている。よって、美由紀の命をも救おうと、いっそう上陸をめざして、がむしゃらにオールを漕ぎだしている。

一緒に乗っている女と、男の子のほうは、船長の勘違いに気づいているらしい。いったん停まって、としきりに手話で呼びかけている。しかし男はふたりに目もくれない。

男の子は、オールを漕ぎつづける男の腕にすがりつき、視線で訴えようとした。しかし、男は邪魔されたと思ったらしく、憤りのいろを浮かべて男の子を突き放した。

船底に尻餅《しりもち》をついた男の子は、いまにも泣きだしそうな顔をしていた。美由紀は男の子をそっと抱き寄せて、頭を撫《な》でた。

船長としての使命感に駆られる男。正しくあろうとしているのに、誤った道を選び、同乗者たちの命を危険に晒している。事実、背後に高波が迫りつつある。崖はかなり近い。このままではあの高波に呑《の》まれて、ボートごと岸壁に激突するだろう。

緊急避難の概念でいえば、この男を海に叩き落としても正義は全うされることになる。ひとりの犠牲で、ほかのふたりの命を救いうる行為だからだ。

けれども、わたしはそんな方法には訴えない。美由紀は思った。わたしはカウンセラーだ。ぎりぎりまで人の真心を信じる。本当の意味で心を通わせられない相手など、この世には存在しない。

美由紀は男の傍らに近づき、オールを握る手に優しく触れた。

冷たい手。この荒れ狂う海で、生きる心地もないままに、生存のために闘いつづけた手。

そう理解するからこそ、わたしは彼を責めたりはしない。真実を伝えることに強制はいらない。

　ほとんど触覚もきかなくなっている美由紀の手と、同様に麻痺しつつあるだろう男の手。その接触が思考伝達の媒介になったかのように、男の動きはとまった。呆然《ぼうぜん》とした面持ちで、美由紀を見やる。

　美由紀は、心をこめてメッセージを手話で送った。わたしが代わります。あなたがたを、安全な砂浜にお連れします。わたしを信じて。

　焦りなどない。迫り来る高波の齎す風圧はたしかに背に感じている。逆にいえば、いまさらあわてたところで何の意味があるだろう。わたしはたったふたつのことに賭けた。彼の心、そしてわたし自身の心。すべてを信じているからこそ、迷いはない。定められた運命などない。人は瞬間にのみ生きている。過去は記憶にすぎず、未来は存在しない。その存在しないものに憂慮する必要など、どこにあるだろう。この一瞬、わたしは信じている。それで充分だ。

　沈黙はしばしつづいた。耳鳴りのような轟音だけが響き、ボートは上下に大きく揺らいだ。

　男の目が、かすかに輝きを宿らせた。と思った次の瞬間、男はオールを差しだし、美由紀の手に握らせた。

美由紀は微笑し、男が読みとれるようにはっきりと唇を動かしてみせた。ありがとう。受け取ったバトンを無駄にはできない。美由紀は、男に姿勢を低くするよう手で合図してから、前方に向き直った。

この手のゴムボートは、全力で漕ごうとするあまり、左右の腕の力がバランスを欠きがちになる。当初、男が漕いでいたボートが回転するばかりだったのは、そのせいだ。力に頼るばかりでは前には進まない。いま崖に向かって前進しているのは、波に押されているからにすぎない。

オールの水掻き《ブレード》を海に浸す。ブレードは全体が海中に留《とど》まっていなければならないが、深すぎてもいけない。ブレードが没しているのなら、それ以上シャフト部分をどれだけ海にいれたところで、なんの意味もない。身体全体を使って漕げと防衛大で教わった。美由紀は身体を前に倒して漕ぎだし、ブレードに手ごたえを感じると同時に、身体を起こしながら伸びあがって、足から背中にかけての筋肉をフルに使ってオールを手前に引いた。

女が驚きの声をあげた。ボートが滑るように前進しはじめたせいだった。実際、これまでに比べれば見違えるようなスピードだろう。男も目を白黒させている。男の子は歓声をあげていた。

ピッチをあげてボートを右に回転させ、そこから全速前進を試みた。高波が迫る。暴風雨における特殊かつ特有の波に対して、縦もしくは横ならば転覆の危険は高まる。後ろに重心をかけ、サーフィンのボトムターンに似た要領で、斜めに入って波に乗る。失速してはならない。ボートが上昇しだした。波がきた。体重を後方にかける。オールを片側だけ海に残して抵抗を生じさせ、もう一方は海上に浮かせてボートを回転させる……。

突き上げるようにボートは空高く舞い上がり、そこから一気に下降した。女の悲鳴が耳に届く。

しかし、衝撃はそれまでだった。ボートは入江の危険地帯を脱し、急速に砂浜に近づいていった。障害のない開けた海岸で、風は水平方向に均等に分散し、波も安定していく。ボートは氷上を滑降するソリのように、なめらかに浜辺へと接近していった。

柴犬が吠えている。喜びの声のように美由紀には思えた。三人も互いに顔を見合わせてから、まず真っ先に男が手話で告げてきた。ありがとう。つづいて女も、男の子も笑顔とともに感謝をしめしてきた。

もうオールを漕ぐ手は休めても、ボートは自然に推進していく。美由紀は振りかえり、にっこりと笑ってみせた。右手の小指を伸ばし、その先を顎《あご》に二回当てることで、三人に伝えた。どういたしまして。

目視可能

入江の上空を旋回するＵＨ60Ｊで、下家は開け放たれたスライド式扉から海上を眺めていた。

ほんの一分足らずの出来事だというのに、数時間が経過したようにさえ感じられる。高波とボートが接触する瞬間には鳥肌が立った。

しかし、美由紀はやってのけた。ボートはたったいま、浜辺に接岸した。霞《かすみ》がかかっているが、乗員の姿ははっきりと見える。美由紀は男の子を抱いて砂浜に降り立ち、それから女性に手を差し伸べた。男性は、自力でボートを降りた。一緒に乗っていた犬の存在も、美由紀は忘れていないようだった。三人が陸に避難していくなか、美由紀は犬を抱きあげてその後を追った。

同じく眼下に目を向けていた片瀬の、つぶやくような声が聞こえてきた。「信じられない……。なんて大胆な人だ」

「ああ」下家はささやくような自分の声をきいた。「こんな無謀な賭《か》けにでる奴は見たことがない」

そういいながらも、下家はみずから発した言葉の持つ概念が、決して岬美由紀という女には当てはまらないと悟っていた。われわれのルールは、彼女のそれとは大きく異なる。けれども、どちらも正しい。彼女にとって、いまの行いは救助活動において、至極当然の判断だったのだろう。

高波に呑《の》まれる寸前だったというのに、彼女はオールを力ずくで奪おうとはしなかった。男を説得できると信じているようだった。表情から感情を読みとったがゆえに、男に対し説得の余地ありと踏んだのだろうか。むろんそれもあるだろう。しかし、美由紀が自分を含む全員の命を賭《と》して勝負にでたのは、それだけが理由ではないはずだ。

あの男が崖《がけ》に向かって無我夢中でボートを漕《こ》ぎつづけたのは、生存本能ゆえのことだと美由紀はいった。そして、さっきの一瞬も、美由紀はその生存本能にこそ賭けたのだろう。生きるか死ぬかの瀬戸際に、男はかならず目を覚ます。美由紀の主張が正しいと気づき、受けいれる。すなわち、美由紀は男を説得したのではない。みずから気づくよう仕向けたのだ。

邪推がすぎるだろうか。岬美由紀を神格化しすぎているだろうか。いや、そうではないと下家は思った。彼女は、人としてできうる限り最大限のことを成し遂げた。結果の成否までをコントロールできるわけではない。それでも、最善の方法は最良の成果を生む。岬美由紀は三人の命を救った。それが、下家がこの数分間でまのあたりにした、揺るぎようのない真実だった。

爆音を耳にした。下家がいま乗っているのと同じ、UH60Jのエンジン音。左舷《さげん》に迫っている。

顔をあげると、白と赤のツートンカラーの救難ヘリが、ほぼ同じ高度にホバーリングしていた。海上自衛隊だった。

片瀬が笑った。「いまさら現れましたか。こっちがホバーリングしてるのを見て、手助けに来たんでしょう。岬元二尉から、間に合ってますと返事してもらいましょうか」

「悪くないな」下家はインカムで操縦士に告げた。「海上自衛隊のヘリに連絡。ゴムボートで漂流していた避難住民を救出。当機はただちにポイントA5の……」

そのときだった。耳をつんざく甲高い音が鳴り響いた。連続する一定のリズム、それもほとんど間を置かず奏でられるその騒音は、速射砲の砲撃以外のなにものでもなかった。

金属の裂ける音が、強風のなかでもはっきりと聞こえた。被弾したのは海上自衛隊のほうだった。UH60Jのテールローターが弾《はじ》け飛び、機体がメインローターと逆方向に回転しだした。コックピットのキャノピーごしに、操縦士が必死で立て直そうとしているのが見える。それでも失われた推力バランスの回復には至らず、機体は横倒しになりながら、低空から海面へと叩《たた》きつけられた。

水柱が噴きあがり、辺り一帯は真っ白になった。霧がこちらの機内にまで侵入してきて視界を覆い尽くす。

その白い空間のなかで片瀬の怒鳴り声が聞こえた。「高度をさげて救出しましょう!」

「いいや! すぐ扉を閉めろ」下家はインカムに告げた。「左に大きく旋回しながら下降だ。くれぐれも高度を見失うな。急げ!」

パイロットの反応は迅速だった。機体は傾き、ヘリはホバーリング地点から離脱していった。

片瀬の抗議するような声が飛ぶ。「逃げるんですか!?」

「馬鹿いえ」下家はぴしゃりといった。「救出のために下降するにせよ、まわりこんで斜めに入ればさほど時間のロスにはならん。いまはそれよりも敵機の来襲に備えるべきだ」

「敵機? いったいなんです」

それが判れば苦労はない。けれども、ひとつだけはっきりしていることがある。海上自衛隊のヘリのテールローター部につづくシャフトは、下方向に折れた。つまり上からの砲撃を受けた。敵は空にいる。

有事におけるコンバットレスキューの概念がない海上自衛隊のヘリは、赤と白の目立つ塗装だったがゆえに、真っ先に餌食《えじき》になった。洋上迷彩のこちらの機体は危うく難を逃れた。しかしそれも、いつまでもつか判ったものではない。

それにしても、どうして誰も接近に気づかなかったのだろう。護衛艦と早期警戒機からの情報は逐一受信しているはずなのに。

次の瞬間、疑問の答えは目視可能な距離にいきなり飛びこんできた。右舷をかすめ飛ぶ巨大な黒い影。

下家は戦慄《せんりつ》を覚えた。鳥肌が立つとは、まさにこの瞬間のことに違いない。

片瀬も衝撃を受けたようすだった。「いまのは……」

「Ｆ１１７だ」下家はつぶやいた。「世界各地を襲った無人戦闘機《UAV》の生き残りだ」

エアインテイク

美由紀は、聴覚が不自由な三人を浜辺に隣接する森林にいざなったところだった。三人を大木の根元に座らせ、救命胴衣に縫いつけてあった救急箱を開ける。怪我をしたのは人間ではなく、柴犬《しばいぬ》だった。足に血がにじんでいる。美由紀はガーゼと塗り薬を取りだした。

そのとき、耳に覚えのある断続的な音の接近をきいた。

息を呑《の》んで身体を起こす。水中における魚雷の推進音に似たピッチ、世界じゅうの空軍が採用するいかなる機体のエンジン音とも異なる、その独特の響き……。

いけない。美由紀は救急箱を男の子に押しつけて、手話で素早く告げた。ここを動かないで。

返事も待たず、美由紀は豪雨の降りしきる砂浜に駆けだした。ぬかるんだ地面に足首までめりこむ。ハイヒールはとっくに海中に没していた。足の裏になにかが刺さったらしく、激痛が走る。かまわないと美由紀は思った。たとえ毒をもつウニのトゲにやられたのだとしても、ここで立ちどまるわけにはいかない。わたしは、空から見えるようわが身を晒《さら》しながら、あの三人からできるだけ遠く離れねばならない。三人が砲撃に巻きこまれないようにするためには、それしかない。

ふいに辺りが暗くなった。曇り空の薄明かりすら遮る巨大な影が頭上に迫っている。聞き覚えのある特殊な飛行音は、もはや鼓膜を破らんばかりの音量と化していた。

次の瞬間、バルカン砲の掃射音が鳴り響き、土砂が直線を描いて噴きあがっていった。着弾はみるみるうちに美由紀に近づいてくる。美由紀は横っ飛びに泥のなかに転がった。耳もとを砲弾がかすめ飛ぶ、その風圧を感じた。その直後、泥のなかで起きた小爆発に、身体が浮きあがった。仰向《あおむ》けに地面に叩《たた》きつけられてから、肩に火傷《やけど》のような痛みが走った。

顔をあげた美由紀は、驚愕《きょうがく》ともいえる光景をまのあたりにした。

黒い三角形の機体、空中にあっても大きさは判断がつく。全長十九・四メートル、全幅十三・二メートル、全高三・九メートル。鋭角状に尖《とが》った機首を持つ楔《くさび》形、曲線部のない多面体で、正面から受けたレーダー波を拡散させ後方に逃がす設計になっている。

F117ステルス。それも、すぐ間近で上下をひっくり返して急旋回し、下部に増設されたノズルからの噴射で、ハリアーのごとく空中停止をしている。機首はまっすぐに美由紀に向けられていた。

前に見た動きだった。前部のエアインテイクを覆う電波侵入防止の金属製グリッドが、上方にスライドするかたちで開口し、その奥に仕込まれたバルカン砲の砲身が覗《のぞ》いている。

やはり残存していたか。美由紀は唇を嚙《か》んだ。

秦銘《しんめい》製作所が開発したUAV技術の提供を受け、ノン=クオリアが改造したF117。もとは米軍が有人ステルス戦闘機として開発、一九八三年に実戦配備が開始された機体だった。配備されたのは五十九機、一機は訓練中に破損、さらにもう一機が九九年のコソボ空爆で撃墜され、五十七機が残ったが、維持費があまりに高くつくため二〇〇八年四月に全機が退役。ネバダ州のエリア52、トノパ実験場に保管されていたが、ノン=クオリアによって盗みだされた。

UAVに改造後の機体は、セルディカ共和国の無人基地から衛星を経由した電波によって、世界一斉攻撃に駆りだされた。その前段階、各国の領空を侵犯して空軍の防衛力を確かめたとされる作戦で、日本に飛来した三機は美由紀が撃墜した。世界一斉攻撃時のステルスの機数は、秦銘時久《しんめいときひさ》元総裁の発言によれば五十二機。あれは虚言ではない。嘘をついている顔ではなかった。

五十二機は無人基地壊滅と同時にすべて墜落したことが確認されているが、ノン=クオリアはまだ二機のＦ１１７を手元に残していた計算になる。

そのうちの一機が目の前にいる。Ｆ１１７が本来の機能目的としていた、空対地という圧倒的な有利を誇ったうえで。

じっとしてはいられない。美由紀は跳ね起きて、森林とは逆方向に走った。Ｆ１１７との距離をあえて狭めているように見えるが、実際にはそれが目的ではない。その向こうに広がる湿地帯をめざしていた。

あの湿地帯には天然の温泉が湧きだしていて、大小の岩がごろごろしている。岩の下部は浸食され、くびれている。温泉の水温は三十七度前後、人体がもつ熱とほぼ同じだ。湿地に身を沈めて岩の下に隠れれば、たとえ敵機にサーモグラフィーが積んであっても、正確に探知することは不可能になる。

Ｆ１１７をわたしに引きつけておいて、時間を稼ぐにはもってこいの場所だ。ステルス機といえど、レーダーにその機影がまったく映らないわけではない。レーダー波を乱反射するという性質上、特定の角度からのレーダー波には反射反応がでる。まして、いまＦ１１７は、本来の設計上ではありえない空中停止をしている。常に前進しつづけることで、前方からのレーダー波を散らす構造の機体も、停まっていれば前方以外から捕捉《ほそく》される可能性は格段に高まる。遅かれ早かれ小松基地のレーダーがこの存在を確認するはずだ。

湿地帯を目指していることを悟られないよう、波打ち際に大きくまわりこんだ。猛烈な高波が押し寄せるいま、海に近づくことは危険きわまりない。それでも、あえてその行動を選ぶことによって目的をかく乱できる。

ところがその次の瞬間、F117のバルカン砲が火を噴いた。

足首に激痛が走った。美由紀は悲鳴とともに砂浜に突っ伏した。

傷口に海水が沁《し》みこんだせいか、想像を絶する痛みが広がった。美由紀は歯をくいしばりながら、うつ伏せに身体をひきずって波打ち際から遠ざかった。高波にさらわれるわけにはいかない。

とはいえ、逃れられる場所は砂浜の上しかなかった。足を負傷したまま、全身をF117に晒すも同然だった。サーモグラフィーや各種のセンサーなど頼らずとも、コンピュータの自動画像解析だけで容易にターゲットとして認識、捕捉するだろう。

まずい。身を潜められる場所はどこにもない。せめて湿地帯まで行けたら……。

ところが、F117は美由紀に向けていた機首を傾け、だしぬけに急旋回した。暴風雨にまさる熱風が海岸の砂を空高く舞いあげる。轟音《ごうおん》とともに空中停止を維持し、ただ機首の向きだけを変えていく。

F117は湿地帯を見下ろすように、機首を地上に向けて傾けた。機体下部の兵装用ハッチ、本来は下方向に観音開きになるはずが、左右にスライドして開く。以前に空で見たのと同じ改造だった。

だが、そのなかの兵装は、さらなる改造が施されているように見えた。ＡＩＭ９サイドワインダーミサイルを積んでいるのは同じだが、その隣りのチェンバーに格納されているのは、より小型のミサイル群だった。充分な破壊力を有する弾頭のサイズとは思えない。照明弾《フレア》や囮弾の類《たぐ》いでもなさそうだった。あれはいったい……。

そう思ったとき、Ｆ１１７の下部から、青白い光がほとばしった。閃光《せんこう》から一瞬遅れて耳に届く発射音で、ミサイルの種類がわかる。さっきの小型ではない。ＡＩＭ９が撃ちだされた。

サイドワインダーミサイルは湿地帯を直撃し、すさまじい爆発音とともにキノコ雲を噴きあげた。そう見えたのは一瞬のことで、次の瞬間には嵐をはるかに凌《しの》ぐ爆風が襲いかかってきた。美由紀の身体は吹き飛ばされ、激しく回転した。砂浜は陥没し、撒《ま》き散らされた泥が豪雨とともに降り注ぐ。息もできないほどのありさまだった。

どれだけ回転がつづいただろう。美由紀は遠のきかけた意識のなかで、ようやく自分の身体が静止したとわかった。

苦しい。泥に顔を突っ伏している。両手に力をこめて、身体をのけぞらせる。なんとか顔があがった。息苦しさに喘《あえ》ぎながら、美由紀は仰向けに全身を投げだした。

血の気がひいていくのがわかる。体温がさがっていった。

出血ではない、と美由紀は気づいた。原因は内面にある。恐怖のせいだ。わたしは、F117に戦慄《せんりつ》を覚えている。

理由はあきらかだった。

あのF117は、わたしの思考を読んだ。

海側にまわりこんだのに、湿地帯をめざしていることを見抜いた。最初から予測していたのか。いや、違う。それならまず真っ先に湿地帯を破壊すればいい。わたしが走りだすまでは、F117はその目的を予想できなかった。途中で真意に気づいたのだ。

ショックを受けながらも、手足の感覚は戻りつつあった。ようやく身体が動かせそうだ。

美由紀は全身を貫く激痛をこらえながら、ゆっくりと上半身を起こした。

暴風雨と爆発のせいで、周囲はほとんど視界がきかなくなっていた。しつこい雨だと美由紀は思った。ここまで嵐が一箇所に留《とど》まることがありうるだろうか。能登半島の北端が水没しそうなほどの勢いだ。事実、海面が上昇しているようにさえ見える。

湿地帯に目を凝らす。砂丘の向こうにのぞいているはずの、岩のシルエットが見えない。一瞬、方角を見誤ったと思えるほどに、破片ひとつ残さず破壊し尽くされている。

さらなる寒気が襲う。やはりあのF117は、わたしの先手を打った……。

いまはどこに消えたのだろう。F117の行方はどこだ。

断続的に、あの独特の飛行音は聞こえてくる。高度をかなり上げたらしい。耳を澄ましても、音の発生源はつかみにくい。雲を見つめた。ときおり黒い影がちらついているのがわかる。

いた。F117のエイのような機体が、雲の切れ間に見えた。下部の兵装のハッチを開いている。

発射音が響いた。サイドワインダーでもバルカン砲でもない、もっと軽い音だった。数十発が連続発射されたようだ。雨雲の向こうにうっすらと見えるF117から、無数の小さな物体が射出されているのがわかる。

やはりフレアだろうか。それにしてはおかしい。空中爆発し、黄色い噴煙を撒き散らしている。雨雲のなかで発射する理由がわからない。

そう思ったとき、つんと鼻をつくにおいが漂ってきた。硫黄《いおう》臭。湿地帯の温泉のにおいか。いや、あれはほとんど水に溶けこんでいるせいで無臭に近いはずだ。自然発生した臭気には思えない。人工的な化学反応のようだ……。

「ま」美由紀はひとつの可能性を感じ、跳ね起きた。「まさか……」

呆然《ぼうぜん》としながら、雨雲を見あげる。あれだけの豪雨を降らせながら、どす黒い雲はさらにその濃さを増しつつある。

いまF117が発射した小型ミサイルは、弾頭にヨウ化銀を積んでいるのか。

ヨウ化銀。無機化合物の一種で、黄色の粉末。写真の感光剤にも使われる。毒性はあるがそれほど強くはない。つまり毒ガス弾の類いではない。もっと身近に利用されている用途がある。

氷に似た結晶構造を持ち、実際にヨウ化銀を種とし水が結晶する。よって、ヨウ化銀を大気に散布すれば、それを核とし雲が発生する。

オリンピックの開会式を晴天にするために、中国政府は千三百四十五発のヨウ化銀ミサイルを空に放った。それによって前日までに雨を降らし、当日は雲ひとつない青空を手にいれた。中国政府はこれを消雨ロケットと呼んだが、実際の仕組みは降雨ロケットと呼ぶべきものだ。

ノン＝クオリアはそれをステルスに積んだ。この異常な降雨量はそのせいか。道理で、自然現象として説明がつかなかったはずだ。人工的な嵐だったのだ。

能登半島を海に沈めることがノン＝クオリアの意図だろうか。いや、違う。世界各国の軍用機がUAV化されたF117に撃墜された事件も、そのデータをもとに世界一斉攻撃を画策するための前段階だった。今度も彼らは準備している。より巨大な規模での人工暴風雨の発生を……。

頭上の雨雲は、みるみるうちに発達している。辺りが暗くなっていくのがはっきりとわかる。雨はいっそう激しさを増し、まさに滝つぼのようだった。落下する水滴が矢のような痛みすら放つ。

ふいに爆音が迫った。Ｆ１１７ではない、航空自衛隊のＵＨ60Ｊの飛行音だった。

顔をあげると、ＵＨ60Ｊの機体は、強風に煽《あお》られながらも低空でホバーリングを維持している。側面の扉がスライドして開いた。片瀬が身を乗りだしているのが見える。

片瀬の肩越しに、下家の顔が覗いた。下家の怒鳴り声が、爆音のなかでかすかにきこえてくる。「岬！　いま救出する」

美由紀は歯を食いしばって全身に力を呼び覚まし、起きあがろうとした。そのときだった。

もうひとつの黒い影が、ふたたび砂浜の上空に急速に迫ってきた。Ｆ１１７は降雨弾の発射を中止し、またしてもこちらを標的に選んだ。

ひやりとした冷たいものが美由紀の背筋を走った。Ｆ１１７の機首はわたしではなく、まっすぐにＵＨ60Ｊに向けられている。

洋上迷彩に塗装しなおされた航空自衛隊のＵＨ60Ｊは、防御のための囮弾《フレア》ディスペンサーや、七・六二ミリ機関砲の装備が進んでいるはずだが、下家らの乗る機体にはそれらの兵装はなかった。ふだん積んであったとしても、被災地の復旧活動のために離陸する際には取り外すだろう。現に、目の前のＵＨ60Ｊは丸腰だった。一方のＦ１１７は、本来は備えていなかったあらゆる兵器と駆動力を有している。

ヘリが危ない。跳ね起きた美由紀は、残る力をふりしぼって砂浜を走りだした。

Ｆ１１７は、降下の途中で美由紀の動きに気づいたように、急な減速をしめした。機首をあげて底部を海面に対し垂直にして、空中停止する。なぜか右舷《うげん》を傾かせて、側面を美由紀に差し向けてきた。

美由紀は、Ｆ１１７の翼に光る怪しげな球体に気づいた。本来のＦ１１７は敵からのレーダー波を受け流すために、突起物の装着を極力嫌う。センサーやカメラの類いとは無縁のはずだった。ＵＡＶ化された機体は違うようだ。あの灰色のレンズが、目の役割を果たしているらしい。

そのレンズで美由紀を一瞥《いちべつ》するかのように翼を傾けたＦ１１７は、あたかも美由紀に関心を失ったかのごとく機体を水平に戻し、そこからふたたびＵＨ60Ｊへの下降を開始した。

美由紀は衝撃を受けた。Ｆ１１７は、わたしを追おうとしない。さっきはあんなにわたしを殺したがっていたのに。

わたしが駆けだしたのは、みずから囮《おとり》となってF117を引きつけて、その隙にUH60Jを逃がすためだった。敵機は、そのすべての意図を看破した。ほんの一瞬〝目〟をこちらに向けただけで、脳のなかを見透かしてしまった。

気の迷いや錯覚ではないと美由紀は思った。わたしにはわかる。UH60Jを撃墜することを優先しても、わたしが逃走しないとF117は確信している。的確な読みだった。わたしはたとえ命が脅かされようとも、仲間を見捨てるつもりなど毛頭ないのだから……。

一度閉じられていたF117の金属製グリッドが、また開いた。バルカン砲の砲身が突きだされた。UH60Jに狙いを定めようとしている。

回避することとは、UH60Jにはできない。F117の接近に気づいてはいるだろうが、この強風のなかで急旋回は無理だ。

美由紀は必死の思いで怒鳴った。「わたしはここよ! 撃つならわたしを撃って!」

しかし、F117の針路は変わらない。バルカン砲が目標を捕捉したらしい。砲身はUH60Jにまっすぐ釘付《くぎ》けになっている。

「やめて」美由紀は砂浜を駆けだしながらいった。「やめてったら!」

間に合わない。どうすることもできない。ヘリが撃ち落とされる……。

一秒とたたないうちに、雨雲の下に火球が膨れあがった。

落雷のごときすさまじい爆発音が轟《とどろ》き、大小の破片が空いっぱいに広がった。

けれども、閃光のなかに、UH60Jのシルエットがそのまま残されているのを、美由紀は見てとった。

メインローターも失速するようすはない。ヘリは無傷だ。爆発したのは、F117のほうだ。

飛散した火の粉は空中で豪雨によってくすぶり、黒粉と化した燃えかすが浜辺に降るばかりだった。機体の破片の大部分は、海に落下した。海原のそこかしこに、白い水柱が立ち昇っている。

かつて耳に馴染《なじ》んだ、F100‐PW‐220ターボファン・エンジンの放つ重低音。地鳴りのように響くその飛行音とともに、第303飛行隊のF15Jが超低空飛行で頭上をかすめ飛んでいく。美由紀は、エンジン音が最大値に達するより前に両手で耳をふさぎ、F15Jの進行方向に背を向けて前かがみになり、片肘《ひじ》をついた。一秒後にやってくる衝撃波に備えるためだった。

豪雨が一瞬、熱湯に変化したかのようだった。焼けるような熱風を背に受けて、美由紀は突き飛ばされたかのごとく前につんのめった。

砂浜に突っ伏し、身体は回転した。坂を転げ落ちるかのようだった。嘔吐《おうと》感を覚えはじめたとき、身体は静止し、美由紀は仰向けに転がった。

空を見あげる。F15Jのパイロットは、あの速度のなかでも美由紀の姿に気づいたらしい。急上昇して地上への被害を最小限に留めようとしている。イーグルドライバーなら当然の判断だろう。厚い雲を背景に、F15Jの機体が小さく見えている。

耳は聞こえなくなっていた。それでも、UH60Jの存在は確認できた。霞《かすみ》のなかに浮かぶメインローターは、風車のようにゆっくりと回っているように見えた。

遠のく意識のなかで、美由紀は動揺を禁じえなかった。

思考のすべてを読まれた。F117の、あの灰色の目に。わたしはどうすることもできなかった。F15Jが助けてくれなかったら、UH60Jは撃墜されていた。そして、わたし自身も、もうこの世にはいなかったはずだ。

失神しかけた脳が、レム睡眠に似た脳波を生じさせたのかもしれない。夢のような幻覚がひろがる。美由紀は巨大な蜘蛛《くも》の巣に捕らわれていた。身動きひとつできない……。

これは夢だ。美由紀は自分に言い聞かせた。全身に力が入らないがゆえに、脳が連想したイメージにすぎない。

ただし、なにもかもが非現実というわけではない。ノン=クオリアはわたしの動きを読む。わたしは何の対策も講じられない。蜘蛛の巣からは逃れられない……。

もう豪雨の激しさも、冷たさも感じなくなっていた。美由紀は深い闇の谷底に落ちていった。果てしない竪穴《たてあな》のなかを落下しつづける。やがて、意識は途切れた。かすかに聞こえた自分の吐息とともに、美由紀は気を失った。

人工豪雨

久保田彰浩《くぼたあきひろ》は、石川県警が小松空港に寄越したパトカーに揺られること二時間、土砂の積もった悪路を走破して珠洲市の海岸近くに到着した。

雨は昨夜のうちにやみ、青い空がひろがっていた。風も穏やかだった。しかし、大規模な災害の爪あとははっきりと残されている。というより、この周辺では無傷のままの家屋を探すほうが困難だった。

泥沼と化した一帯で、地元の警官や消防士、自衛官らが散開して、シャベルを片手にインフラを掘りだす作業に追われている。

後部座席におさまった久保田は、ため息とともにつぶやいた。「ドルガバのスーツが台無しになりそうだ」

助手席にいた県警の叩《たた》き上げ、役職は久保田と同じ警部補であっても年の差は三十以上はありそうな、初老の男がちらと振りかえった。

秋吉《あきよし》警部補はしらけたような顔で告げた。「本庁の警部補さんは、現場にもブランドの背広を着てこられるんですか」

嫌味に受け取られたらしい。かといって詫《わ》びを口にする気にもならない。二十代の若さで警部補になる警視庁のキャリアを青二才扱いする、地方警察の態度には慣れている。

久保田はさらりといってのけた。「きのうは飛鳥《あすか》Ⅱで豪華客船の旅の予定でね。それが朝から突然の雨で一日じゅう、本庁に詰めてデスクワークだった。ここでの騒ぎの報《しら》せが入って徹夜で待機。そのまま飛行機に乗って直行してきたってわけでね」

ふうん。秋吉はさも興味なさそうにきいてきた。「久保田警部補は、お若いですが結婚しておいでなんですか。飛鳥Ⅱの船旅は老夫婦の趣味という印象ですが」

「いや。将来のパートナーになる可能性はあるかもしれないがね。彼女がラスベガスに行きたいというので、ひと足早く飛鳥Ⅱのカジノで模擬的にブラックジャックを勉強してもらいたかったんだよ。日本人観光客がカードテーブルに陣取りながらルールがわからず、醜態をさらす場をよく目にするんでね」

秋吉は黙っていたが、その鼻が小馬鹿にしたようにひくついたのが、フロントガラスに映りこんでいた。

久保田も沈黙した。どうせお互いに虫が好かない関係だ。三十を前にして捜査一課の警部補、警視総監賞を二回受賞している若手の出世頭は、これからの警察のあるべき姿を体現し、みずから改革のリーダーとならねばならない。やくざと見分けのつかない、ふてぶてしい中年男が、安いスーツと緩めたネクタイ姿で人を威圧し、市民のプライバシーを踏みにじる。そういう捜査一課の悪しきイメージこそが、実際に組織の腐敗を招く。中身を変えるには、まずスタイルの一新からというのが、久保田の持論だった。

けれども、人懐っこそうなへらへら笑いを浮かべて、誰彼かまわず道案内を買ってでるような、いわゆる人情おまわりさんのキャラクターを装うのは間違っている。悪党どもになめられるだけだし、偽善的な外面だけを取り繕うことにのみ長《た》けた人材が、いちはやく出世する事態に陥る。

最も好ましいのはニューヨークのビジネスマンと同様に、自己を高めることには何の遠慮も妥協もしない道を歩むことだ。痩《や》せて引き締まった身体を維持するためにカロリーに気をつかい、日々の運動を欠かさない。身だしなみにも充分に配慮し、時代遅れの髪形にはしない。久保田は自分がハンサムと呼べるほど男前とは思っていなかったが、それでも本庁で上司からお見合いの相手を紹介される回数が、同僚に比べて群を抜いているのは揺るぎない事実だった。久保田にいわせれば、俺が優れているのではなく、ほかの警察官たちがずぼらなだけだった。まず自分を磨くこと、そして優秀さに裏打ちされた自信を漂わせた態度、服装や趣向にみられる趣味のよさ。このあたりが揃えば、警察組織は印象と実像の両面において変えられる。秋吉のような所帯じみた旧来の刑事にいくら嫌われようとも、いっこうにかまわない。

徐行するパトカーのタイヤが、ずぶずぶと泥にめりこむ音がする。田んぼに突っこんでしまったかのようだった。しばらく前進して、鈍い振動とともにパトカーは静止した。

秋吉はドアを開け放った。「これより先は、行けそうにないですな。お足もとに気をつけてください、久保田警部補」

やや棘《とげ》のある物言いだった。久保田は車外に降り立った秋吉の足を見た。背広に不釣り合いな長靴、しかしそのおかげで、膝《ひざ》近くまで泥に浸《つ》かっても平気そうだった。

運転席から降り立ち、後部座席のドアを開けに来た県警の若い刑事も、同じように長靴を履いている。

久保田はうんざりした。泥にまみれるのも、あんな農家のようないでたちをして出かけるのも、どちらも御免こうむりたい。だがいずれにせよ、いま選ぶことのできる道はひとつだけだ。

つとめて平然とした面持ちを保ちながら、久保田はクルマから降りた。ズボンの膝までがたちまち泥に浸かり、冷たいものが靴のなかに浸入してくるのを感じる。

秋吉がちらとこちらを見て、また背を向けた。笑いをこらえているのだろう、肩がわずかに震えている。

見下げたければそうすればいい。久保田は憤然と思った。ふだん都会でスマートに働くこちらとしては、こんな片田舎で土くさい仕事になど慣れるつもりはない。

陽が照りつけているが、冬の日本海から吹きつける風は冷たい。両手をポケットに突っ込みながら、久保田は海岸に目を向けた。

引き潮になり、きのうの事件発生時よりは広がったとおぼしき浜辺で、陸上自衛隊の迷彩服が群れ集まっている。その真ん中にあるのは墜落した機体だ。合衆国空軍の星印が見えるが、あれはすでにこのステルス戦闘機の持ち主を表すものではない。

久保田は秋吉にきいた。「爆弾の処理は自衛隊任せか？」

「ええ」秋吉はにこりともしなかった。「県警の処理班には手に負えそうになかったんでね。液体窒素が足りないってんで、提供はしましたが」

「勘定は自衛隊にまわすべきだな。明細をしっかりとっておくよう、県警の署長にも申しいれておこう」

秋吉がまた黙りこくった。今度は、久保田に対して苛立《いらだ》ちをしめしているようだ。

ふんと久保田は鼻で笑った。このような特殊な経費は、所轄が会計に上乗せして裏金を得ようとする絶好の機会になる。あらかじめ釘《くぎ》を刺しておくに限る。現に、いまの秋吉の態度をみるかぎり、彼らはその種の着服についてやる気満々だったらしい。

腐りきった体質にもほどがあると久保田は思った。地方の甘えた体質には中央からのひと刺しが効力を持つ。ここでは終始、馴《な》れ合いを断ち切ったスタンスで臨まねばならない。

迷彩服の自衛官らが、残骸《ざんがい》から取りだした白い棒状の物を担架に載せ、運ぼうとしている。円筒の先は尖《とが》っていた。搭載兵器らしい。白くなっているのは、爆発を防ぐために液体窒素で凍らせる処理を施したからだろう。

久保田はいった。「あれは県警で押収しろ。自衛隊に持っていかせるな」

秋吉は妙な顔でこちらを見た。「ミサイルを、ですか？」

「そうだ。国内で起きた事件だ、警察の仕事だ」

「なら、よろしければ保管方法を教えてほしいんですがね。あんな代物、扱ったことがない。本庁のほうは、あれの残骸に触ったことがあるんでしょう？　三機に領空侵犯されたわけだし」

「さあな。ストーブの近くに放置しないとか、部屋の隅に立てかけておいて子供が倒さないようにするとか、バットの代わりにして野球をしないとか、いえることはそれぐらいかな」

秋吉の眉間《みけん》にいっそう深い皺《しわ》が寄った。「警視庁の警部補さんは面白い冗談をおっしゃる」

仏頂面のまま秋吉は部下に、行くぞ、とひとことだけ告げて、自衛官らのほうに歩いていった。部下のほうは困惑した顔を久保田に向けてから、秋吉の後を追っていった。

所轄に情報を提供するわけにはいかない。そもそも科警研は、世界じゅうの航空会社の開発部門と連携して、首都上空に飛来した三機の残骸の分析にあたっているときくが、情報は捜査一課にはまわされてこない。噂では、ミサイルに撃墜された二機と、イトーヨーカドー大井町《おおいまち》店の屋上に突っこんだ一機、いずれも粉々に砕け散っていて無人飛行の仕組みすら明らかにできなかったという。けれども、その事実を公表はできない。あのUAVを送りこんできた勢力を牽制《けんせい》するためにも、構造上の秘密を把握しているというゼスチャーだけはとらねばならない。

だがここから見る限り、この一機については県警からの報告どおり、わりと原形を留《とど》めているようだ。それだけに、残骸は是が非でも本庁に持ち帰る段取りを整えねばならない。久保田が送りこまれたのはそのためだった。危機管理において一枚岩でない日本の警察と自衛隊。嘆かわしいことだが、ここにも政治的な綱引きが必要になる。

波打ち際に横たわる黒い多角形の機体の胴体部分を、しばし眺めた。

全損に至らなかったのは、今回の破壊者が以前と違っていたからか。なにごとにおいても無茶をしまくるあの女の手にかかっていたら、このF117も以前の機体と同様の憂き目に遭っていただろう。

彼女はきのう、ここでF117に遭遇した。いや、F117が彼女に会った。彼女は無防備のまま、身を隠すこともできないこの浜辺で、F117のバルカン砲にやられる寸前まで追い詰められたらしい。

あの岬美由紀もひとりの女だったか。入院はしていないようだし、けさからの現場検証にも立ち会っていたと聞くが、精神的には落ちこんでいるかもしれない。毛布にくるまって震えているようなら、励ましてやらねばならない。

辺りを見まわしたが、美由紀らしい姿はなかった。久保田は通りがかった消防士にきいた。「岬美由紀さんがどこにいるか、ご存じですか」

「岬……。ああ、あの臨床心理士のかたですか」消防士は海岸の端を指差した。「船着場にいると思います。施設の人たちが、船で避難を始めてるんで」

波が打ち寄せる崖《がけ》の手前に、木でできた小さな桟橋が見える。そこには大勢の人々が集まっていた。白衣を着た者もいる。桟橋に横付けされているのは、本来は観光用らしきオープンデッキ構造の水上バスだった。集団はそこに、続々と乗りこんでいく。

居場所を失った被災者たちは、輪島の避難所に移されるらしい。あれはその移送手段だろう。

久保田は、距離にして五十メートルに満たないだろうその場所に歩を進めようとしたが、それは予想以上に難儀な行為だった。一歩踏みだすたびに泥に足がめりこむ。埋没した靴の上に泥水の重みがのしかかり、ふたたび足を上げるにはかなりの力を要する。

秋吉がこちらを振りかえったのを視界の端にとらえたが、久保田は気づかないふりをした。

すると、秋吉のからかうような声が飛んできた。「久保田警部補。手を貸しましょうか」

「結構だ」久保田はぴしゃりといって、できるかぎり平然とした顔を保とうと努力しながら、泥のなかを歩きつづけた。

かなりの時間を経て、ようやく桟橋が目と鼻の先に迫ってきた。久保田の膝から下は、もう泥でできたブーツを履いているも同然の見てくれになっていた。

どうせ買ったときに店員の裾直《すそ》しが不十分で、片方の裾あげ部分が綻《ほころ》びつつあったところだ。久保田は心のなかでそう毒づいた。これで処分できるのならせいせいする。

やっとのことで桟橋に行き着いたが、駅のホームほどの高さがあるその土台の上に登る方法が見つからない。階段らしきものはなかった。本来は砂浜が隆起していて、この桟橋の高さに自然につながるようになっていたのだろう。現状においては、避難する人々を登らせるのに梯子《はしご》を立てかけたに違いない。その梯子はとっくに取り払われているようだ。

ふつうなら、梯子がなくとも難なくよじ登れる高さだが、足が泥に嵌《は》まっていて踏ん張れない。片足の爪先《つまさき》を壁面の凸部にかけることさえ難しかった。

すると、桟橋の上から手が差し伸べられた。白衣の男が快活にいった。「どうぞ」

「ああ……どうも」久保田はその男の手を握った。

ぐいと引かれて、久保田はようやく泥沼を脱し、桟橋の上に乗ることができた。久保田はため息とともに自分の足もとを見た。ズボンの裾から靴にかけては、こびりついた泥のせいで形状すらはっきりしなくなっている。

やれやれだった。久保田は額の汗を拭《ぬぐ》いながら、白衣の男に軽く頭をさげた。「ありがとう。助かった」

白衣の男の胸には、高階《たかしな》医師というネームプレートがあった。地元の介護施設の名称も記してある。施設の嘱託医のようだった。

「どういたしまして」医師の高階はにっこりと笑った。「ここにそんな服装でおいでになるなんて。新聞記者のかたですか？」

「いや。本庁捜査一課の久保田といいます。岬美由紀さんはどこに？」

「ああ……。岬先生のお知り合いですか。彼女なら、そちらです」

　桟橋の上は混み合っていて、高階がどこを指差したのか判りにくかった。ひしめきあう人々のほとんどは高齢者で、車椅子の者も多い。誰もが頭からすっぽりと毛布を被《かぶ》っているうえに、こちらに背を向けているため、顔は見えなかった。

　美由紀はどこにいるのだろう。目を凝らしたとき、久保田は耳に馴染みのある女の声をきいた。

　張りのある声で、美由紀は告げていた。「そうです。そこに段差がありますから、気をつけて。膝をあげてください。手を握ってますから、だいじょうぶ」

　久保田は驚きとともに、人混みのなかを縫うようにして、水上バスに近づいていった。

　視界がひらけた。とたんに、久保田は面食らった。

　人々の列の先頭で、痩せ細った老人の手をとり乗船の手助けをする女。まさしく岬美由紀だった。レインコートを身にまとった彼女の顔は血色もよく、いたって健康そうだ。かすかに疲労は感じられるものの、怪我をしているようすもなく、穏やかな笑みも絶やさない。

　呆気《あっけ》にとられ、唖然《あぜん》としながら久保田は美由紀を眺めた。

　避難する側ではなくて、誘導する立場か。いちどは救急車で病院に運ばれたにもかかわらず、小松空港に着いてみると岬美由紀は現場にいると知らされ、県警が彼女に無茶をさせているとばかり思って憤りすら覚えた。ところがどうだ。彼女は健康体そのものではないか。

いま美由紀が手を貸している老人は、なぜか乗船にひどく時間をかけていた。足腰は丈夫そうだし、膝や肘《ひじ》を曲げるのもおっくうそうではないが、どういうわけか船のゲートにたたずんだまま、なかなか前に進もうとしない。

「何をやってるんだろ」と久保田はつぶやいた。

高階がいった。「あのお爺《じい》さんはですね、目がまったく不自由でして」

「目が見えない？　本当ですか？」

思わず尋ねかえさざるをえなかった。たしかに老人は前方に差し伸べた手の触覚をたよりに、行く手を探ろうとする素振りを見せている。久保田は、老人が視覚障害者用の腕時計を嵌めていることに気づいていた。ガラス製のカバーを開けて、指先で針の位置を確認できる仕組みになっている。

しかし、それにしては美由紀が注意せずとも柱を避《よ》けているし、低い位置に張られたロープも難なくまたいでいる。

すると高階が笑った。「そうおっしゃるのも無理ないですね。私どもも同意見でしたから。お恥ずかしい話、私や施設の従業員も、あのお爺さんが全盲だとは信じられなかった。ああして危険は回避するので、おそらくは弱視だろうと思っていたんです。でも、岬美由紀先生が来られてから、真実が判明しましてね。彼女は、お爺さんが嘘をついていないというんです。表情を見れば判る、とね。それで医学的検査をおこなったら、お爺さんのいうとおり、まったく目が見えないことがあきらかになったんです」

「……彼女は、施設を以前にも訪問していたんですか？」

「ええ。臨床心理士として、突然おいでになりましてね。私どももびっくりしたんですが、臨床心理士会事務局に問い合わせたら、岬先生は現在、そのように全国の病院や介護施設を、自発的にまわっておられるのだとか」

そうだったのかと久保田は思った。美由紀が都内のマンションを引き払って、行方をくらましてからしばらく経つ。臨床心理士としての業務はつづけているという話だったが、勤務先は不明だった。連絡先もわからない。しかし、いまあきらかになった。彼女は放浪の旅にでていたのだ。

そういえば、桟橋の上で乗船を待つ人々の美由紀を見る目も、どことなく優しかった。彼女はこの施設においても信頼を勝ち得ているのだろう。

タラップで立ち止まっている老人に、美由紀は穏やかにいった。「だいじょうぶですよ。

そこから前に一歩、下りてみてください。それで段差は終わりです。あとは、まっすぐに進めば船内です」

老人は、傍らの手すりをつかんだ。またしても、そこにあるとは判らないはずの物を認識した。

久保田は首をひねってみせた。「どうして……」

高階は真顔になった。「ブラインドサイトです」

「ブラインド……何です？」

「私もよく知らなかったのですが、岬先生が指摘しましてね。学術書を繙《ひもと》いたら、ちゃんと載っていました。いまから半世紀近くも前に、イギリスのバイスクランツ博士が臨床研究により実証した事実です。全盲の人であっても、網膜や視神経に起きた障害に起因せず、脳の第一次視覚野の障害が原因である人にみられる現象です。物の形どころか明暗さえもわからないのに、ああして柱を避けたりできるんです。しかも、なぜ避けたのか理由を聞いても、本人にも説明ができないという、不可思議な事象なんですよ」

「あるていどは見えているとしか思えませんが」

「ええ、でも違うんです。視神経がとらえた光の情報は、視覚経路の末梢《まっしょう》から脳内の複数の中継核に伝わります。そのなかの第一次視覚野に伝達されるものが、私たちのいう〝目に見える視覚〟です。あのお爺さんはその第一次視覚野が機能しておらず、目が見えないんですが、光の情報は第一次視覚野以外の運動系にもわずかに入っていくので、そこで捉《とら》えた情報をもとに行動していると考えられます」

久保田は驚きを禁じえなかった。「視覚が機能せずとも、目から入る微妙な光の情報をほかの神経系がとらえて、視界になにがあるかを認識しているってことですか」

「そうなんです。つまり、人間には視神経でとらえる以外にも、無意識の領域で変則的な視覚情報を得ているわけです。こんなこと、普通は信じられませんから、私たちはあのお爺さんを嘘つき扱いしてしまい、お爺さんはすっかり腹を立てて口もきかなくなってました。ところが岬先生は、的確にお爺さんのブラインドサイトを見抜いて、理解をしめした。以来、お爺さんは岬先生にだけは心を開くようになったんです。施設にはほかにも、そのように岬先生だけが心を通わせうる人々がたくさんいましてね」

「……それじゃあ従業員の人たちは大変ですね」

「そのとおりです。私どもは日々勉強して、少しでも岬先生に追いつこうと努力してます。おかげで施設全体の知識水準があがったし、被介護者への対応も充実して、結果的には入所希望者の増加につながりました」

ということは、経営にもプラスにつながったのだろう。建物が全壊してしまったのは悲劇だったが、そういう背景があれば再建への支障も最小限度だろう。

赴いた土地の環境や、人さえも変えてしまう。まさしく岬美由紀だった。それも、あんな災害に見舞われた後でも肩を落とさず、献身的に人々のために尽くしている。

やわらかい陽射しを浴びて笑顔をふりまくそのさまは神々しくさえあった。まさしく聖母とでもいうべき……。

「ちょっと」と、しわがれた女の声が後ろから飛んだ。

久保田は振り返ったが、誰もいなかった。というのは思い違いで、視線を落としてみると、車椅子に座った老婆がこちらを見あげていた。

まっすぐ進むのに邪魔ということらしい。久保田はあわてて脇にどいた。「ああ、どうも。すみません」

老婆はしかめっ面のまま車椅子を前進させた。すれ違いざまに、ちらと久保田の足もとに目をやる。「汚い靴。泥だらけじゃない」

さらに舌打ちまでして、老婆は去っていった。久保田が面食らって立ち尽くしていると、老婆は美由紀とは愛想よく談笑している。顔見知りらしい。美由紀と、ほかの職員らしき男が手を貸して、車椅子は船内に運びこまれた。

舌打ちされるほどのことだろうか。あの老婆の家にあがりこんだわけでもないのに。久保田はむっとしながら、美由紀に近づいていった。

なかなか美由紀が振り返らないので、久保田は咳《せ》きばらいをした。

美由紀が顔をあげ、こちらを振りかえる。

ところが、さっきまでの聖母もしくは天使の笑みはどこへやら、ふいにすました顔で美由紀はいった。「ああ。久保田警部補。おひさしぶり」

……まさしく岬美由紀だ、以前とまるで変わらない。

可愛い猫が、見知らぬ人に会ったときにしめすような愛想のなさ。それが久保田の知る美由紀の特徴でもあった。明るく会話してくれるときもあるのに、なぜか邪険な態度を取りたがることが多い。いまのように、ふいに出会ったときにはなおさらだ。

それでも、彼女は強がっているだけかもしれない。幹部自衛官、しかも防衛大を首席卒業したインテリだ。男に弱みをみせることは屈辱と感じているのかもしれない。そうであるなら、俺はその内面を理解し、あえて穏やかな包容力をもって臨むことが……。

唐突に、けたたましく甲高い声が耳をつんざいた。数秒経ってようやく、幼児の泣き声だとわかる。辺りに反響して、どの方向から聞こえているかもさだかではない。

「あ、いけない」美由紀は久保田の脇をすり抜けて、桟橋を駆けていった。

そこにあった乳母車からひとりの赤ん坊を抱きあげる。乳母車には、ほかにも赤子がいるらしい。泣き声は複数、重なって聞こえていた。

久保田が歩み寄ると、美由紀は振り返って、赤子を押しつけてきた。「ちょっとお願い」

あわてて抱いたその赤ん坊は、久保田に顔をくっつけんばかりにして、満面をしかめて大声で泣きわめいた。生きるエネルギーのすべてを泣くことに費やしているかのようなけたたましさ。鼓膜が破れそうだった。

美由紀は、抱きあげたもうひとりの赤子をあやすように、縦に横に揺すっている。だいじょうぶよ、もうすぐお母さんが来るからね。バア。そう語りかけている。

それから美由紀は、またあの人見知りする猫のような顔をこちらに向け、あなたもやって、そう目で訴えてきた。

かなわないな。久保田はほとほと参った気分で、美由紀に倣って赤子を揺すった。バア、と言葉を発した。

猛烈な自己嫌悪が押し寄せる。バアだなんて。中学では最も人気のあった美少女のクラスメートからいちはやく告白され、高校のバレンタインデーでは机がチョコでいっぱいになり、いまもひっきりなしに女性警察官からのデートを申しこまれる俺が、こんな所帯じみた行為を強制されるとは。

桟橋の上を、母親らしき女性がふたり走ってきた。まあ、どうもすみません。そういいながら、女性たちは赤子を受け取った。

美由紀は母親たちに告げた。「乳母車の毛布が飛んじゃって、寒がってたみたい。気をつけてくださいね」

母親らは口々に詫びをいいながら去っていった。比較的若いその母親たちがこちらに目を向ける前に、久保田は反射的にネクタイの結び目を直し、前髪をいつものように眉《まゆ》にかけようと手櫛《ぐし》をかけた。

ところが、ふたりの母親は美由紀に頭をさげると、久保田には目もくれずに去っていった。

久保田は呆然《ぼうぜん》とたたずんだ。ここへきて、なぜか急に男をさげている気がする。この泥まみれの靴のせいか。

困惑を深めていると、美由紀がきいてきた。「ここに何か用?」

「……心配になって、ようすを見に来たんだよ。怪我はなかったのかい?」

「おかげさまでかすり傷ていど」美由紀の態度は淡々としたものだった。「ステルス機の残骸、本庁に持ち帰れるように小松基地の知り合いに頼んであげようか?」

「そ、それは、まあ。願ってもないことだね。でもなぜ……」

「顔を見ればどんな気持ちなのかわかるの。義務と葛藤《かっとう》と競争心。玩具の取り合いをする子供と同じ感情なのが表情から読みとれる。状況に当てはめてみれば、どんな意図なのかはすぐわかるわ。じゃ、これで用は終わりね。さよなら」

歩き去る美由紀の背を、久保田は呆気にとられながら見送った。

いや、これであっさりと帰れるはずがない。久保田は憤然とした気分で美由紀の後を追った。「待ちなよ。たしかに仕事が最優先ではあるけど、きみの身を案じてたのは嘘じゃないよ」

「そう。ありがと」美由紀は立ち止まらず、前を向いたまま歩きつづけた。

歩調をあわせながら久保田はきいた。「俺の顔を見たら？　嘘か本当か確かめないのか」

「興味ないし」

女性に対し、それなりの自信を誇る久保田にとって、そのひとことは衝撃的なものだった。

たしかに美由紀は以前秦銘に撃たれそうになっているところを、久保田が助けてやったにもかかわらず、礼をひとこと口にしただけで、さっさと歩き去ってしまった。どういうシチュエーションであれ、抱き起こした女性に背を向けられた初めての事態だった。

あれはひょっとして俺に気があって、照れ隠しにつっけんどんな態度をとったのではと訝《いぶか》しがったりもしたが、まさか俺の自惚《うぬぼ》れにすぎないというのか。

苛立ちが焦りとなって、つい本音を漏らしたくなる。久保田はつぶやいた。「可愛くないな、美由紀」

しまったと思ったときには遅かった。こちらを見た美由紀の目は、猫というより豹《ひょう》のように鋭さを増していた。

「なにが？」と美由紀はきいてきた。

「い、いや。もっとこう、女の子らしく笑ったりとか……」

「女の子って。わたし、二十八なんだけど」

「ものの喩《たと》えだよ。若くみえるし。実年齢よりずっと」

俺はなにをいっているのだろう。いつもなら冗談めかせたトークはお手のもののはずだし、おどけているうちに自分のペースがつかめてくるはずだ。それなのに、美由紀には通用しない。まるで暖簾《のれん》に腕押しだ。

すると美由紀がいった。「わたし、男性のお喋《しゃべ》りに魅力を感じるタイプじゃないの」

思わず額に手をやりたくなる。そうか、こちらの思ったことはすべて、美由紀に筒抜けなのだった。

久保田はため息をついていった。「イヤな人だね、きみは。どうしてそんなに俺を嫌う？」

「べつに。嫌ってなんかいないけど」

「さっきのお年寄りに優しくしてた女性とは、まるで別人だ。同じ服を着た双子かと思ったよ」

「そうね。強いて言うなら、あなたは女性を下に見てる」

「俺がか？　冗談いうなよ。俺はこう見えても……」

「女性に対し紳士的に振る舞うのが常って言いたいかもしれないけど、それはつまり、見返りを要求してのことでしょ。自分に自信があるのは勝手だけど、優しくすれば惚れられるみたいな短絡的な思考って、じつは女の人にとっくに見抜かれて、遊ばれてるだけかもね」

「いうね。察するに、以前に俺みたいな男に酷《ひど》い目に遭わされたとか？　その男を連想させるから、俺に冷たくあたるとか。違うか？」

「違うわよ。遊び人みたいな男性は好きになれないだけ」

「中身は違うんだけどな。千里眼なら見抜けるんじゃないのか？」

「あなたが、自分自身を認めたくないだけでしょ」美由紀は立ちどまった。「心があるだけ、ノン＝クオリアよりはましだけど」

「嬉《うれ》しいね。俺はあの種の新興宗教にハマるほど、人生に退屈していないのでね」

新興宗教。そう、いつしかノン＝クオリアは、偏った思想を持つ世界的規模のカルト教団とみなされるようになった。世界保健機関《WHO》も、ノン＝クオリアはある特定の人々の精神疾患により広まる新種のカルト的教義と位置づけている。

生まれながらにしてクオリアを信じない、自己破壊的な信念を抱く正規のメンバーもたしかにいるのだろう。しかし、ノン＝クオリアなる集団に技術と資金の両面を提供しテロの実行力を生じさせているのは、準メンバーというべき思想の信奉者たちだ。

より具体的には、テクノロジー万能主義を信じがちな技術者がノン＝クオリアの思想に染まりやすいとされている。とりわけ最先端の科学技術を駆使した企業のトップは、あるひとつの疑念にとらわれやすい。分子、電子レベルにまで物質の概念を突き詰め、遺伝子操作が可能になり、脳がものを考えるメカニズムも解明されつつある昨今、それらの科学に詳しくなると、人の命なるものは脳のつくりだす幻想にすぎないのかと感じだすようだ。心は幻にすぎず、喜びも悲しみも、ただ生きるために人に与えられたプログラムにすぎない。そんなふうに思いがちになるという。

富豪が新興宗教に入れこむケースは多いが、それはいかなる莫大《ばくだい》な富をもってしても避けられない、死というものへの不安を回避したいという願望のせいかもしれない。魂だとか、あの世という絵空事を信じられなくなったテクノロジー信奉者の目には、ノン＝クオリアの教義は魅力的に映るらしい。永遠の命は手にいれられないが、自分たちの使命が崇高なるものだったと信じることで、己れの人生の意義を感じ、死への不安を軽減できるようだ。

久保田はつぶやいた。「俺たち凡人には理解できないが、人は機械を作るためのみに地上に存在したって信じることで、救われた気になる連中がいるってことだな。地球の管理を機械に委《ゆだ》ねて、人類はその役割を終えて淘汰《とうた》される、か。危険思想のカルト集団のなかでも、一群を抜いて極端な破壊願望の持ち主だ」

美由紀が真顔で見つめてきた。「回避性人格障害と強迫性人格障害の交ざった症状の持ち主が魅了されやすい思想だって、WHOが定義づけてる。しかもノン＝クオリアの支持メンバーは大金持ちのうえに、テクノロジーの豊富な知識を身につけているから、破壊活動も進化しつづける。一方、防衛側の技術はいつまで経っても追いつかない」

久保田は遠くに見えるF117の残骸に目をやった。「そうでもないだろ？　自衛隊機も大活躍じゃないか」

「同時に三つの敵に対処できなかっただけよ」

「三つ？」

「以前に首都上空に飛来したF117は、ひとつの敵しか捕捉《ほそく》できなかった。わたしの操縦する機体を追い回しているあいだは、地上の攻撃には移れないようだった。でも、ここで出会ったF117は、ふたつの目標を捕捉した。わたしの行方を見失わないまま、UH60Jを撃墜しようとした」

「だが撃ち落とせなかったわけだ」

「ふたつの目標の追跡に手一杯のところに、F15Jが加わったからよね。でもおそらく次は改良してくる。ノン＝クオリアのもとには、あと一機のF117が残されているんだから……」

「どうして二機いっぺんに出撃してこなかったんだろうな？　それならF15Jにも対処できただろうに」

「ミニマム値優先で攻撃力を算出しているからよ」

「あん？　なんだって？」

美由紀はため息をつき、髪をかきあげて歩きだした。「シミュレーションソフトと同じ。コンピュータが作戦を考える際に、必要最小限の戦力構成が条件設定されている。ようするに無駄を省くってこと。人間風にいえば対費用効果」

「ああ」久保田は並んで歩いた。「ここで降雨弾を撃ちまくって豪雨を降らせるには、一機で充分と考えたわけか。ま、きみが目撃したものが正しかったらの話だが」

むっとした顔で美由紀はいった。「確かなことよ。あれはヨウ化銀を積んだミサイルだった」

「それにしても人工豪雨だなんて……」

「突飛な発想じゃないわ。一九六六年に都水道局は、多摩《たま》川上流のダムにヨウ化銀を燃やして上空に吐きだす煙突を設置してる。水不足に陥ったときに人工的に雨を降らせるためにね」

「知ってるよ。都庁にあった記録を見た。けどな、通算八百二日の運転で五パーセントていどの増雨効果だったらしいじゃないか。ほとんど効果なしといってもいいくらいだ。実際、このところはまるで稼動していない」

「北京オリンピックの開会式にも……」

「あれも眉唾《まゆつば》って説があるよな。CGで作った花火に、少女に口パクで歌わせた開会式だぜ？　信用するほうがおかしい」

「気象予報図ではあきらかに当日は雨になるはずだった。前日までの降雨ミサイルの発射後、雲がみるみるうちに肥大化して雨が降ったのは、まぎれもない事実だわ」

「あんな高性能な降雨弾があるなら譲ってくれと、世界じゅうから申しこまれたって話だよな。ところが中国政府は、悪用を禁じて設計のデータを処分したと発表した」

「ノン＝クオリアも同じことを実現したのよ」

「本気でいってるのか？　専門家の話では、現時点ではあまりに費用がかかりすぎて不可能……」

「無人ジェット戦闘機もそういわれてたわ」美由紀はまた静止して、まっすぐに久保田を見つめてきた。「降雨弾も、さらに改良されて強力になるかも。中国は千三百四十五発で六十万平方キロメートルもの土地に豪雨を降らせたから、おそらくノン＝クオリアのものよりずっと高性能だった。逆にいえば、ノン＝クオリアの降雨弾はこれから発展する余地が充分にある」

久保田は黙って美由紀の顔を見かえした。

大きく見開かれた真摯《しんし》な瞳《ひとみ》。自説を絶対に曲げようとしない固い信念が、その虹彩《こうさい》のいろの深さに表れている。

やれやれ。久保田は頭をかきむしった。やはり捜査一課長の推測どおりか。岬美由紀が降雨弾を見たと主張している以上、俺は課長の命令に従わねばならない。警察はいまや、岬美由紀の判断に絶大な信頼を寄せているからだ。

「実はね」久保田はため息とともにいった。「上にもそういわれて来てるんだ。豪雨が人の手によるものだとしたら、数千人が命を落としかけたこの事態は、つまり殺人未遂だってね。捜査一課の俺が寄越された理由はそこにある」

美由紀はかすかに驚きのいろを浮かべた。千里眼も、俺自身が気乗りしない仕事は見抜けていなかったようだ。

久保田とは対照的に、美由紀は目を輝かせた。「人工降雨の犯人を捜すの?」

真剣になるのは俺の存在に対してではなく、事件についてのみか。美由紀と接していると、つくづく自分の男としての価値を疑いたくなる。

「そう……まあ、なんというかな」久保田は肩をすくめてみせた。「これが殺人未遂事件だったとして、容疑者らしき人物はもう特定できてるんだ。俺の上司たちの意見にすぎないけどな」

ノン＝クオリアの影

コーヒーカップのなかで渦巻く白いクリームに目を落としていると、きのうの雨雲を思いだす。

壁の時計が午後三時のチャイムを鳴らす。岬美由紀はソファに浅く座って、テーブルの上のコーヒーカップから立ちのぼる湯気を眺めていた。

やはりまだ落ち着かない。わたしのなかには動揺がある。

ステルス機はどうやってわたしの行動を予測したのだろう。わたしと同じ表情観察から感情を読んだとして、それを遠隔操縦に反映させることは可能だろうか。まずありえないと美由紀は思った。あの翼につけられていたカメラレンズを通じ、人間の目がわたしを観察していたとするのなら、判断は迅速に下されたとしても、操縦に反映されるにはいくらかのタイムラグを生じさせる。あそこまで間髪をいれずに目標を変更したり、機首の向きを変えたりすることは不可能に等しい。

すると、すべてはコンピュータ制御だろうか。表情観察をプログラム化して、画像解析とリンクさせるソフトを開発したのか。しかし、わたしは常にF117に顔を向けていたわけではない。むしろほとんどの時間、F117のカメラはわたしの背しか捉《とら》えていなかったはずだ。

なにより、表情観察から感情や思考を読みとる技は、多分に経験によって養われた直感に依存するところが大きい。人間ならではの本能的な勘こそがあの技術を支えている。コンピュータのプログラムで代替できる技能とは思えない。

ドアが開いて、洗面所から久保田がでてくる。金沢エクセルホテル東急のロイヤルスイート・ルーム。地中海シチリア島あたりの豪邸を思わせる、モダンなリビングは、どう考えても警視庁の幹部の出張には似つかわしくない部屋だった。しかし、部屋の借主はいささかも不釣合いだとは思っていないらしく、気取ったような足どりでソファに戻ってきた。

久保田はスーツを替えていた。泥だらけになったドルガバとは違って、また一段と派手な光沢を放っている。たぶんゴルチエあたりだろうと美由紀は思った。

向かいのソファに腰をおろし、脚を組むと、久保田はいった。「夕食どう？　金沢には有名なシェフのいるレストランが何軒もあるよ」

美由紀はため息をついた。「久保田さん。女性を誘うときはいつもこの手なの？　なんだか古臭いと思うけど」

久保田は表情ひとつ変えなかった。もっとも、美由紀の目は久保田の頬筋《きょうきん》がひきつったのを見逃さなかった。

「な」久保田はコーヒーカップを手にして、苦笑に似た笑いを浮かべた。「なにを馬鹿な。きみこそ自意識過剰じゃないのか？　僕はいつもこのホテルを常泊にしているだけで……」

「嘘」

「え？」

「怯《おび》えの表情を浮かべたから嘘。さっき海岸でわたしを部屋に誘ったとき、あなたは焦りを感じていた。でもいちどクルマに戻って電話をかけてからは、その焦りのいろは消えた。この部屋はそのとき予約したんでしょ。ついでに、そのスーツも発注した」

「……きみはやっぱり面白い人だね。勤務中にそんなこと考えてるわけないだろ。だいたい、いつも泊まってるんじゃないとしたら、いきなりこんな部屋にグレードアップすることを本庁の経理が認めてくれると思うか？」

「常にスイートに泊まるほうが不可能でしょ。あなたはさっき、自腹を切ってこの部屋を押さえた。その余裕から察するに、カップル割引かなにかで出費は何割か抑えられた」

「く……くだらない。笑えないジョークだよ。どうして俺ときみがカップル……」

そのとき、ドアにノックの音がした。失礼します、という声とともにドアが開き、ホテルの従業員が現れた。

従業員は花束の入った籠《かご》と、シャンパンのボトルを手に、笑顔で告げてきた。「久保田様。本日はラブラブカップルスイートプランをご利用いただきまして、誠にありがとうございます。ホテルよりウエルカムシャンパンと花束のプレゼント……」

久保田は動揺のいろをあらわにして、うわずった声でいった。「なにかの間違いじゃないのか。そのう、俺はふつうにスイートを予約しただけだ。ほかの部屋に持っていったらどうだ」

すると、従業員はふしぎそうな顔をして、手もとのカードに目を落とした。「おかしいな。承っておりますのは、久保田彰浩様、岬美由紀様。ラブラブカップルスイートプランでご宿泊……」

「いいから、まあ、そこに置いといてくれないか」

「……サインをお願いしたいんですが」

「ああ、サインね。いくらでもするよ」久保田は跳ね起きるように立ちあがったが、膝《ひざ》がテーブルに当たって大きな音をたてた。

そうとうな痛みが走ったはずなのに、久保田は平然とした面持ちを維持しようと必死らしい。従業員に小走りに近づくと、サインを済ませて、またソファに戻ってきた。すました顔をしている。だが、膝の痛みを堪《こら》えていることは、表情をみればわかる。

美由紀はしらけきった気分で久保田の行動の一部始終を眺めていた。

従業員は伝票の控えを久保田に渡すと、なぜか引き下がろうとせず、にこやかな顔で美由紀に近づいてきた。いい香りがするビニール製の小袋を差しだしながら、従業員はいった。「これは私どもで販売しております硫黄《いおう》入り入浴剤でして、よかったらお試しくださいませ」

久保田が苦い顔で従業員を扉にいざなった。「もういいから、出てってくれ。俺たちはいま重要な話をしていて……」

美由紀の手には、入浴剤の小袋だけが残された。受け取らないのも変な話だった。せっかくだから、もらっておこう。美由紀は小袋をデニムのポケットに押しこんだ。

騒動はようやく終わりを告げようとしていた。従業員がドアを閉めると、美由紀はハンドバッグを手に立ちあがりかけた。「もう行くわ」

「ま、待ちなよ。重要な話があるんだ」

「ノン＝クオリアについての話なら五分で聞くわ。あなたの身の上話は、また今度にして」

「……ったく、つれないな。思うんだが、表情から心のなかを読むのは、いまはやめてくれないか。フェアじゃないし」

「わかったわ」と美由紀は、顔をそむけて壁を見つめた。

久保田が咳《せ》きばらいをしたのが聞こえる。「まず、本庁の見解だけど……」

美由紀はそっぽを向いたまま応じた。「ええ」

しばし沈黙があったのちに、久保田がいった。「わかったよ。こっちを向いてくれていい」

「そうすると、表情から感情を読んじゃう可能性があるんだけど」

「だから、それはもうあきらめたよ。仕方がない。風をいれようと窓を開けると、埃《ほこり》も一緒に入ってきちまうもんだ」

「どういう意味？」と美由紀は久保田に目を戻した。

「いや、気にしなくていい。ただの愚痴だ」久保田はそそくさと立ちあがった。「資料を持ってくるよ」

美由紀は久保田の背を見送りながら、思わずため息をついた。

男性に対する恋愛感情はないわけではないが、たいてい発展しない。相手の下心を見透かせてしまう、わたしのほうが悪いのかもしれない。それでも、真心を持って接してくれればいいのだが、久保田のように恋愛に自信満々の男は苦手だ。

久保田がいい人なのか、そうではないかはわからない。探る気にもならない。それ以前に、金をかけた接待やプレゼント攻勢で女の気が変わると信じている、その呆《あき》れた思いこみがひっかかって、とても彼には関心が持てそうにない。実際には、金の力に弱いのは一部の女性にすぎないし、またそういう女性も多くの場合、ただ贅沢三昧《ぜいたくざんまい》できるからというだけで遊び相手としてつきあうにすぎないのだが。

久保田がファイルを携えて戻ってきた。「杉浦香織《すぎうらかおり》里という名を聞いたことがあるかい？」

「杉浦……？　さあ」

「テレビはあまり観ないらしいね」久保田はソファに腰をおろした。「二十五歳。前はグラビアモデルをしていた。いまは、フシテレビで夜十時半からのニュース番組の、天気予報コーナーを担当してる」

「モデルからキャスターに転身したわけ？」

「れっきとした気象予報士だよ。試験に合格して資格を取得したんだ。まあ、気象予報士ってのは専門職のわりには緩い仕事でね。印刷物に掲載されている天気予報は、いまじゃほとんどがコンピュータによる自動解析にすぎないが、その記事に箔《はく》をつけるためだけに気象予報士が名義を貸していたりする。それに気象予報士は、ぱっとしないタレントがテレビでそれなりの地位を得るための最後の手段みたいなところがあってね。都知事の息子の俳優もそうだが、杉浦香織里もその例に当てはまる。気象予報士の資格は中学二年生でも取得してるぐらいだからな。弁護士や臨床心理士みたいに狭き門じゃない」

「どうかなぁ。分野がぜんぜん違うから、比較はできないと思うけど。それで、その杉浦香織里さんがどうしたっていうの？」

「ずばり殺人未遂の容疑者だ。珠洲市上空に降雨弾を放って、一帯を水没させようと画策した疑いがある……、もしくはその一味に加わっていた可能性が高いと、本庁の上層部は見ていてね」

「……ノン＝クオリアのメンバーだっていうの？　根拠は？」

「それが、どうにも馬鹿げた話でね」久保田は微笑を浮かべた。「きみは知らないみたいだが、この杉浦香織里さんの天気予報コーナーってのは、じつはとても人気があるんだ。視聴率が常時、三十パーセントを越えてる。ほんの五分ほどのコーナーだってのに、これは驚異的な数字だよ」

「へえ……。三十パーセントも？」

「そもそもテレビにでてる気象予報士ってのはお気楽な職業で、予報が外れてもなんのお咎《とが》めもないのが通例になってる。晴れと言い張って、翌日に雨が降っても、降ろされることもなければ減俸にもならない。クレームもつけられないときてる。こんなに図々《ずうずう》しい仕事はほかに、占い師と名の売れた映画評論家ぐらいしか考えられない。しかも気象予報士は国家資格だからね」

「それで?」

「フシテレビの夜十時半ってのは、本来は報道局じゃなく制作二局、つまりバラエティ番組の枠でね。担当プロデューサーも情報番組をやったことはあるが、ニュースは初めてだった。つまりひと癖ある人物で、視聴率第一主義の男だ。彼は、グラビア出身で気象予報士の杉浦香織里に目をつけた。第一回目の放送で『わたしは絶対に予報を外さない』と杉浦に公言させたんだ。むろん放送作家の考えたセリフに相違ないけど、いちおう報道番組である以上、本人の発言として扱われる。さらに番組放送後の記者会見で、予報が外れたらその翌日には、服を一枚ずつ脱いでいくと爆弾発言した」

げんなりした気分で美由紀はつぶやいた。「なにそれ。くだらない……」

「ああ。下劣にもほどがあるってんで、ほかのテレビ局や新聞各社、週刊誌の出版元はこぞってフシテレビを槍玉《やりだま》にあげた。女性視聴者の反発もことさらに大きく、国会でもとりあげられた。ところが、それらが宣伝になってしまったらしく、第二回目から視聴率はうなぎ昇りになった」

「当然、男性ばかりが観てるってことよね」

「ところが、そうでもないんだよ。たしかに当初は男性視聴者の関心を惹《ひ》くのみだった。ところが彼らの期待に反して、杉浦香織里の予報は外れないんだ。月曜日から金曜日まで週五日の放送、すでに三クールを消化して、放送回数は百九回を超えるのに、彼女の予報は百発百中だ」

鈍い警戒心が美由紀のなかに生じた。「それは……おかしいわね。全国ネットなの？」

久保田はうなずいた。「四十七都道府県の天気がマップに表示される。名義貸しではなく、杉浦香織里自身が予報を担当しているそうだ。これが百九回のあいだ、一箇所も外れないんだよ。だから、当初は番組のコンセプトを毛嫌いしていた女性視聴者も、的中率百パーセントの天気予報として観ることが増えてきているらしい。愚劣な方向性についての議論は、あいかわらず各方面で活発におこなわれてるけどね」

「百パーセントってことは、きのうの豪雨も……」

「そうだよ。ほかの気象予報士が思いもつかなかった天候の崩れ、ゲリラ豪雨の類《たぐ》いを、杉浦香織里はすべて的中させる。きのうの能登半島の集中豪雨も、彼女ひとりだけが予報していた」

「気象予報図は？」

「きのうの不自然きわまりない低気圧群の発生を、そのまま予期していた。専門家にいわせると、自然界ではまずもって考えられないような積乱雲の発生だったらしいな。湿舌《しつぜつ》とも違う。彼女はそれをも予測していたんだ」

美由紀はようやくことの重大さを悟った気がした。思わず黙りこくって、虚空を見つめる。

天気図の読み方は、小学校の理科の時間に習った。防衛大の学科にも気象学があった。本気で気象予報士を目指して勉強したことはないが、天気の予測とは実際のところ未来予測にほかならず、きわめて難しいと感じたことは覚えている。航空自衛隊においても、演習の際に予報されていた気象図とは似ても似つかない天気になり、発進してからパイロットの判断で針路を変えることは頻繁にあった。

一般には、天気予報というものはそれなりに当たると考えられている。しかしそれは、晴れか雨かのほぼ二分の一の確率において、偶然当たる例も含めてそういう印象となりえている。長期予報などでは、連休は晴れと予報されることが多い。確かなことはいえないぐらい先のことなら、せっかくだから視聴者に喜ばれる予報にしておこうという判断が下されるのだろう。

現実には、二十一世紀の現代であっても気象変化の予測はさほど精度を高められていない。絶対に当てることなど不可能に等しい。まして、自然の摂理に背いた人工豪雨まで的中させたとなると……。

久保田はDVDを取りだした。「課長からの要請でね。きみにこのDVDを観てもらいたいんだ。杉浦香織里の天気予報を。とりわけ、彼女の表情をしっかりと観察してほしい」

「表情を？　なぜ？」

「……なぜって、彼女が隠しごとをしていたり、嘘をついているかどうかが判るだろ？」

「必要ないわ」と美由紀はいった。「秘めごとをしているのは当然よ。彼女は、なんらかの理由でノシ＝クオリアによる気象の操作を知りえている。仲間かどうかはわからないけど、その事実を伏せて気象予報と偽り、カメラの前に立ってる。そこまでは明白よ」

「なら、番組を観てそう裏付けてほしいんだよ」

「わたしが嘘を見抜いたところで、物証にはならないでしょ？　わたしの主観にすぎないんだし」

久保田は肩をすくめた。「たしかに過去の判例では、千里眼といわれるきみの観察眼のみをもって証拠とすることはできないって話だったよな。それでも警察の上層部は、部下よりもきみのほうに信頼を置いてるみたいだ。とにかく、意見を聞かせてくれってさ」

美由紀は口をつぐんだ。

どうやら久保田は、上層部の判断は眉唾《まゆつば》ものだと感じているらしい。彼は、杉浦香織里が驚異的な確率で予報を的中させていようと、ノン＝クオリアとは無関係だと考えているようだ。表情から読み取れる、やる気のなさにそれが表れている。

たしかに、香織里なる気象予報士がノン＝クオリアの一員であるなら、わざわざテレビにでて、破壊工作を事前にばらすとは考えにくい。なんらかの事情でノン＝クオリアから漏洩《ろうえい》した情報を彼女が拾っているのだとしても、全国ネットで放送していればノン＝クオリアはたちどころにその事実を知るだろう。彼女が依然無事で、出演をつづけていられるところをみると、予報の的中は単なる偶然と考えるのが筋かもしれない。

けれども、そんなことはありえないと美由紀は思った。百九回、四十七都道府県の天気、百パーセントの的中率。偶然の可能性をはるかに超えている。杉浦香織里はノン＝クオリアとつながりがある。しかも、ノン＝クオリアによる降雨弾の攻撃は、きのう始まったことではない。杉浦香織里の天気予報は三クールつづいている。少なくとも過去半年以上にわたって、日本の気象は操作されていた。

久保田はDVDをプレーヤーにセットし、部屋に備え付けのハイビジョンテレビを点灯させた。「有名人の顔を覚えておくだけでも社会勉強にはなるさ。ほんの五分だ、無駄にはならないよ」

画面に映しだされたのは、CGで作成された立体的なタイトル文字だった。杉浦香織里の天気予報。そう記されている。すでに名前が看板になっているらしい。

報道番組のわりには、電飾を多用した派手なセットのなかに、たたずむ女がいた。モデル出身だけに抜群のプロポーションを誇るが、顔はきわめて知性的だった。身につけているのも質素なレディススーツだった。ショートヘアに丸顔、目が大きく、口もとは小さかった。二十五という年齢よりはかなり若く見えるが、それもテレビタレントとしては常識的なことかもしれない。

やや緊張したような面持ちで、杉浦香織里は喋《しゃべ》りだした。「全国のみなさん、こんばんは。九州の長崎、福岡はきのう一日で、観測史上最高の降雨を記録しました。河川の氾濫《はんらん》など被害も大きく……」

久保田の説明では、バラエティ崩れの作り手による番組とのことだったが、香織里の言動は生真面目に徹しきったもので、ウケを狙うような下世話さとは対極に位置するものだった。セットのけばけばしさを除けば、NHKを観ているような気分にさえなる。

だが美由紀は、すでに香織里の声にもセットにも注意を向けていなかった。目は香織里の顔に釘《くぎ》付けになっていた。

微笑のなかにときおりみられる表情筋の変化。ふつうなら見逃しがちだろうが、わたしにはわかる。上まぶたが上がるとき、唇の左右は水平に伸びる。ただの緊張なら、一瞬たりともこんな顔にはならない。

この表情は……。

じっと座って観察していられるのは、そこまでだった。美由紀は素早く立ちあがった。

「行かなきゃ」

「なに?」久保田は目を丸くした。「行くって、どこへ?」

「東京。フシテレビよ。急いで。いまから行けば、今夜の放送には間にあうでしょ」

「今晩はこの部屋をとったのに」と久保田はいったが、美由紀の真剣さに物怖《ものお》じしたらしい、前言を撤回してソファから跳ね起きた。「わかったよ。チェックアウトする」

「下で待ってるわ」美由紀はそういって、戸口に突き進んだ。

おい、美由紀。どうしたっていうんだ。久保田の問いかける声を背に、美由紀はドアを開け放って、廊下にでた。

駆けだしながら美由紀は思った。答えている暇はない。というより、何があったのかはわたしにもまだ判らない。

たしかなことはひとつだけだ。杉浦香織里は怯えている。それも絶大な恐怖に晒《さら》され、すくみあがっている。命を失うかどうかの瀬戸際にいるのでなければ、あんな表情にはならない。

それだけ判れば充分だ、美由紀はそう思った。震えている女性がひとりいる。見捨てられるはずがない。まして、ノン＝クオリアの影が迫っているならなおさらだった。

切り裂き魔

二十八歳という年齢は、子供のころには、やがて自分がそうなるとは考えたくもないほど、遠い未来のこととして位置づけていた。あのころの感覚では、二十代になればもう人生はほとんど終わったも同然、三十歳は老人も同じだった。わたしがこの年齢になるまでに、十代の若さを永遠に維持できるテクノロジーが開発されないかと本気で願っていた。実際、小学校の卒業文集にはそう書いた覚えがある。夢見がちな性格はいまも変わっていない。四十歳になるまでには、いまの若さを保てる技術が誕生しないかと望んでいる。

だが一方で、ひどく現実的な面もわたしのなかにある。人生設計は十歳のころにはきちんと立てていた。結婚は三十すぎ、夫の年収は問わないが誠実な人。共働きで、子供はひとり。わたしの実家がある神奈川にマンションを買って、そこで一生を送る。

思いがそこに及ぶと、黒岩裕子は深くため息をついた。ぼんやりとしていた視界に現実感が戻ってくる。新宿駅構内の喧騒《けんそう》。地下の改札口の外、ルミネエスト新宿の地下一番街の手前で壁を背にして立っていた。待ち合わせの相手はまだ現れない。ぼうっとしているうちに通り過ぎてしまったのだろうか。いや、向こうが気づいて声をかけてくるに違いない。

近くの柱は全面鏡張りになっていた。そこに映りこんだ自分の顔を見やる。レディススーツを着てはいるが、首から上はいつもと同じ、裕子以外の何者でもなかった。

こうしてみるとわたしはいまだ童顔を維持し、小学生のころの自分を引きずっているように見える。大人になる日という境界線がいつ訪れるのかと不安に過ごしてきた二十八年間の人生、まだ自分が変わったという実感を得ないままだった。成人式などというものは、ただの通過儀礼にすぎず、そこで会った友達にしろわたし自身にしろ、あきらかに十代のままだった。若いのか幼いのか判別もつかないまま八年が過ぎた。仕事はしている。給料も得ている。でも、成長したかどうかはわからない。

ぼんやりと鏡を眺めていると、自分の姿の背後に、同じ年齢の女がひとり映りこんだ。「裕子」朝比奈宏美《あさひなひろみ》は明るく声をかけてきた。「ずいぶん待たせちゃったね。先に行っててくれればよかったのに」

褐色の髪に丸顔、大きく見開いた目は、裕子とはまた別の意味で童顔に思える。朝比奈と知り合って何年か経つが、彼女の顔も最初の印象とあまり変わらない。俗説だろうが、周りが高齢者ばかりの職場にいると若さを保てると聞いたことがある。少なくとも、臨床心理士という資格の取得者のなかでは、彼女は最も若い部類に属するに違いない。

裕子はため息をついてみせた。「なんでこんなに時間がかかったの？　神田からここまでは一本でしょ」

「それがさ」朝比奈はレディススーツの襟もとを整えながらいった。「毎度のことだけど中央線が停まっちゃって。代々木《よよぎ》駅はもう越えていたのに、電車が立ち往生したの。ゴールの一歩手前で、降りることもできずに車内に監禁状態」

「また人身事故とか？」裕子は人混みのなかを歩きだした。

朝比奈も歩調をあわせてきた。「そうじゃなくて、相模湖《さがみこ》の向こうで大雨のため線路が水没だってさ」

「ほんとに？　こっちは降ってもいないのに」

「最近流行《はや》りのゲリラ豪雨ってやつよね。局地的には洪水を引き起こすぐらいの雨量になるのに、周辺地域ではからりと晴れてる」

「異常気象よね。被害とかどうなの？　また被災地に臨床心理士として出張とか？」

「それがね、天気予報のおかげで住民の避難がすみやかに完了していたとかで、人的被害はなさそうなの」

「天気予報？　気象庁の予報じゃ、きょうの首都圏はどこも晴れだったはずでしょ」

「フシテレビの夜の天気予報。杉浦香織里の。裕子は観てないの？」

「ああ……。あれか。なんか下品な方法で数字稼ごうとしてる番組でしょ」

朝比奈は笑った。「毛嫌いしてるんでしょ？　わかるわ、わたしもそうだったもの。でもあの番組の予報、ほんとに当たるのよ」

「ゲリラ豪雨が？」裕子は腑《ふ》に落ちなかった。「気象予報図はどうなってたの？」

「予報図って……？」

「気象予報士がでてくる番組なら、前半は当然、概況と解説でしょ」

「そんなところよく観てないし……。晴れとか雨とか、そこしか気にしてないし」

裕子はため息まじりにつぶやいた。「臨床に明け暮れてようやくカウンセラーとしての資格を取得する以前に、大学院をでてるんでしょ？」

「あんまり覚えてないの。小学校のころからずっと、全教科ぎりぎりの点数だったし」

小学校か。裕子の脳裏に、かつての思い出がよぎった。理科の時間、天気図の読み方をめぐって岬美由紀と競いあった。あのころは、将来役に立つかどうかもわからない知識ですら、余すところなく身につけたいと本気で願っていた。誰にも負けたくなかった。

いまはもう違う。美由紀に圧倒的な才能を見せつけられて、一時は憔悴《しょうすい》し、失望し、落胆した。落ちこんだわたしを励まして、立ち直らせてくれたのも美由紀だった。わたしは肩の力を抜くことを覚え、マイペースでここまできた。

美由紀は親友であると同時に恩人だった。彼女が自衛隊を辞めて臨床心理士に転身するといいだしたときには心底驚いたが、同時に、美由紀がそう判断したからにはれっきとした理由があるのだろうと思った。資格を取得するまでのあいだ、裕子は美由紀と一緒に住んでいたこともあった。

臨床心理士になってからの美由紀は、急に遠い存在になった。ここ数か月は、完全に音信不通だった。臨床心理士会事務局のほうでは、現住所は把握しているがプライバシーに関することなので教えられないという。都内に住んでいるのではなさそうだった。渋谷《しぶや》のマンションに借りられていた彼女の部屋は、すでに解約されていた。

あまりにも大きな力に必要とされた美由紀は、わたしたちのもとを去った。そう考えるのが正しいのだろう。彼女は、わたしたちとは違う次元に生きている。神奈川でも名医と呼ばれる裕子の父は、娘のわたしをさかんに自慢したがる。二十八歳の若さで文部科学省の初等中等教育局参事官に就任したわたしを、地元の出世頭だと吹聴《ふいちょう》する。でも、それは事実とは異なる。湘南周辺の出身で最も世に影響を与えているのは、ほかならぬ岬美由紀だ。彼女に比べれば、わたしはしがない公務員でしかない。

思いがそこに及ぶと、いつものように失意の念が襲ってくる。自分の情けなさに腹が立つし、同時に、美由紀に対し苛立《いらだ》ちに似た感情が沸き起こる。それが小学生のころの嫉妬《しっと》心と変わらないと気づくと、いっそう自分の成長のなさに憤りを覚える。

「裕子」朝比奈が声をかけてきた。「なにを落ちこんでるの？　頭にもきてるみたいだけど」

「え……」裕子は我にかえった。「朝比奈さん、すごい。ひょっとして千里眼とか？」

朝比奈は苦笑に似た笑いを浮かべた。「美由紀さんみたいにはいかないわよ。でも、そんなふうにずっと思い詰めてれば、カウンセラーの標準的な観察のメソッドでも心のなかは覗《のぞ》けるのよ。実際、面接室で顔を突き合わせる相談者《クライアント》は、ひとつかふたつの悩みをずっと引きずって、思い詰めたままの人が多いからね」

「わたしの心の状態は、カウンセリングのクライアントと同じってわけか」裕子は笑ってみせた。「半年前に別れた彼が鬱《うつ》になって精神科通いしてるって話だけど、わたしは平気だったから、強い心の持ち主かと思ってたのに」

「それはあなたが振った側だったからでしょ」

「まあね。そうかも」

「失恋のショックは男のほうがひきずるの。臨床心理学でもそう定義されてるのよ」

「ほんとに？」

「ええ」朝比奈は、構内のファストフード店に裕子をいざなう素振りをした。「女はすぐに割り切れるけど、男は自棄《やけ》酒ばかり食らってアルコール依存症に陥ったりする。その種の相談は男のほうが女よりずっと多いのよ」

裕子は朝比奈とともに店のレジカウンター前に並んだ。「医学的に証明されていることなの？」

「あるていどはね。女性ホルモンには血管を広げる作用があるから、胃潰瘍《かいよう》や動脈硬化のようなストレス病になりにくいんだって。男性ホルモンは逆に充血させる作用があって、同様の病になりやすいって」朝比奈はメニューに目を落とした。「わたし、キャラメルモカ。裕子は？」

「同じでいいわ。でもさ、それって失恋した元カップルから統計でも取ったの？　裏づけのデータってある？」

朝比奈は財布を取りだして金を払い、トレイを受け取った。「猿を使ったストレス実験で、メスザルは健康を害さなかったけど、オスザルはたちまち胃潰瘍になったって話、読んだことあるけど」

「わたしの元カレは猿と同じかぁ」裕子はコンコースに面したテーブル席に腰を下ろした。

「でも何匹の猿で実証されたの？」

「裕子」朝比奈はしかめっ面でトレイをテーブルに置き、向かいの席に座った。「ほんっとに裕子って、統計の亡者ね。元カレ君と別れたのも、何割ぐらい好きかとか、証明できるのって詰め寄ったからでしょ」

「それ話したっけ？」

「聞いたわよ。別れた日に電話で」

「とっくに忘れてたわ。っていうか、職業病かもね。お役所って確率と割合の算出によって、どう動くのかをきめるのよ。文部科学省の場合は特にそう」

「よく知ってるわよ。臨床心理士資格認定協会は、文部科学省から公益法人格の財団法人に認められていまの形になったんだし。よく事務局に来る文部科学省の人たちも、やたらと統計データを欲しがるし」

裕子はハンドバッグを開けた。本題に入る頃合だ。「この件も、割合が一定を超えたから問題視すべきって判断が下ったのよ。児童生徒課と教職員課の両方から報告が提出されて、局全体で会議にかけた結果、臨床心理士の意見を聞いたほうがいいって」

差しだした書類を、朝比奈は受け取った。それをしばし凝視し、眉間《みけん》に皺《しわ》が寄る。「制服切り事件？　初耳だわ」

「まだそんなにマスコミが騒いでないの」裕子はストローでキャラメルモカをすすった。「十代を標的にした通り魔事件ってね、多すぎて全容を把握できないほどなのよ。警察も、いちおう被害者が傷を負った場合に限ってのみ緊急の案件として扱うらしいの」

「ひどいわね。怪我をしようがしまいが、刃物に襲われたのなら事件性としては充分でしょ」

「ハサミ」

「え？」

「そのグラフに載ってる襲撃事件の犯人たちが使っていた凶器。みんなハサミなのよ。それもセラミック製で先が丸くなっていて、紙や布は切れるけど肌は傷つけにくいタイプ」

「……制服を切ることだけが目的だったの？」

「そうとしか思えないの。それも全国津々浦々、三十一の都道府県で発生してる。都市部よりは田舎のほうが発生件数が多いみたいだけど、それはたぶん襲撃しやすいからよ。ほとんどの場合、登校または下校途中に生徒がひとりでいるときに襲われてる」

「じゃあ目的は当然……」

裕子は首を横に振って見せた。「被害者は女子生徒だけじゃないのよ。男子生徒も襲撃されてる。っていうより、男女の比率はほぼ半々」

朝比奈は眉《まゆ》をひそめた。「なんで？」

「だから、臨床心理士の意見を聞きたいわけよ。制服を切るといっても、ただ刻むんじゃなくて、四角く切り取ろうとするみたいなの。大きさはまちまちで、その位置もまばら。女子生徒の場合、ブレザーやセーラー服の袖《そで》や襟を切られたケースもあれば、スカートの裾《すそ》を切られることもある。男子生徒も同じく、上着かズボンかって区別はないみたい」

「このグラフを見るかぎり、今年の四月から急に発生してるのね。それも徐々に全国に広がったんじゃなくて、同時多発的に一斉に始まってる」

「インターネットでくだらない呼びかけに応じたニートの群れでもいるのかって見方も生じたけど、そんな痕跡《こんせき》はないみたい。どうしてこんなことが起きたのか、大臣官房からも究明をせっつかれてるの。なにか原因として考えられる精神病理とかない？」

「んー」朝比奈は困惑ぎみにいった。「ちょっと難しいね……。流行は徐々に広まっていくはずなのに、こんなふうに横のつながりもなく各所で発生するなんて……。ごめんね」

「……いいのよ。でもわたし、この件についての調査を命じられてるし……。臨床心理士と協力して報告書を仕上げてほしいっていわれてるの。で、朝比奈さんさえよければ、だけど……」

「もちろん」と朝比奈は笑顔を見せた。「わたしでよければ力になるわよ」

「よかった」と裕子も笑いかえした。

会話はそこでふいに途絶えた。ふたりに沈黙が降りてきた。

互いに笑みは浮かんだものの、その直後には、視線を逸《そ》らしあいながらストローを口に運んでいた。

理由ははっきりしている。岬美由紀がつかまれば、わたしが依頼するのは当然、彼女だった。でも事務局は、美由紀については全国行脚の最中だと、つれない返事をしてきた。だから美由紀の友人だった朝比奈に連絡をとった。朝比奈のほうも、そのことは承知しているだろう。これが美由紀の代役にすぎないことを。

複雑な思いが交錯する。美由紀がいてくれればという願望。そして、美由紀なんかいなくても、という嫉妬に似た捨て鉢な自分の態度。

おそらく朝比奈も同様なのだろう。わたしも彼女も、美由紀のことは好きだ。でも、ときに自分について苛立たしくなる。美由紀と知り合ったがゆえに、わたしたちは美由紀と自分を比較することを余儀なくされる。到底、彼女にはかなわない。そこに導きだされるのは、己れの劣等感しかないのだろうか。美由紀は常に揺るぎない情愛をもって接してくれる。わたしは、そこまですなおになれない。心の片隅で美由紀を妬《ねた》んでしまう自分が、嫌でたまらなくなる。

朝比奈は書類をテーブルに置き、立ちあがった。「いつでも連絡して。調査には同行するから」

「ありがとう。朝比奈さん」と裕子はいった。

その笑顔のなかに憂いのいろが垣間《かいま》見える。裕子は申しわけない気分になった。わたしの依頼は朝比奈のプライドも傷つけてしまっただろうか。女が男よりストレス病に強いのだとしたら、それはかえって忌むべきことかもしれない。悩みを抱えていても、自分ではその重大さに気づけないのだから。

MRB

冬の夜の空気は都心といえど澄み切って、七いろにライトアップされたレインボーブリッジを鮮やかに浮かびあがらせる。お台場のアクアシティに飾りつけられたイルミネーション、パレットタウンの大観覧車を彩る花火のようなネオンのディスプレイ。能登半島の何もない闇夜と比べると、時代すら違って見える。

美由紀は、久保田が運転するベンツSクラスの助手席におさまっていたが、羽田の駐車場をでて以降、ひとことも話さなかった。早期警戒機のレーダーのように、一定の注意を窓の外に向けつづける以外、なにも意識していない。隣りの気取ったしぐさでステアリングをまわす男の横顔にも目を向けなかった。

沈黙に耐えかねたのか、久保田が口をきいた。「半年前に買ったばかりのクルマだが、ドイツ車にはめずらしく揺れもなくて、ふわふわしていてね。昔のメルセデスはもっと固い乗り味だったんだが」

クルマ自慢か。美由紀はため息をついていった。「いちどクライスラーに買収されて以降はずっとそうなの。固い乗り味だなんて、よっぽど古いベンツしか乗ったことなかったのね」

「なんでそういちいち突っかかるんだ。もっとこう、粋《いき》な大人の男女の会話ってのはできないのか」

「粋って何？　男性がクルマの話をし始めたとき、女性はそうとうな我慢を強いられているって、知らなかった？」

「女が化粧とブランドの話をするときにも、こっちは忍耐を強いられてる」

「わたしがいつメイクの話なんかした？」

「まったく」久保田は吐き捨てた。「美由紀。きみは当然、自分が美人だと認識してるんだろ？」

「はぁ？」

「いや、むしろそれを充分わかっていて、俺をからかってんだな。誰もがきみに惹《ひ》かれることをいいことに、心のなかまで読んで、もてあそんでやがる」

「何をいいだすのよ。そんなこと考えてもみなかったわ」

「じゃあどんな心境なんだ」

「どんなって……。何についての心境？」

「とぼけるなよ。俺についてだ」

「あなたについて？」

「そうだ」

「なんにも考えてなかったわ」

「な……なんにもだって？」

美由紀は言葉を切って、自問自答した。いまの答えが正しいかどうか、自分の胸にきいてみる。

しかし、事実はそれ以外になかった。空港に着いてから、久保田のことなど気にも留めていなかった。

久保田はため息をついた。「そうかい。俺のひとりずもうだったと言いたいわけか。よくわかった。ああ、それでいい」

「なにをふてくされてるのよ」

「わかった、わかった。もういい。いま話したことはぜんぶ忘れてくれ」

「ふうん」

車内を静寂がつつんだ。たしかに日本の高級車を思わせる静かさだ。響いてくるロードノイズもごくわずかだった。

　ほんの数秒も経たないうちに、久保田がいった。「なんだよ、ふうんって」

「は？　まだ話つづいてるの？　ぜんぶ忘れろっていったばかりじゃない」

「ほんとに忘れるやつがあるかよ。だいたい……」

「あ」美由紀は前方を指差した。「フシテレビ。そこを左」

　縦横の骨組みに球体をひとつ組みこんだオブジェのような、独特の外観をもつ建物。正式には、株式会社フシ・メディア・ホールディングスの認定放送持株会社。全国に二十九の系列局を持つフシテレビ・ネットワークのキー局。地上波放送のほかにBS、CSにそれぞれ二局を有する。ゴールデンタイム、プライムタイム、全日の視聴率でトップの三冠王を十年以上にわたって維持する、文字どおり日本のあらゆるメディアのなかで最大の影響力を誇るテレビ局だった。

　テレビ放送に夢を感じる視聴者は数多いだろうが、その発信元は営利企業にすぎず、膝《ひざ》もとまで迫れば社屋もいたって普通だった。大通りから車寄せのロータリーへは、なんのチェックもなく乗りいれることができる。

　久保田はSクラスでロータリーを徐行していったが、行く手ではロケがおこなわれていた。照明に明るく照らしだされた私道で、ハイビジョンカメラを担いだスタッフが右往左往している。彼がとらえているのは朝の子供向け番組でお馴染《なじ》みの着ぐるみキャラ、ガシャピンとモックだった。

ふいに久保田が遠慮なくクラクションを鳴らした。スタッフたちがあわてたようすで脇にどき、着ぐるみたちもあたふたと走った。

「ちょっと」美由紀は久保田にいった。「向こうは仕事してるのよ」

「スタジオのなかじゃなく、外でロケしてるときには、要請があったらどかなきゃ駄目だ」

「テレビ局の私有地のなかでしょ」

「それでもクルマが出入りする場所だ。ADを立たせておいて、いざとなったらすぐ撤収できるようにしておくべきだろう。こっちにみんな揃って背を向けている状況なんて、管理不行き届き以外のなにものでもない」

美由紀はむっとして押し黙った。久保田の言い草は幹部自衛官時代の上官のそれを思い起こさせる。国家公務員のそういうところが嫌われる理由だというのに、久保田はまるで意に介していない。

エントランス前の車寄せを通り過ぎて、その先にある駐車場に入る。久保田は、一番手前にある障害者マークの入ったスペースにSクラスを滑りこませた。

美由紀がにらみつけると、久保田はエンジンを切りながらいった。「いいたいことはわかってる。だが、俺たちが局に来たときにはここに停めさせてもらう。ガードマンに聞いてみろ。他に空きがないって理由で、ここを勧めてくる」

「本庁の警部補って聞けば、大企業の警備員はたいていそうするわよ。どんな上役に用事があって来たのか判らないから、とりあえず待遇をよくしてくれる。それをわかってやってるんでしょ？」

「ゆりかもめで来たほうがよかったってのか？」

「悪くないわね」美由紀はドアを開け放ち、外にでた。

フシテレビの駐車場といえど、ここは一般の訪問客も停められるコインパーキングの一種にすぎない。駐車券をもらっておいて、出るときに精算すれば誰でも利用できる。そんな場所で特別待遇を気取るなんてどうかしている。

クルマから離れて歩きだしたとき、短くクラクションが鳴った。

すぐ近くの駐車スペースに、ワンボックスカーが停まっている。運転席の窓から身を乗りだしているのは、きのう会ったばかりの中年男性だった。

約束の時間より早いが、ちゃんと来てくれていた。美由紀は微笑とともにそちらに向かった。

「おい」久保田が呼びとめた。「どこへ行く？　エントランスはこっちだぞ」

「ちょっと待ってて。すぐ済むから」

美由紀はワンボックスカーに近づいた。運転席から降り立ったワシミ工業の棚橋昌司は、にこやかな顔で出迎えた。「元気でよかった。事件のことを聞いて心配してたよ。病院に運ばれたそうだけど、だいじょうぶだったのかい？」

「重傷を負った患者に見えます？」と美由紀は笑いかえした。「けさファックスした件ですけど……」

「ああ。ちゃんと専門家を連れてきてるよ」と棚橋は、後部座席のスライド式扉を開けた。

ステップをあがってなかに乗りこむと、三列シートの最後尾におさまっていた男が腰を浮かせた。白髪まじりで眼鏡をかけたその男は、いかにも技術職という風貌《ふうぼう》だった。ワシミ工業のロゴが入った作業着風のジャンパーを羽織っている。

棚橋が紹介した。「ロボット工学技術開発二課の富樫《とがし》君だ。富樫君、こちらは岬美由紀さん」

「はじめまして」富樫は軽く頭をさげた。「棚橋さんからお話はうかがってます。ええと、秘密厳守という点も肝に銘じているつもりで……」

「よくわかってます」美由紀は、富樫の前列のシートに座って振りかえった。「お顔を見れば、信用できる人だってことはすぐにわかりますから」

「どうも」富樫は人見知りするタイプらしく、視線をあちこちに逸《そ》らしながら、そわそわと手もとのファイルを開いた。「ファックスで送信していただいたスケッチですが……」

それらは、美由紀がきのう海岸で目にしたF117の外観のなかで、特に気になった部分をクロースアップして描いたものだった。事件後、数時間経ってから記憶を頼りに描いたものだけに、事実とは違っている可能性はある。それでも、概要はわかるはずだ。フラップやノズルも本来のステルス機とはまったく違う箇所に新設されていたし、それらの構造をできるかぎり目にしたとおり忠実に模写したつもりだった。謎の多いUAV機の解明に、ひと役買うかもしれない。

棚橋が感心したようにいった。「絵が巧《うま》いね」

「それほどでも……」美由紀は富樫に向き直った。「なにかわかりましたか？」

「いや、それが」富樫の表情が曇った。「ご存じのように、わが社ではUAVの開発研究はおこなってません。だから航空力学についての知識は皆無に等しいし、翼の改造についても、どのような意味を持つのかはちょっと……」

「そうですか……」

「同じロボット研究でも、秦銘製作所はUAVの開発に力を注いできたわけだから、あそこにいた技術者に聞いてみたらどうですか？　もともとこれも、秦銘製作所のUAV技術を利用したものでしょう？」

「UAVに関わっていたエンジニアは、すべて秦銘時久の息がかかってるみたいですから……。彼らにたずねることは、こちらの動きを敵に教えるのも同然だと思います。秦銘時久自身、取り調べにも口をつぐんでいるそうですし、拘置所に籠《こも》ったっきり出廷にすら応じていないありさまですから」

棚橋がため息まじりにつぶやいた。「唯一独自の技術だけに、ほかに解析できる専門家もいないってわけだな。厄介だ」

「ええ」富樫は眼鏡の眉間《みけん》を指で押さえ、紙片を繰った。「ただ一枚だけ、これも私どもの専門とはいいがたい分野ですが……」

美由紀はきいた。「なんです？」

「これなんですけどね」富樫は紙片を差しだしてきた。「三年前まで、うちで設計していた製品に似ています」

そのスケッチは主翼の一部を拡大して描いたものだった。埋めこまれた球状のレンズ、わざわざ翼を傾けて美由紀に向けられた眼球のような存在。あの一瞬で、ステルス機はわたしの動きを読んだ。あるいは少なくとも、そう思えるきっかけになったパーツだった。

富樫はカバンからパンフレットを取りだしてしめした。「この製品の……ほら、ここによく似てるんですよ」

美由紀はパンフレットの見出しを読みあげた。「バイオメトリクス認証システム？」

「そうです」富樫はうなずいた。しだいに慣れてきたのか、語りも滑らかになってきた。「指紋だとか声紋だとか、あるいは目の虹彩《こうさい》だとか、身体上の特徴を登録しておくことによって、それを鍵《かぎ》がわりにして扉などを開けられるシステムです。パスワードや暗証番号と違い、他人によるなりすましが難しいので、このところよく普及しています」

「ええ、それは知っていますけど……。このパンフに掲載されているのは顔認証ですね？」

「おっしゃるとおり。カメラに顔を向けるだけで、コンピュータがその人か否かを自動判別してくれるという優れものです。ワシミ工業では、一時期この顔認証の製品化に熱をあげましてね。萩原《はぎわら》県の特別行政区の無人駅に採用されていた顔認証も、ワシミ工業製だったんですよ」

「ほかの生体認証に比べると、顔認証は精度に問題があるって話ですけど」

「だからこそわが社は、業界一の精度をめざして力をいれたんです。研究そのものは二十年以上前からおこなわれていましたが、かたちになったのはここ数年です。ふつう、顔認証は固有顔生成なる手段が用いられるのですが、あれは角度やライティングに弱いので、わが社では隠れマルコフモデルを原理として採用しました」

「確率モデルの一種ですね。システムがパラメータ未知のマルコフ過程であると想定して、観測検証が可能な情報から未知のパラメータを推測する」

「よくご存じですね。わが社では、ビタビアルゴリズムとバウム・ウェルチアルゴリズムを併用し、不鮮明かつ静止していない対象物の情報も立体的に捉《とら》えるプログラムを開発しました。これにより、従来の顔認証の弱点であった精度の低さはほぼ克服されました。ただし……」

「なんです?」

「ソフトの面では完璧《かんぺき》に近づきましたが、製品化にはまだ問題がありました。理由はカメラ部です。顔認証ソフトが必要とする、充分な情報を画像として精密に捉えられるカメラを開発しようとすると、天体望遠鏡のような大きさになってしまいます。当然、実用的ではありません。やむをえず、わが社では既製品のなかで最もクリヤーに画像をとらえるカメラを採用したのですが、結果は他社従来品の顔認証システムと大差ない精度に終わりました」

棚橋が腕組みをした。「頭はすこぶる良かったが、目が悪かったってことだな」

「そうですね」と富樫はうなずいた。「ワシミ工業では顔認証システムを製品化しましたが、二年前に開発部門そのものが閉鎖され、同様の事業からは撤退しました。精度の問題以外にも、弱点があったからです」

美由紀はきいた。「弱点というと？」

「これは生体認証全般にいえることですが、登録データを変更できないという大きな短所があるんです。IDだとかパスワードなら、メモを落としてしまった時点で自由に変更できます。けれども、生体情報はそうはいきません。指紋や声紋は変えられませんし、顔認証についても同様です。もし、別人があなたの名を騙《かた》って顔認証を登録してしまった場合、あなたはその情報を変更することも、不正をコンピュータに訴えることもできないんです。対処法としては、顔認証システムを採用するすべての管理会社に、別人があなたになりすましているので気をつけてほしいと通達するしかないんです」

「なるほど。認証側に登録してある〝鍵〟の変更が不可能だと、いろいろ弊害がでてくるわけですね」

「たとえ悪意がなくても、間違って別人の顔が登録されてしまったら、困ったことになります。かといって、簡単にリセットできてしまうようなら、顔認証システム自体に意味がなくなります。これは開発部門しか知らないんですが、苦肉の策として、あるキーワードをいえばリセットできるよう、プログラムが変更されました」

「へえ……」

「エレベーターにも、ボタンを押した階をリセットできる裏技があって、メンテ用業者だけが知っていたりするでしょう?」

「三菱《みつびし》電機製は5を二回押す。フジテックは5を五回押すってやつですね」

「ええ。岬さんはさすがに知識豊富ですね。顔認証もエレベーターと同じく、業者だけが知るキーワードを設定しました。マイクに向かって〝バルス〟とはっきり発声すれば、登録情報はリセットされます」

「バルス?」

「私のふたつ上の先輩が『天空の城ラピュタ』のファンでしてね。そこにでてくる滅びの魔法です。ただし、これが広まったらシステムの意味もなくなるので、メンテ業者にすら教えられない。顔認証はセキュリティが目的ですから、エレベーターの階をキャンセルするよりずっと重大なことですしね。結局、開発チーム内のみに情報を留《とど》めました。代替案は誰も思いつかず、会社からも顔認証は問題があるため普及しないと判断され、中止と相成ったわけです」

「でも、製品化されてからはそれなりに売れたんでしょう?」

「もちろん、曲がりなりにもワシミ工業のブランド製品ですからね。官庁街とか、一流企業にも採用されました。わが社が撤退してからは、他社の顔認証ばかりが幅をきかせてますよ」

「他社も、顔認証には同じ問題がつきまとうでしょう？」

「ええ。だから現在では、顔認証は暗証番号か磁気IDカードと併用されるケースがほとんどです。なんのことはない、複数の鍵穴のひとつに成り下がったわけです。私の先輩も含め、開発に関わった連中はみながっかりですよ」

美由紀はスケッチに目を落とした。「それで、この球状のものは……」

「さっき申しあげた、顔認証ソフトの精度を充分に発揮するための高性能カメラ。そのレンズ部分の構造にそっくりだということです。球体に見えますがこれは両面凸レンズで、それもいくつかの層が重なりあったものです。従来の可変焦点レンズは、画角の調整とともに結像点も移動してしまうので、いちいちピント調整をおこなわねばならない欠点がありました。この球状多層レンズは結像点を変化させない画期的なもので、常に対象物にピントを合わせることができ、よって顔認証ソフトにも一定の瞭度《りょうど》のデータを送ることができるんです」

「たしかにそのレンズなんですか？」

「球状レンズの最も直径の広い部分に二重の輪があるでしょう。これはコントラスト検出方式に連動する多層レンズの調整用で、スクリュー構造になっています。回転することで内部のレンズから順に前後に移動します。これはワシミ工業の特許ですし、私の知るかぎりでは他社は採用していないはずです」

美由紀は黙って、自分の描いたスケッチを見つめた。きのう嵐のなかで目撃した実像がだぶって見えてくる、そんな気になる。

実際には製品化されなかった特許を、ノン＝クオリアは無断で流用している。もともと反社会的活動を標榜《ひょうぼう》する団体ゆえに、国際的ルールを守る意志など持っていないのだろう。

棚橋がいった。「さっきも富樫君と話してたんだがね。そのレンズはずばり、顔認証システムに使われていたんじゃないかと思うんだ」

「顔認証にですか？」美由紀はきいた。「でも……」

「UAV機はコンピュータの自動操縦ではなく、誰かパイロットに遠隔操作されていた可能性もあるんだろう？　特定の機に特定のパイロットが属しているのだとしたら、その人物が自分の機を稼動させるときに、顔認証をスタートキー代わりにしている可能性もある」

富樫もうなずいた。「ドアのセキュリティにはこのレンズは大きすぎますが、大きな戦闘機の機体なら余裕で積めますしね」

「うーん」美由紀は唸《うな》った。「それはどうかなぁ……」

ノン＝クオリア側がパイロットのためのスタートキーを必要とするとしても、顔認証である必要はまったくない。その精度をあげるために、わざわざ巨大なレンズを翼に埋めこむとも思えない。機体は大きくとも内部構造は可能なかぎりシンプルにすべきであり、とりわけ主翼部分には無駄なメカを内蔵させたくはないはずだ。

そのあたりのことは、航空機に詳しくないワシミ工業のエンジニアにはピンと来ないのだろう。あの翼の球体はやはり高性能レンズだった、それ以上のことはまだなにも判らない。

「どうもありがとう」美由紀は紙片を束ねて、ハンドバッグに押しこんだ。「じゃあ、帰りも気をつけてね」

開け放たれたスライド式扉から車外に降り立ったとき、棚橋が声をかけてきた。「美由紀さん」

美由紀は棚橋を振り返った。

棚橋はかすかに戸惑いのいろを浮かべながら告げた。「無理はしないでくれ。きみにもしものことがあったら、天国にいる岬に申しわけが立たんよ」

天国にいる岬……。父親のことだ。長年の友人だった棚橋は、いまでも父のことを真っ先に気遣ってくれている。

「だいじょうぶです」美由紀は微笑んでみせた。「お会いできてよかったです、棚橋さん。富樫さんも。わたし、事態の解明に全力を挙げます。では、これで」

ふたりの心配そうな顔には気づいていたが、美由紀は返事を待たずに背を向けた。足早にワンボックスカーを後にする。

誰とも親しくはなれない。ノン＝クオリアはわたしを敵視している。わたしと一緒にいれば、その人にも危害が及ぶ。愛するからこそ、一緒にはいられない……。

事実、あのF117の翼のレンズは顔認証などではない。たとえそうだったとしても、それは機能の一部にすぎず、認証したのはパイロットなどではなくて、わたしに違いない。ターゲットが岬美由紀であることを確認し、以後あのレンズは獲物を付け狙う鷹《たか》の目と化した。わたしの心のなかを読んだ原理は依然として判らないが、従来なかった超高性能レンズが採用されていることから察するに、相応の先進的システムを有しているのだろう。

油断ならない敵。最強の敵。それも機械である以上、いくらでも数を増す可能性がある。集団で襲来したら、わたしにはなすすべはなくなる。そしてそれはいつでも起こりうる。彼らのテリトリーである空は、どこにでもある。このお台場の頭上にも……。

テレビ局のエントランスに向かって歩くと、そこで立ち尽くしていた久保田が歩調をあわせてきた。「ずいぶん長いこと話してたな。誰だい？」

「父の古い友人よ」

「なにか情報でも得たのか？」

「あなたには関係ないわ」

「おい美由紀」久保田は立ちどまった。「そりゃないだろ」

美由紀は歩を緩めて振り返った。「なにが？」

「俺たちはひとつのチームじゃないのか。お互いに助け合って前に進むべきだろ」

「……わたしは誰も信用しないの」

久保田は口をつぐんだ。

やや気まずく思える沈黙の後、久保田は歩きだした。「わかったよ。思いはこのあたりの道路と同じだな。一方通行ってやつだ」

複雑な気分が美由紀のなかに渦巻いた。

本当は、久保田を信用しないわけではない。むしろ、わたしを積極的に助けたがっている彼の意志は痛いほど感じている。

それでも事実は明かせない。ノン＝クオリアがわたしひとりを標的にしている可能性を知れば、彼はわたしをひとりで行動させまいとするだろう。わたしは、部屋に閉じこもっているわけにはいかない。そしてそれ以上に、久保田に危険が及ぶのを黙って見過ごせない。

喩《たと》えようのない孤独感が美由紀を包んだ。しかし、それは一瞬のことにすぎず、すぐに燃えあがるような闘争心によって、隙間風の冷たさを忘却の彼方《かなた》に追いやった。

千里眼と呼ばれるようになってから、わたしは常にひとりだ。いまや判りきっていることだった。誰もわたしの気持ちを読みとれない。わたしには人の心が見える。ゆえにフェアではない。いかなる相手とも対等ではいられない。

だから独りで生きる道を選ぶ。いかなる困難が待っていようと、わたしは踏み越えていく。そこにわたしの生きた証《あかし》を残すために……。

自動ドアが開いた。初めて足を踏みいれたフシテレビのロビーは、白い光沢のあるタイルに包まれた、光り輝く空間だった。ほんの一角に存在する植栽を除いては、すべてが無機的に見える。なにもかもが人工的で、映像のなかに飛びこんだかのようだった。

ロビーといっても広さはさほどではなく、応接用のソファも見当たらない。壁ぎわの待合の椅子は、タクシーを手配する車両課の前にのみ固められていた。壁に埋め込まれたハイビジョンモニターは、いま放送中のフシテレビの番組を映しだしている。音楽番組だった。その隣りの時計に目を移す。午後九時をまわっている。十時半スタートの報道番組の出演者も、すでに局入りしていておかしくない時間だった。

ロビーに隣接してエレベーターホールがあるが、そこへはガードマンのいる受付を通らないと到達できない。ほかには階段も通路もなく、このロビーから先に進む方法はない。

美由紀が戸惑っていると、久保田はつかつかと受付に近づいていった。

若いガードマンがカウンターのなかで顔をあげる。久保田を見あげて、ガードマンはたずねた。「どちらにおいでですか？」

困惑とともに美由紀は歩み寄った。久保田は警察手帳をしめすだろうが、それだけではなかに入れる保証にはならない。捜査令状がなければ、門前払いを受けても文句はいえない。

ところが、美由紀が近づいていくと、ガードマンはこちらを見て目を丸くした。

「ああ！　ど、どうも」ガードマンは立ちあがった。「ご出演ですか？」

妙な気分で美由紀は押し黙った。ご出演。どういう意味だろう。

表情から察するに、ガードマンは喜びを感じている。眼輪筋が収縮したのがその表れだ。けれども、わたしを知っているのなら、誰もがわたしに対してみせる警戒心、心を読まれては困るという焦燥感が見てとれない。

誰かタレントと間違えているのだろうか。業界関係者と顔を合わせると、こういうことはたびたび起きる。以前にも血液型事件《ブラッドタイプ》の際に、ドラマのプロデューサーはわたしを女優の誰かと勘違いしているようだった。

すると久保田があっさりと告げた。「そうなんだ。これから収録なんでね。行ってもいいかい？」

「ええ」とガードマンはうなずいた。「どうぞ」

美由紀はカウンター上の氏名記入用の書類が気になり、ガードマンにきいた。「名前を書かなくていいの？」

久保田がちらと視線を向けてきて、眉《まゆ》をひそめた。余計なことはいわなくてもいいんだよ、そう目が訴えている。

ガードマンは肩をすくめた。「結構です。出演者のかたは……。エレベーターのほうへどうぞ」

なおも美由紀は戸惑っていたが、久保田がその美由紀の腕をつかみ、ぐいと引いた。久保田は早足で、美由紀をエレベーターホールにいざなった。

上へ行くボタンを押すと、エレベーターの扉はすぐに開いた。美由紀は久保田とともに乗りこんだ。ほかに乗客はいなかった。

扉が閉まると、美由紀は久保田にきいた。「どういうつもりよ」

「なにが？」久保田は平然としていた。「きみみたいな美人はタレントに見えるってことだ。俺も同様らしいけどな。美男美女を見慣れているフシテレビのガードマンがそう思いこんだんだ、自信を持っていい」

「結果として嘘をついたことに……」

「あのな、美由紀。勘違いしたのはさっきの若いガードマンだ。俺は何者か尋ねられたら、警察だと名乗ろうと決めていた。ただし、それは好ましくないとも思ってた。最近のテレビ局のセキュリティは厳重になってる。訪問先に了解をとってからでないと入ることさえできないんだ。おそらく、上の人間がでてきて応対しようとするだろう。それじゃまずいんだ。俺たちが用があるのは天気予報のキャスターだからな」

「だからといって、素性を偽って入るなんて。不法侵入よ」

「局内を好きに歩きまわれるんだ、文句はないだろ？」

ずいぶんさばさばしている。さっきのガードマンの前での言動も、とっさの思いつきにしては落ち着きすぎていた。

美由紀はきいた。「知ってたの？　タレントだと錯覚させればフリーパスで入れるって」

「さあな。でもありうることさ。ずっと昔、テレビ局ってのは誰もがフリーパスも同然だった。タレント見たさに入りこむ輩《やから》も後を絶たなかったらしい。ところが一九九〇年代半ばのオウム事件を機に、警備は強化された。局に入る者には誰であろうと身分証明書の呈示を求めること、警視庁がそう通達をだしたんだ」

「警察が決めたルールを警部補さんが破るなんてね」

「まあ聞けよ。通達のほんの一か月後には、絶対厳守だったはずのこのルールは揺らぎだした。発端はほかの局での出来事だが、ガードマンがジャイアント馬場《ばば》にまで身分証明書の呈示を求めたからだ」

「……それは意味ないわね」

「馬場さんは当然怒りだした。誰がどう見ても馬場でしかないのに、身分証明書になんの意味があるんだ、ってな。実際、タレントというのは、顔が人に知られているかどうかってのが、職業上の大きなプライドになってる。そのプライドを傷つけられていい気分になる奴はいない。どの局もそれに気づきだして、ほどなく出演者はフリーパスなのが暗黙の了解になった」

「そうなの……」

「馬鹿正直に生きるばかりが脳じゃないぜ？」

扉が開いた。久保田は先に立ってフロアに降りていった。

美由紀は久保田につづいた。通路は本来、計算しつくされた内装だったのだろうが、あちこちに雑多な機材が放置されているせいで美観を大きく損ねている。しかも、粗末なシャツにデニム、スニーカー姿の瘦《や》せた若者たちが、そこかしこに横たわっている。長椅子は当然、彼らに占拠されているし、床にも壁に沿うようにして寝そべった若者たちの姿がある。ぴくりとも動かないせいで、それらは屍《しかばね》のようですらあった。かすかに鼾《いびき》を聞きつけて、ようやく美由紀はほっとしたぐらいだった。

久保田は歩きながらいった。「ADだよ」

「こんなところで寝るなんて」

「ハードワークだから仕方ないのさ。こっちはメディアタワーといって、スタジオがひしめきあってる。でも俺たちが用があるのは、オフィスタワーのほうだ」

通路の行く手には窓があって、外の風景が見渡せた。美由紀はようやくそこが、建物の中央部分にある渡り廊下だと気づいた。

二十五階建てのフシテレビ社屋は、メディアタワーとオフィスタワーという左右ふたつのビルを、三つのフロアで渡り廊下により結ぶ構造になっている。球体展望室は、そのいちばん上の渡り廊下の途中にある。

ふたたび窓のない通路に行き着いた。オフィスタワーに入ったらしい。久保田がまたエレベーターのボタンを押した。

扉が開くのを待ちながら、久保田はつぶやいた。「面倒だよな。構造上、同一フロアを横移動できるのは渡り廊下のある三つの階だけだ」

「最初からオフィスタワーに入ればよかったのに。……あ、やっぱり……」

久保田は初めから、出演者を装ってメディアタワーに侵入するつもりだった。おそらくそうだろう。

ふんと鼻を鳴らし、久保田は目配せした。「内緒だぜ?」

到着したエレベーターに久保田が乗りこんでいく。美由紀はため息とともに、その後につづいた。

扉が閉じて、エレベーターは下降した。ほどなく停止し、扉が左右に開く。

そのフロアは喧騒《けんそう》に包まれていた。広々とした空間に無数のデスクが連なっていて、社員は書類を手にせかせかと動きまわっている。大企業のオフィスフロアに近いが、異なっているところもあった。壁に埋めこまれた複数のモニター、そして、やけに高い天井からぶらさがった、スタジオのような照明の数々。

美由紀はここが、ニュース番組でよく観る報道フロアというものだと気づいた。実際にキャスターがこのフロアを背にニュース原稿を読みあげるための、専用のコーナーが設けられている。いまはそのコーナーは無人で、カメラのランプも点灯していなかった。それでも社員の動きはあわただしかった。いつもテレビで見かけるここの緊迫したようすは、あながち演出というわけでもなさそうだった。

女性スタッフが、近くのデスクに原稿の束を置きながらいった。「校正お願いします」返事も待たず、女性スタッフはさっさと歩き去った。周囲の男性スタッフは厄介そうな顔で互いに目を逸らしあっていたが、やがて最も若いと思われる二十代ぐらいの社員が立ちあがり、やれやれといった表情でデスクに歩み寄っていった。

久保田は遠くを見渡していた。「さてと。杉浦香織里さんはどこかな」

美由紀は、久保田のその振る舞いをまずいと思った。せっかく報道フロアに潜りこめたのに、不案内な態度をとっていては存在が目立つばかりだ。

その危惧《きぐ》を裏付けるかのように、制服姿のガードマンがつかつかと近づいてくるのが見えた。

ひやりとした寒気を覚える。日本の報道の要《かなめ》ともいうべき場所で、警視庁の警部補が不法侵入したとわかれば、ただでは済まされない。

とっさに美由紀は原稿の置かれたデスクに近づいた。ちょうど椅子に座ったばかりの青年と目が合う。

青年は、きょとんとした顔でこちらを見て、どうも、と会釈をした。

絶えず人が入れ替わる大所帯の報道フロアだ、見知らぬ者どうしが顔を突き合わせてもふしぎではない。誰だろうとかまわず挨拶《あいさつ》を交わすのがこの業界の常識のようだった。

美由紀は素早く原稿の文面に目を走らせながらいった。「これ誰が書いたんですか？　わたしもさっき読ませてもらったんですが、好ましくない表現だけでも三つもある」

むろん実際には、原稿は前もって読んだわけではない。いま瞬時に目についたミスを、さもチェック済みのように指摘することで、自分が校正スタッフだと暗にほのめかす作戦だった。動体視力と、防衛大の講義でいくらか学んだメディアリテラシーから得た知識だけが頼りだった。

青年は困惑した表情で原稿を見つめた。「三つ……ええと、まずはどれが……」

すると、久保田も自分の役割を悟ったらしい。それなりの役職に就いているかのような態度で、ぶらりと近づいてきて青年に告げた。「駄目だなきみは。それら三点ぐらい、すぐさま指摘できなくてどうする」

「は、はあ」青年は戸惑いながら応じた。「申しわけありません。よろしければ、お教え願えますとありがたいのですが……」

ガードマンはすぐ近くまで来ると立ちどまり、じろりとこちらに目を向けた。猜疑《さいぎ》心に溢《あふ》れた目つき。しかし、すぐに声をかけてこないところをみると、まだ迷っているのだろう。素性を見極めようとしているに違いない。

久保田は青年に見つめられて、若干当惑したようすだった。「あ、ああ。教えるよ。すぐに。三点のうち、そのう、ひとつめは……」

美由紀は助け舟をだした。「冒頭よ。『今月十二日に台湾政府は』とあるけど、日本の報道ではこの表現は禁句でしょ。正しくは『台湾当局』でしょ」

青年は目を丸くした。「そうですね。気づかなかった……。いや、じっくり読めばわかるんですが、ご指摘いただけると助かります」

「七行目の『約三十個のキャベツを』というくだりも、書き直しておくべきでしょ」

「ええ……。でもこれは、ふつうキャスターが自分の判断で『およそ』と言い換えてくれると思いますが」

業界の慣例まではわからない。美由紀は動揺が顔に表れないように留意した。「それでも原稿の段階から直しておいたほうが親切でしょ？　『約』は、『百』と聞き間違える可能性が高いからニュースでは使われない、そう決まってるはず。原稿も『およそ』と直してください」

青年は赤いペンを手にとり、すらすらと原稿の上に走らせた。「およそ、とあとのひとつは……」

ガードマンはまだしつこく近くに待機して、こちらを監視している。ひょっとして、会話が終わるのを待って身分証明書の呈示を求めてくるつもりだろうか。だとすると、いまの努力はすべて無駄になる。

「で」青年は顔をあげた。「最後のひとつは？」

「いわなくてもわかるでしょ」美由紀は時間稼ぎに入った。長くなればガードマンも根負けするかもしれない。「十行目以降を読みあげてみて。ゆっくりと」

「ええと……。農地を利用して生産する農業生産法人への出資比率が、一企業あたり十パーセント未満とされていることも検討課題のひとつとされています。出資比率の制限は、農家と八百屋を結ぶ卸売市場においても……。あ、もしかして、この八百屋ですか？」

「そう。青果業または青果商としなきゃね」

美由紀は、歩き去っていくガードマンを視界の端にとらえた。ほっと胸を撫《な》で下ろしたい気分になる。

久保田が目配せする。美由紀は、久保田とともにその場を立ち去りかけた。

青年の声が背後に聞こえる。「いやあ、どうも助かりました。あのう、失礼ですがどなたさまで……？」

これ以上、会話につきあっている暇はない。美由紀は青年を無視して早足で歩いた。並んで歩く久保田がささやく。「助かったよ。ひとつ貸しだな」

「それより、人目を惹かないように気をつけてよ」

「そんなに目立つかい？」

「メディアタワーのほうじゃタレント然とした振る舞いもいいかもしれないけど、ここはオフィスタワーの報道フロアよ。没個性的なほうが環境に染まることができるでしょ」

「没個性ねえ。きみの口からそんな言葉がでるとはな。まあ、郷に入りては郷に従えってことだな。それならよくわかるよ」

久保田はふいに、すぐ近くのデスクについていた職員の背を叩《たた》いた。「よう。杉浦香織里さんはどこだい？」

思わず美由紀はびくついた。久保田のしでかしたことは暴挙以外のなにものでもない、そう感じたからだった。

ところが、職員は迷惑そうな顔をしながらも、フロアの奥を指差していった。「キャスター控え室のC」

「どうも」久保田は軽く告げて、悠然と歩きだした。美由紀の顔を見て眉をひそめる。

「そんな怖い顔をするな。フシテレビってのは報道関係もわりと軽薄なノリなんだよ。きちんとしすぎていると、かえって違和感がある」

「それ本当？　あなたみたいな感じの人、ひとりも見当たらないけど」

「最近のテレビマンは覇気がなくて困る。何年か前まで、フシテレビ関係者は六本木《ろっぽんぎ》を肩で風切って歩いていたのにな」

「つまりいまのあなたは浮いてるってことでしょ」

「固いこというなよ。むしろ大物と思われて敬遠されるのは、現状ではありがたいことのはずだ」

デスクの列を抜けていくと、フロアの奥の壁に行き着いた。そこには窓はないが、鮮やかなオレンジいろに塗られた金属性の扉がいくつも並んでいる。扉には白いゴチック体でA、B、C……と大書されていた。

久保田がいった。「たぶんこれだな」

おそらくそうだろう。美由紀は緊張とともに、Cの扉に近づいていった。

すると、扉がいきなり開いた。インカムをつけたスタッフらしき男がつかつかと外にでてくる。風貌からすると、十時半の報道番組のフロアディレクターあたりかもしれない。眉間には深い皺《しわ》が刻まれていた。

室内から女の声が追いかけてきた。「待ってください。これ、意味がわからないんです。

ロサンゼルスで……鯖《さば》の空……って、いったいなんです?」

スタッフはじれったそうに室内を振りかえった。「自分で調べてくれ。気象予報士だろ?」

「語学は専門じゃないんですよ」と女の声が訴えた。「ちゃんと翻訳してくれないと、原稿に組みこむことは……」

「海外記者のテレグラムを報道内容に反映させるのは絶対条件になってる。それはコンピュータが自動翻訳したものだ。意味不明なところは辞書をひいて訂正してくれ。原稿も早くあげてくれよ。十分以内に」

「十分だなんて、そんな……」

だがスタッフは小言に耳を傾けるようすもなく、後ろ手に扉を閉めると、そそくさと立ち去りかけた。美由紀と目があったが、スタッフはひたすら苛立《いらだ》ちを覚えているだけらしい。何もいわずにフロアを遠ざかっていった。

久保田が顔をしかめた。「やな奴だな。あんな態度をとるスタッフがいたんじゃ、番組に出るほうも悲劇だな」

「そうね……」

美由紀は戸惑いを覚えながらCの扉に目をやった。

扉の向こうにいた女の姿は見えなかったが、久保田が観せてくれたＤＶＤで聴いた声に間違いなかった。杉浦香織里はこのなかにいる。全国でただひとり、ノン＝クオリアの人工豪雨を的確に予想していた女が、扉を一枚隔てた向こうにいる。

もう迷っている場合ではない。ここに来たのは彼女に会うためだ。美由紀は扉をノックした。

どうぞ、という返事がきこえてすぐ、美由紀は扉を開け放った。

そこは四畳半ほどの狭い部屋で、小さな応接セットが一式と、姿見がひとつあるだけだった。向こう側にはもうひとつの扉がある。扉の上に非常口のランプを備えているところをみると、奥には部屋があるのではなく、廊下につながっているのだろう。

杉浦香織里は、原稿用紙を手にしてソファに座っていた。目が大きく見開かれ、呆然《ぼうぜん》とした面持ちでこちらを眺めている。

本番直前の香織里は、テレビ出演用のメイクもすっかり終えて、寸分の隙もないほどの美しさを放っていた。光沢のあるレディススーツにも皺ひとつなく、ストレートのヘアには一本の乱れも見当たらない。プロのスタイリストとヘアメイクの腕がいかに卓越したものであるかを、美由紀はまのあたりにした。平和な状況であれば、まさしく感銘を受けただろう。

しかしいまはそれどころではなかった。彼女の背景にある黒い影の正体を突き止めねばならない。

はやる気持ちを抑えながら、美由紀はつとめて愛想よくいった。「イワシ雲よ」

「え？」と香織里は眉をひそめた。

「mackerel sky《鯖の空》と表現して、日本語のイワシ雲にあたるの。自動翻訳はそのまま直訳しちゃったんでしょう」

「ああ……。そうなんですか。なるほど、イワシ雲かぁ。それで意味が通るわ」

ようやく香織里の顔に微笑が浮かんだ。原稿にペンを走らせるさまもきびきびしたものになり、知的なキャスターとしての印象を身にまといだしている。

ふとその手がとまり、香織里の視線があがった。ふしぎそうな表情で、香織里はたずねてきた。「あなたは、どなた？」

「……わたし、岬美由紀っていうの」

「岬……？」しばし唖然《あぜん》とした顔をしていた香織里は、ふいに目を見張った。「じ、じゃあの……千里眼って呼ばれてる人？」

テレビ局関係者には、その名のほうが通りがいいらしい。もともと、千里眼というニックネームはマスコミによって無理やり命名されたも同然だった。業界人の香織里がそう呼ぶのは致し方のないことだろう。

美由紀は肩をすくめてみせた。「そんなふうに名づけたがる人たちもいるけどね。わたしには、常識的にわかることがわかるだけ。そして、必要が生じたから、ここに来たのよ」

香織里はまだきょとんとしていた。「おっしゃることがよくわかりませんけど……。常識的にわかることって？」

「あなたが生放送の本番中、とても怯《おび》えていること。たぶん脅迫を受けているし、その恐怖の対象も漠然としたものではなく、おそらくスタジオのなかに……」

すると香織里はいきなり立ちあがり、大声をあげた。「出てって！」

美由紀は面食らって押し黙った。

静寂のなかで、香織里は自分の条件反射的な行動を悔やむかのように、唇を噛《か》んだ。それからおずおずと小声でささやいてきた。「お願いですから、出てってください。わたしにはかまわないで」

「香織里さん」美由紀はつとめて穏やかにいった。「打ち明けられないと思っていることでも、話してみればそれが最良の問題の解決法になるかもしれないのよ」

「いいえ」香織里は首を横に振った。「あなたにはわからない。どんなに恐ろしいことが待っているか……。想像することだってできやしない」

不穏な空気を感じながら美由紀はささやいた。「心配しないで。わたし、あなたの力になるから。どんなに孤独だと思っていても、あなたには味方がいる。わたしよ。そう信じて」

香織里の目が潤みだした。ほんのわずかに希望の光を宿したかにみえたが、すぐにそれは悲しみと怯えのいろのなかに埋没していった。

「無理よ」香織里は震える声でいった。「岬美由紀さん。あなたの噂は聞いてます。すごい人だってことも……。でも、わたしにだけはかまわないで。すぐにここから立ち去ってください。あなたにも危害が及ぶことに……」

「聞いて。わたしのことならだいじょうぶよ。それよりもあなたの身に起きていることを説明して。いったい誰があなたの命を脅かしているの？」

「……何もいえません」香織里は泣きそうな顔で訴えた。「どうか、早く外にでてください。ここにいると大変なことに……」

そのとき、いきなり奥の扉が開いた。

廊下から入ってきたのは、もみあげをごっそり切り落とした、いわゆるテクノカットの男だった。年齢は四十代、浅黒い肌の痩せた小柄な身体つき、派手な藍《あい》いろのスーツを着ていて、胸には通行証のプラカードをつけていた。テレビ局の職員ではないが、常時出入りしている業者らしい。

美由紀の目は、そのプラカードに記された氏名を瞬時に読みとった。沼敷然孝《ぬましきのりたか》。所属会社はラフ・ダイヤモンドとなっている。

沼敷は仏頂面で入室してきたが、美由紀の姿に目をとめると、その顔つきはさらに険しくなった。たずねるような視線がゆっくりと香織里に向けられる。

「香織里」と沼敷は低い声で告げた。「誰だ、このひとは」

「……だ」香織里は怯えきった顔で、美由紀を戸口に追いやるしぐさをした。「誰でもありません。あのう、部屋をお間違えになったみたいで……」

しかし、美由紀は香織里の表情から心情を察した。香織里はあきらかに動揺している。と同時に、恐怖も極限までに高まった。沼敷のほうを絶えず気にかけ、いますぐにもなんらかの制裁を受けるのではと、そこまで追い詰められた心境になっている。ここまで強い感情は決して偽れるものでもなければ、間違った対象に向けられるものでもない。香織里は沼敷を極度に恐れている。凶悪殺人犯の人質になった少女の写真を見たことがあるが、そのときとまったく同じ表情だ。香織里のなかには絶望しかない。

美由紀は沼敷をまっすぐ見据えていった。「どうやら、あなたが香織里さんを怯えさせせている元凶のようね。何者なの？」

沼敷の冷ややかな目が見返す。「おまえこそ誰だ。勝手に控え室に立ち入るとは。警備を呼ぶぞ」

「実際に行いを問いただされたら、困るのはあなたのほうじゃないの？」

「……挑発的だな。どうやら奴隷が妙な輩を連れこんだらしい」

奴隷、といいながら沼敷は香織里におぞましい目つきを向けた。どんなに肝の据わった人間でさえも鳥肌が立つのを禁じえないような、生理的に薄気味の悪さを覚えずにいられない視線。じとっとしたそのまなざしが、香織里をとらえていた。

香織里はたまりかねたように美由紀に怒鳴った。「出てってください！　知り合いでもないのに、わたしのことに立ち入らないで！」

美由紀が困惑とともに香織里をなだめようとしたとき、何者かの手が、美由紀の腕をぐいと引っ張った。

ずっと半開きの扉の外にいた久保田は、美由紀を報道フロア側に引っ張りだすと、そのまま足早に扉から遠ざかった。

強引に連れだされた美由紀が振りかえると、控え室Cの扉はすでに閉じていた。

報道フロアのデスクについていた職員たちが、なにごとかと顔をあげてこちらを見ている。美由紀は立ちどまり、久保田の手を振りほどいた。「放してよ」

久保田はため息とともにきいた。「それがきみのいう人目を惹かない態度か？　横暴はよせ。ここは報道フロアだぞ」

怒りがこみあげてくる。美由紀は久保田をにらみつけた。「彼女をあのままにしていいっていうの？　沼敷って人に香織里さんは死の危険すら覚えている。見過ごせないわ」

「たしかか？」

「ええ、たしかなことよ。それなのに、ふたりきりにさせるなんて……」

「美由紀」久保田は諭すようにいった。「聞けよ。きみのいわゆる千里眼が頼りになるとして、それが物的証拠になりえないといったのは、ほかならぬきみじゃないか」

「それは……」

いいかけて、口をつぐまざるをえなかった。反論できない。久保田の指摘したことには、ぐうの音もでなかった。

久保田は首を横に振った。「いまあの沼敷って奴がガードマンを呼んだらどうなる？　つまみだされたうえに、下手すると俺たちふたりの名前も顔もニュースで報じられちまう。二度とここには来れないし、香織里さんと接触する方法もなくなる」

「でも……」

「いまは我慢して距離を置くんだよ。テレビ局のなかにいる以上、まだ真相を探るチャンスはある」

美由紀の胸のなかにはまだ熱く燃えあがるものがあったが、その炎は少しずつ鎮火させるしかなさそうだった。心に感じる痛みとともに、美由紀は目を閉じた。

深く長いため息をついて、美由紀はつぶやいた。「わかったわ……」

「よし」久保田の歩きだす足音がした。「行こう」

目を開くと、久保田はすでに背を向けて、立ち去りかけていた。報道フロアにはなおも、こちらに妙な顔を向ける職員が何人かいたが、美由紀が視線を合わせると、誰もが目を逸らした。

仕方がない。世の中において、わたしは一介の臨床心理士にすぎない。社会通念上、モラルやルールを大きく外れることを許された権限の持ち主ではない。

重苦しい気分でその場を後にしかける。美由紀は歩を踏みだした。そのときだった。

報道フロアのざわめきのなかに、甲高い声がかすかに聞こえた。

ほんのわずかな音。周りでも気にしているようすの職員はいない。実際、あちこちにあるモニターから微量の音声が漏れている。たんなる番組の音声である可能性もあった。

だが、さほど間をおくことなく、ふたたびその声は響いた。

美由紀は悟った。心理学でいう選択的注意、すなわちカクテル・パーティ効果だ。わたしの本能が、香織里の声に注意を向けている。彼女の声のトーンに限り、理性で聞こうとするとき以上に聴力が研ぎ澄まされている。だからわたしは聴きつけた。雑音で掻《か》き消されたも同然の彼女の声を、わたしは耳にした。

思い過ごしか、幻聴の可能性はないだろうか。美由紀は自問自答した。いや、わたしはいたって冷静だ。自分の五感が信じられないようなら、わたしはわたしでなくなる。

久保田が怪訝《けげん》な顔で振り返った。「美由紀。どうかしたのか」

三たび、香織里の悲鳴らしき声が耳に届いた。今度こそはっきりと聞こえた。周りの誰も反応していないが、わたしの感覚に狂いはない。

美由紀は身を翻し、控え室のドアの前に駆け戻った。

「おい!」久保田の声が追いかけてくる。「よせ、美由紀!」

報道フロアはふいに騒然とし、職員たちがいっせいに立ちあがってこちらに注視した。背に無数の視線が突き刺さるのを感じる。だが、かまわない。わたしは香織里を救わねばならない。

Cの扉の前に行き着いた。ドアノブをひねったが、回らない。内側から鍵がかかっている。

「香織里さん！」美由紀は大声をあげて、扉を叩いた。「何があったの。ここを開けて！」

いまや報道フロアは、事件現場そのものであるかのような喧騒に包まれていた。テレビカメラを担ぎだしたスタッフたちの姿が、視界の端に映る。制服姿のガードマンたちも、群れをなしてやってくる。

ぐずぐずしてはいられない。美由紀は満身の力をこめて、扉を蹴《け》った。

鉄製の扉は、一撃ではしなりもしなかった。しかし、閂《かんぬき》とふたつの蝶番《ちょうつがい》で固定されていることを考慮すれば、蹴破るのは不可能ではない。そもそも、扉というものは災害時の救出活動のために壊れるようにできている。決して不落の壁ではない。

ガードマンたちがすぐ背後に迫っている。何発も蹴りこんでいる暇はない。美由紀は片足を踏みだして身体を半身にし、床を蹴って飛びあがった。首と腰をひねって先行させながら、その勢いに乗せて片脚を鞭《むち》のように半円を描いて繰りだす。後旋飛腿《こうせんひたい》は扉をとらえた。踵《かかと》に衝撃を感じた瞬間、弾《はじ》けるような音とともに扉は枠から外れて、回転しながら床に横たわった。

何もなくなった戸口の向こう、信じられない光景があった。息を呑《の》んだのは美由紀だけではないようだった。駆けつけたガードマンたちですら、すくみあがっていた。

香織里は部屋の隅にうずくまっていた。沼敷が馬乗りになるような姿勢で、香織里の首を両手で締めあげている。

悲鳴があがったが、気道を塞《ふさ》がれたのか声がしだいにきこえなくなった。紅潮していた香織里の顔から血の気がひいて、青ざめつつある。苦しさにむせることさえなく、気を失う寸前だった。悪くすれば、失神どころでは済まされない。

沼敷はこちらに目を向けたが、両手の力は緩めていなかった。香織里は抗《あらが》うこともできずに、全身を痙攣《けいれん》させるばかりだった。

あまりの状況に、美由紀は一瞬凍りついた。直後に憤りがこみあげて、沼敷に向かって突進した。「この……!」

ぎりぎりまで沼敷は目を血走らせながら、鬼のような形相で香織里の首を絞めつづけていた。美由紀の手が触れる寸前、沼敷は香織里を放りだして、後方に飛び退《の》いた。

その沼敷の姿勢がおかしいと美由紀は直感的に気づいた。沼敷は上着のなかに手をいれ、腰にまわしている。表情から察するに、反撃の意志を失っていない。なにか固いものをつかんだ……。

背後にいた久保田の襟をわしづかみにして、美由紀は床に突っ伏した。「伏せて!」

沼敷が引き抜いたのは、懐中電灯そっくりの形状をした物体だった。黄色いバッテリーらしき立方体が外付けされ、ビニールテープで留めてある。

病院で見たことがある物だと美由紀は思った。たんなる懐中電灯にしか見えなくても、あれは慎重な取り扱いを必要とする医療器具だ。

物体の光源をこちらに向けて、沼敷はスイッチをいれた。やはり懐中電灯同様に明かりが灯《とも》り、青白い光が照射される。ジジジと蝉の鳴き声に似た音がした。美由紀は久保田とともに、照射を間一髪逃れた。なおも沼敷は光で狙ってきたが、美由紀は久保田と折り重なるようにして床を転がり、照射から逃れつづけた。

やがてガードマンが戸口から踏みこもうとしたためか、沼敷は舌打ちをして、報道フロアとは逆側のドアを開け放った。廊下に飛びだし、逃走を開始した。あわただしい足音が徐々に遠ざかっていく。

久保田は身体を起こしながらいった。「なんだよ。懐中電灯なんか怖がる必要ないだろ」

美由紀は立ちあがった。「懐中電灯じゃないわ。あれはMRBといって、医療用放射線照射装置。悪性腫瘍《しゅよう》を抑制するための、放射線療法に使う物よ」

「どうして避ける必要があった。医療器具なんだろ?」

「バッテリーを外付けしてるってことは出力を高めてる。たぶん、二百シーベルトを超すガンマ線を照射して、相手を被曝《ひばく》させるよう改造してある」

「被曝だって!?　じゃこの部屋にも放射能が……」

「直接人体に照射されなきゃ平気よ。浴びてもただちに身体に影響がでるわけじゃないわ」

「飛び道具としては中途半端だな」

「ええ。だけど……」

脅しの道具としては充分に使える。

久保田が香織里を助け起こそうとしている。ぐったりとした香織里の横顔を見つめた。おそらく彼女に対しても、あのMRBを突きつけて脅迫行為をおこなってきたに違いない。すぐさま健康被害が生じなくとも、香織里はMRBを照射されることを恐れたはずだ。被曝量が一定値を超えると皮膚・粘膜障害が生じる。骨髄抑制が起きて造血細胞が減り、白血球や赤血球が減少してしまう。脊椎《せきつい》障害からも逃れられない。

文字通り命を危険に晒《さら》す拷問だ。いや、あの男と一緒にいた以上、香織里は日々確実に死に近づいていた。

美由紀は怒りとともに、廊下側の戸口に駆け寄りながらいった。「久保田さん、すぐに救急車を呼んで」

「待て、美由紀！」久保田の声が背後に飛んだ。

しかし、美由紀は踏みとどまらなかった。戸口から廊下に飛びだし、通路を全力で駆けだした。職員やスタッフが往来している。その隙間を縫うように走った。

MRBの悪用はドイツのネオナチの少年たちをはじめ、ヨーロッパの不良少年グループのあいだでさかんだと聞く。沼敷も、ネットか何かでその改造法を知りえたのかもしれない。忌まわしい時代だ。よからぬ企《たくら》みは一夜にして海を越え世界じゅうに広まる。対する善の処方箋《せん》は常に出遅れている。悪意が悪事となるより先に裁く手段がない。いずれ誰かが被害に遭うことを避けられないと、判っているにもかかわらず。

廊下を走りつづけ、階段に行き着いた。階下からけたたましい足音が響いてくる。下だ、それもさほど引き離されてはいない。

美由紀は下り階段を飛び越え、踊り場に降り立った。膝のバネで衝撃を逃がし、踵の痛みも最小限に留める。そこから先は手すりに腕を絡ませ、両足を浮かせて滑り下りた。

一階下のフロア、廊下に着くと、沼敷の背が一瞬だけ見えた。前方の角を折れて消えていった。美由紀はすぐさま走りだし、後を追った。

渡り廊下を沼敷が疾走していく。さっき美由紀が歩いた渡り廊下と違い、ここはラウンジになっていて、テーブルと椅子が壁沿いに並べてあった。沼敷はそれらに何度もぶつかり、転倒し、それでも起きあがって逃走をつづけた。美由紀は、床に散らばった雑多な物を乗り越えて追跡を続行した。

メディアタワーに入ると、沼敷はまた階段を駆け下りていった。踊り場には、照明用のライトがいくつも連なったスタンドを運ぶスタッフたちがいた。沼敷はその隙間をすり抜けていく。スタッフたちはあわてたようすでバランスを崩し、スタンドを横倒しにしてしまった。

美由紀はそれを見てとるや手すりから跳躍し、踊り場を経由せずに階下に飛び降りた。通行人とぶつかりそうになったが危うく難を逃れ、フロアのカーペットの上に転がる。身体を起こすと、沼敷の姿が目に入った。閉まりかけている大きな鉄製の扉に、身体を滑りこませている。

あわてて美由紀は駆け寄ろうとした。「待って!」

しかし、扉は美由紀が達するよりも早く閉じられた。関係者以外立ち入り禁止の看板。そして、ノブのわきには電子ロックのコントロールパネルが設けられていた。

ノブをつかんだが、回らない。通行不能になっている。美由紀の思考はめまぐるしく回転した。どんな電子ロックだ。スロットがないからIDカードではない。テンキーもないから暗証番号でもない。指紋をスキャナするセンサーもない。無数の穴のなかにマイクが内蔵してあるようだ。音声認識だろうか。

ふと見あげると、天井からカメラがさがっているのが目に入った。防犯カメラではない、この扉のセキュリティの一部だ。レンズの下にワシミ工業のロゴがある。

……バイオメトリクス認証か。たしかに、フシテレビが新宿区河和田町からお台場に社屋を移したのはずいぶん前のことだ。すでに製品化が中止されている顔認証を採用していても、なんらふしぎではない。

間髪をいれずに美由紀は内蔵マイクに向かって告げた。「バルス」

ピッという電子音がして、こすれるような音が扉のなかから響いた。閂がスライドしたに違いなかった。ノブをつかんでみると、すんなりと回った。

扉を押し開けてなかに飛びこむ。そこは暗幕に囲まれた狭い部屋で、やはりスタッフや芸能関係のマネージャーらしきスーツ姿の男女がたむろしていた。

美由紀は息を弾ませながらきいた。「部外者の男が駆けこんできませんでしたか？」

部屋にいた誰もが唖然としながら、奥の暗幕の切れ目を指差した。

「ありがと」美由紀はそういって暗幕のなかに飛びこんでいった。背後からあわてたようすの声が追いかけてくる。ちょっと。本番中ですよ。

どんな状況なのかは、すぐに判明した。美由紀は一般観覧者のスタンドの隙間にある通用口から、スタジオのセットのなかに飛びこんだ。観たことのあるクイズ番組だった。司会者と解答者がひとつの机をはさんで向き合っている。

司会者はまだ乱入者に気づかず、番組を進行していた。「AのB乗かけるCのD乗、イコールABCD。この数式のA、B、C、Dを埋めてください」

美由紀はかまわず、セットの中央に突き進んだ。さすがに観覧者がざわめきだし、解答者たちもぽかんと口を開けている。

周りを見渡したが、こちらにスポットライトが当たっているせいで、客席は暗くなってよく見えない。これまで支障なく番組が進行していたということは、沼敷はここに逃げこんではいないのだろうか。

いや、顔認証の扉を開けた先のルートは一本しかなかった。彼はかならずここにいる。

司会者が困惑ぎみにきいてきた。「すみません。どなたで……? お答えがわかったとか?」

この番組はたしか、解答者が誰も答えられなかった場合、観覧者に答える権利が移るはずだった。司会者は美由紀を、解答希望の観覧者だと思ったらしい。

会話をしている暇はなかった。美由紀はぶっきらぼうに、頭の片隅で弾きだした答えを告げた。「Aが二、Bが五、Cが九、Dは二」

一瞬の間を置いて、司会者が声を張りあげた。「正解です!」

ファンファーレとともにスタジオの照明がいっせいに点灯した。観覧者席も隅々まで照らしだされた。

と同時に、スタンドのわきに立っていた沼敷の姿が目にとまった。沼敷は、いきなり明かりが点《つ》いたせいか驚きのいろを浮かべている。辺りを見まわしていたが、すぐに美由紀に視線を向けると、直後に踵《きびす》をかえし逃走を再開した。

逃がさない。美由紀はまた走りだした。観覧者がどよめくなか、沼敷は暗幕を割って前室に戻っていく。美由紀も後を追ってカーテンの隙間に飛びこんだ。

前室で美由紀は、沼敷が鉄製の扉を開けて廊下にでていくのを一瞬、まのあたりにした。その扉が閉じるより早く突進し、体当たりで押し開けて、廊下に転がりでた。

逃走していく沼敷が通路のわき道に入っていった。美由紀は起きあがり、全力疾走でわき道に向かった。

いままでよりも狭い通路、幅は人がひとり通るのがやっとだった。角を折れたとき、前方で沼敷が振り返って、MRBを照射しようとした。美由紀は壁を蹴って、角の手前にまで跳ね返るように戻り、照射から逃れた。

あわただしい足音が響く。沼敷がまた走りだしたらしい。美由紀は角から顔を覗《のぞ》かせた。

沼敷は、通路に放置してあった清掃道具の類《たぐ》いに足をとられ、転倒しかけながらも、突き当たりの扉に行き着いた。

まずい。美由紀は角から駆けだして後を追った。

だが、沼敷は扉の向こうに消えていった。電子ロックではない、コントロールパネルも認証用カメラもない、鉄製の扉が閉じていく。美由紀は駆け寄ったが、間に合わなかった。扉は重苦しい音とともに閉じ、向こうから施錠する音がした。

美由紀は怒りをこめて扉を蹴った。けれども、びくともしない。防火用の扉だった。解錠は向こう側からしかおこなえない。

これまでか。香織里の身の安全のためにも、あいつを逃がすわけにはいかないのに。静寂に包まれた通路のなかに、自分の荒い息だけがこだまする。後ろを振り返った。別の道を探すべきだろうか。それでは間に合わない……。

清掃用具が目に入った。いくつもの閃《ひらめ》きが素早い検証とともに打ち消されていく。そして、頭のなかにひとつだけ残された可能性があった。

台車のバケツのなかから、清掃用の薬品のボトルを次々に引き抜く。「混ぜるな危険」の表記があるものを探した。塩素系と酸性の洗剤がそれぞれ一本ずつ見つかった。

バケツをふたつ並べ、そのうちひとつに二本の洗剤の中身を注ぎこんだ。異様なにおいがたちこめ、吐き気がしてくる。美由紀は顔をそむけて、発生した塩素ガスを吸うまいとした。

もうひとつのバケツには、塩素系洗剤のみを注ぎいれた。ポケットをまさぐり、金沢のホテルで従業員に手渡された入浴剤の小袋を取りだす。封を切って硫黄入り入浴剤をバケツのなかに落としこむ。このバケツからも別の悪臭がたちこめだした。硫化水素ガスが発生している。

清掃用具のなかから透明なビニール袋を引き抜き、その口を開いて、ふたつのバケツの上で振り、発生している二種類の気体を袋のなかにいれた。ほぼ均等な割合になるように、ふたつのバケツの上を何度か往復させる。それから袋の口を固く結んだ。

扉に駆け寄り、膨らんだ袋をノブにひっかける。これで準備は完了だった。塩素ガスと硫化水素ガスが五対五で混ざりあっている。ほかに必要なものといえば……。

美由紀は通路を角まで戻り、カメラ付き携帯電話を取りだした。カメラ機能に切り替えて、フラッシュをオンにする。角に身を潜めるようにして、カメラを持った手だけをその先に突きだし、扉に向かってシャッターを押した。

青白い閃光《せんこう》とともに、フラッシュに含まれる紫外線が気体に化学反応を引き起こす。すさまじい爆発音が轟《とどろ》いた。フロア全体を揺るがすような激しい震動、それが収まってくると、強烈な異臭が立ちこめだした。目にも刺激を感じる。ここで息を吸うことは賢明ではなかった。

口を手で覆い呼吸を抑制したまま、美由紀は走りだした。扉は壊れて蝶番のひとつが外れ、斜めになっている。それを勢いよく蹴り開けて、向こう側へと飛びだした。

行く手には非常階段がつづいていた。階下に足音がする。距離は開いたが、まだ沼敷の行方は見失ってはいない。美由紀は全速力で階段を駆けおりていった。

十階近くの階段を一気に下るのは、ちょっとした競技だった。それでもここはバックステージだけに邪魔が入らない。すれ違う通行人もいない。障壁があるとしたらわたしのスタミナだけだと美由紀は思った。そして、わたしの体力は充分に温存されている。これしきのことで音をあげていたら、防衛大の第二学年で三十キログラムの荷を背負っての富士山頂の制覇など、とても可能にはならない。

三階、二階そして一階に行き着いた。扉を開けると、見慣れた空間が広がっていた。一階部分の駐車場だ。広々としているが、出入り口付近に駐車してある久保田のSクラスはすぐに目についた。

これだけの追跡劇を展開しながら、行く手がエントランス前だったとは。しかし、沼敷が社屋から逃れることを意図しているかぎり、それも自明の理だったろう。

沼敷がロータリーに駆けだしていくのがわかる。彼のクルマはここには駐車していないらしい。特殊な移動手段を得ていない以上、まだ追いつける。

美由紀は猛然と走った。すべてのエネルギーを走ることに費やした。吹きすさぶような風が耳をかすめていく。沼敷の背は、視界のなかで大きくなっていく。距離はどんどん縮まっている。

ロータリーにでた。車寄せにはタクシーが連なり、退社する社員たちが列をなしていた。沼敷は、人々を突き飛ばすようにして逃げていった。美由紀はすぐ後を追っていた。じきに手が届く。あともう少し……。

ところがそのとき、目の前に飛びだしてくる人影があった。

押し止《とど》めるように突きだされた両手の前で、美由紀はあわてて静止した。

立ちふさがったのは、香織里だった。青白い顔だが、意識ははっきりしているらしい。必死の形相で香織里は美由紀に告げてきた。「待って！　あの人を追わないでください」

「……な」美由紀は息を弾ませながらきいた。「なにをいってるの？　本気なの？　あの男はあなたを……」

「いいから！」香織里は潤んだ瞳《ひとみ》で美由紀を見つめながら、すがりついてきた。「お願いだから、もう何もしないで。わたしのことは、かまわないでください」

美由紀は呆然と立ちつくすしかなかった。

エントランス前のロータリーには、同様に立ちすくむ人々の姿があった。なにが起きたのかと、誰もが目を瞬《まばた》かせてこちらを見つめている。

その彼らの人垣の向こうに、たたずむ人影がある。

沼敷……。両手をポケットに突っこみ、斜に構えながら、こちらに油断ならない視線を向けている。

距離はわずかだった。わたしが追えば、あの男はまた逃げだす。それでもしだいに差は縮まり、やがては追いつくだろう。実際、沼敷は肩で息をしている。あの男のスタミナは底をつきかけている。もう逃げられやしない。

それなのに、追跡を阻む者がいる。ほかならぬ香織里が立ちふさがり、制止を呼びかけている。

いったいどうなっているのだろう。このままあの男のもとに香織里が戻れば、またひどい仕打ちを受けるに決まっている。なぜ状況を打開することに躊躇《ちゅうちょ》するのだろう。

遠くで、サイレンの音が湧いている。パトカー、それも何台も連なってきている。テレビ局が通報したのだろう。あれだけ騒ぎを起こせば、当然の対処だった。

美由紀は困惑した。おそらく香織里は、警察に対してもなんの申し立てもしないだろう。彼女が沼敷に苦しめられていると明言しなければ、警察は動けない。一方、わたしは確実に身柄を拘束され、取り調べを受ける。不法侵入、器物損壊、その他さまざまな容疑で…

…。

罰を与えられることは恐れてはいない。でも、香織里は救ってあげたい。あんな男のもとには、帰せない……。

人目が多くあるからだろう、沼敷はおとなしく背を丸めてたたずむばかりだった。騒ぎの張本人でありながら、まるで無関係な人間を装うかのような態度だった。

癪《しゃく》に障ったが、どうすることもできない。香織里は涙を流し、美由紀にぴたりと身を寄せていた。これ以上、一歩も踏みだしてほしくない。

パトカーのサイレンがどんどん近くなる。わたしには、何もできない……。

そのとき、背後でエンジン音がした。

振り返ると、ヘッドライトを灯したSクラスが近づいてくるところだった。Sクラスは、助手席のドアをこちらに向けて停車した。

ウィンドウが下りて、運転席の久保田が顔を覗かせる。「乗れ。美由紀」

美由紀はためらいとともにつぶやいた。「でも……」

「早くしろ」久保田がぴしゃりといった。「ほかに選べる道があるか」

困惑とともに、美由紀は香織里を見つめた。

香織里は真っ赤に泣きはらした目で見かえしてきた。美由紀は香織里の表情から、メッセージを読み取った。わたしがここを去ることだけを希望している。

人垣の向こうにいる沼敷を見やった。沼敷はぶらぶらと歩きまわっている。余裕すら漂わせた振る舞いだった。

いますぐ突進してあの胸ぐらをつかみあげてやりたい。けれども、香織里が被害を訴えない現状では、それは一方的な暴力行為としか見なされない。たとえ、さっき報道フロアの控え室で、沼敷が香織里の首を絞めていたことを証言するガードマンがいたとしても、香織里が申し立てなければ事件にはならない。暴力行為はそう見えたにすぎず、双方合意のうえのなんらかの行動にすぎなかったと弁明されてしまう。

躊躇はなおも美由紀のなかにあった。すべてを踏み越えて沼敷を捕まえたい、そんな衝動も起きる。

だが、耳をつんざくほどに接近したサイレン音が、美由紀の理性をかろうじて保った。

美由紀はドアを開け、Sクラスの助手席に滑りこんだ。

走りだしたSクラスの窓から、たたずむ香織里の姿が見えた。絶望のいろとともに、呆然と見送る香織里。そして、人々の向こうに垣間《かいま》見える沼敷の姿。口もとを歪《ゆが》めたようにも思える。

Sクラスが公道にでると同時に、パトカーの列がロータリーに乗りいれていった。十台近くいる。湾岸署《わんがん》の全車両が出動したようだった。

美由紀はおさまりきらない怒りを久保田にぶつけた。「ひどい人ね。彼女を見捨てさせるなんて……」

「落ち着けよ」久保田は硬い顔でステアリングを切っていた。「きみにとってはこの種の騒動は恒例の行事かもしれないが、舞台がテレビ局じゃ圧倒的に不利だ。きみが申し開きをする前に、きみにとって都合の悪い報道が全国を駆けめぐる」

「あなたは警視庁の警部補さんでしょ。事実から目を背ける気なの？」

「本庁の人間は湾岸署にいうことを聞かせ放題だってのか？　昔流行《はや》ったフシテレビのドラマじゃないんだぞ。俺もきみのペースに合わせて不法侵入してる以上、組織なんか頼れやしない。沼敷のことを訴える前に、自分が留置場に入れられちまう」

「……わたしはどんな目に遭っても、香織里さんを助けだしたい」

「なら」久保田は静かに告げた。「チャンスを待て。ここで暴れるばかりが能じゃない」

チャンス……。再度、機会は訪れるだろうか。さっきの追跡劇で、沼敷は精神的には追い詰められたはずだ。タガが外れ、香織里の口封じを急いだりしないだろうか。もしそんな事態に陥ったとしたら、元凶はわたしだ。わたしがあの男を追いこんでしまったから……。

お願いだから、もう何もしないで。涙ながらにすがりついてきた香織里の顔が、目の前をちらついた。

レインボーブリッジのきらめきが増す。自分の目が潤んでいるせいだった。美由紀は涙を堪《こら》えた。いまのわたしに泣く資格はない。問題から逃げだして、ひとり悲しみにくれるなんて、身勝手がすぎる。わたしは無力だと美由紀は思った。ノン＝クオリアどころか、あんな男のDVの尻尾《しっぽ》すらつかめないなんて。

（下巻につづく）

本書は二〇〇九年三月、小社より刊行された単行本を上・下に分冊のうえ加筆・修正したものです。

この物語はフィクションです。登場する個人・団体等はフィクションであり、現実とは一切関係がありません。

千《せん》里《り》眼《がん》
キネシクス・アイ 上

松《まつ》岡《おか》圭《けい》祐《すけ》

平成21年 10月25日　初版発行
令和6年 12月15日　8版発行

発行者●山下直久

発行●株式会社KADOKAWA
〒102-8177　東京都千代田区富士見2-13-3
電話　0570-002-301（ナビダイヤル）

角川文庫 ｴ5947

印刷所●株式会社KADOKAWA
製本所●株式会社KADOKAWA

表紙画●和田三造

ISBN978-4-04-383639-0　C0193

◆◆◆

角川文庫発刊に際して

角川源義

第二次世界大戦の敗北は、軍事力の敗北であった以上に、私たちの若い文化力の敗退であった。私たちの文化が戦争に対して如何に無力であり、単なるあだ花に過ぎなかったかを、私たちは身を以て体験し痛感した。西洋近代文化の摂取にとって、明治以後八十年の歳月は決して短かすぎたとは言えない。にもかかわらず、近代文化の伝統を確立し、自由な批判と柔軟な良識に富む文化層として自らを形成することに私たちは失敗して来た。そしてこれは、各層への文化の普及滲透を任務とする出版人の責任でもあった。

一九四五年以来、私たちは再び振出しに戻り、第一歩から踏み出すことを余儀なくされた。これは大きな不幸ではあるが、反面、これまでの混沌・未熟・歪曲の中にあった我が国の文化に秩序と確たる基礎を齎らすためには絶好の機会でもある。角川書店は、このような祖国の文化的危機にあたり、微力をも顧みず再建の礎石たるべき抱負と決意とをもって出発したが、ここに創立以来の念願を果すべく角川文庫を発刊する。これまで刊行されたあらゆる全集叢書文庫類の長所と短所とを検討し、古今東西の不朽の典籍を、良心的編集のもとに、廉価に、そして書架にふさわしい美本として、多くのひとびとに提供しようとする。しかし私たちは徒らに百科全書的な知識のジレッタントを作ることを目的とせず、あくまで祖国の文化に秩序と再建への道を示し、この文庫を角川書店の栄ある事業として、今後永久に継続発展せしめ、学芸と教養との殿堂として大成せんことを期したい。多くの読書子の愛情ある忠言と支持とによって、この希望と抱負とを完遂せしめられんことを願う。

一九四九年五月三日

角川文庫ベストセラー

クラシックシリーズ
千里眼完全版　全十二巻　松岡圭祐

戦うカウンセラー、岬美由紀の活躍の原点を描く『千里眼』シリーズが、大幅な加筆修正を得て角川文庫で生まれ変わった。完全書き下ろしの巻まである、究極のエディション。旧シリーズの完全版を手に入れろ!!

千里眼 The Start　松岡圭祐

トラウマは本当に人の人生を左右するのか。両親との辛い別れの思い出を胸に秘め、航空機爆破計画に立ち向かう岬美由紀。その心の声が初めて描かれる。シリーズ600万部を超える超弩級エンタテインメント!

千里眼の水晶体　松岡圭祐

高温でなければ活性化しないはずの旧日本軍の生物化学兵器。折からの気候温暖化によって、このウィルスが暴れ出した! 感染した親友を救うために、岬美由紀はワクチンを入手すべくF15の操縦桿を握る。

千里眼
ミッドタウンタワーの迷宮　松岡圭祐

六本木に新しくお目見えした東京ミッドタウンを舞台に繰り広げられるスパイ情報戦。巧妙な罠に陥り千里眼の能力を奪われ、ズタズタにされた岬美由紀、絶体絶命のピンチ! 新シリーズ書き下ろし第4弾!

千里眼の教室　松岡圭祐

我が高校国は独立を宣言し、主権を無視する日本国へは生徒の粛清をもって対抗する。前代未聞の宣言の裏に隠された真実に岬美由紀が迫る。いじめ・教育から心の問題までを深く抉り出す渾身の書き下ろし!

角川文庫ベストセラー

マジシャン　最終版　松岡圭祐

マジックの妙技に隠された大規模詐欺事件の解決に、マジシャンを志す1人の天才少女が挑む！　大ヒットした知的エンターテインメント作「完全版」を、さらに大幅改稿した「最終版」完成！

イリュージョン　最終版　松岡圭祐

家出した15歳の少年がマジックの力を使って〝万引きGメン〟となり、さらに悪魔的閃きから犯罪に手を染めていく……天才マジック少女・里見沙希は彼の悪事を暴けるか!?　大幅改稿した「最終版」！

水の通う回路完全版（上）（下）　松岡圭祐

「黒いコートの男が殺しに来る」。自分の腹を刺した小学生はそう言った。この「事件」は驚くべき速さで全国に拡大する。被害者の共通点は全員あるゲームをプレイしていたこと……松岡ワールドの真骨頂!!

蒼い瞳とニュアージュ　完全版　松岡圭祐

ギャル系のファッションに身を包み、飄々とした口調で大人を煙に巻く臨床心理士、一ノ瀬恵梨香の事件簿。都心を破壊しようとするベルティック・プラズマ爆弾の驚異を彼女は阻止することができるのか？

万能鑑定士Qの攻略本　編／角川文庫編集部　監修／松岡圭祐事務所

キャラクター紹介、各巻ストーリー解説、新情報満載の用語事典に加え、カバーを飾ったイラストをカラーで一挙掲載。Qの世界で読者が謎を解く、書き下ろし疑似体験小説。そしてコミック版紹介付きの豪華仕様!!

角川文庫ベストセラー

万能鑑定士Qの事件簿（全12巻）　松岡圭祐

23歳、凜田莉子の事務所の看板に刻まれるのは「万能鑑定士Q」。喜怒哀楽を伴う記憶術で広範囲な知識を有す莉子は、瞬時に万物の真価・真贋・真相を見破る！　日本を変える頭脳派新ヒロイン誕生!!

万能鑑定士Qの推理劇 I　松岡圭祐

天然少女だった凜田莉子は、その感受性を役立てるすべを知り、わずか5年で驚異の頭脳派に成長する。次々と難事件を解決する莉子に謎の招待状が……面白くて知恵がつく、人の死なないミステリの決定版。

万能鑑定士Qの推理劇 II　松岡圭祐

ホームズの未発表原稿と『不思議の国のアリス』史上初の和訳本。2つの古書が莉子に「万能鑑定士Q」閉店を決意させる。オークションハウスに転職した莉子が2冊の秘密に出会った時、過去最大の衝撃が襲う!!

万能鑑定士Qの推理劇 III　松岡圭祐

「あなたの過去を帳消しにします」。全国の腕利き贋作師に届いた、謎のツアー招待状。凜田莉子に更生を約束した錦織英樹も参加を決める。不可解な旅程に潜む巧妙なる罠を、莉子は暴けるのか!?

万能鑑定士Qの推理劇 IV　松岡圭祐

「万能鑑定士Q」に不審者が侵入した。変わり果てた事務所には、かつて東京23区を覆った〝因縁のシール〟が何百何千も貼られていた！　公私ともに凜田莉子を激震が襲う中、小笠原悠斗は彼女を守れるのか!?

角川文庫ベストセラー

万能鑑定士Qの探偵譚　松岡圭祐

波照間に戻った凜田莉子と小笠原悠斗を待ち受ける新たな事件。悠斗への想いと自らの進む道を確かめるため、莉子は再び「万能鑑定士Q」として事件に立ち向かい、羽ばたくことができるのか？

万能鑑定士Qの謎解き　松岡圭祐

幾多の人の死なないミステリに挑んできた凜田莉子。彼女が直面した最大の謎は大陸からの複製品の山だった。しかもその製造元、首謀者は不明。仏像、陶器、絵画にまつわる新たな不可解を莉子は解明できるか。

被疑者04の神託
煙完全版　松岡圭祐

愛知県の布施宮諸肌祭りでは、厄落としの神＝神人が一人だけ選出される。今年は榎木康之だった。彼には神人にならなければいけない理由があった！　二転三転する驚愕の物語。松岡ワールド初期傑作!!

万能鑑定士Qの短編集 I　松岡圭祐

一つのエピソードでは物足りない方へ、そしてシリーズ初読の貴方へ送る傑作群！　第1話 凜田莉子登場／第2話 水晶に秘めし詭計／第3話 バスケットの長い旅／第4話 絵画泥棒と添乗員／第5話 長いお別れ。

万能鑑定士Qの短編集 II　松岡圭祐

「面白くて知恵がつく人の死なないミステリ」、夢中で楽しめる至福の読書！　第1話 物理的不可能／第2話 雨森華蓮の出所／第3話 見えない人間／第4話 賢者の贈り物／第5話 チェリー・ブロッサムの憂鬱。

角川文庫ベストセラー

特等添乗員αの難事件 Ⅰ　松岡圭祐

掟破りの推理法で真相を解明する水平思考に天性の才を発揮する浅倉絢奈。中卒だった彼女は如何にして閃きの小悪魔と化したのか？　鑑定家の凜田莉子、『週刊角川』の小笠原らとともに挑む知の冒険、開幕!!

特等添乗員αの難事件 Ⅱ　松岡圭祐

水平思考―ラテラル・シンキングの申し子、浅倉絢奈。今日も旅先でのトラブルを華麗に解決していたが……聡明な絢奈の唯一の弱点が明らかに！　香港へのツアー同行を前に輝きを取り戻せるか？

特等添乗員αの難事件 Ⅲ　松岡圭祐

凜田莉子と双璧をなす閃きの小悪魔こと浅倉絢奈。水平思考の申し子は恋も仕事も順風満帆……のはずが今度は壱条家に大スキャンダルが発生!!　〝世間〟すべてが敵となった恋人の危機を絢奈は救えるか？

特等添乗員αの難事件 Ⅳ　松岡圭祐

ラテラル・シンキングで0円旅行を徹底する謎の韓国人美女、ミン・ミヨン。同じ思考を持つ添乗員の絢奈が挑むものの、新居探しに恋のライバル登場に大わらわ。ハワイを舞台に絢奈はアリバイを崩せるか？

特等添乗員αの難事件 Ⅴ　松岡圭祐

〝閃きの小悪魔〟と観光業界に名を馳せる浅倉絢奈に1人のニートが恋をした。男は有力ヤクザが手を結ぶ一大シンジケート、そのトップの御曹司だった!!　金と暴力の罠を、職場で孤立した絢奈は破れるか？